普赖斯奖获奖作品

Gene, Trade and Regulation:
The Seeds of Conflict in Food Biotechnology

基因、贸易和管制
食品生物技术冲突的根源

〔瑞士〕托马斯·伯纳尔◎著

王大明　刘　彬◎译

U0125004

科学出版社
北京

图字：01-2009-1840 号

《基因、贸易和管制：食品生物技术冲突的根源》原名 Gene，Trade and Regulation：The Seeds of Conflict in Food Biotechnology，该书由普林斯顿大学出版社（Princeton University Press）于 2003 年出版，作者为 Thomas Bernauer。普林斯顿大学出版社授权科学出版社有限责任公司独家出版发行其简体中文版。

图书在版编目（CIP）数据

基因、贸易和管制：食品生物技术冲突的根源/（瑞士）伯纳尔（Bernauer，T.）著；王大明，刘彬译.—北京：科学出版社，2011
　（科技政策与管理科学经典译丛/穆荣平主编）
　ISBN 978-7-03-029892-8

Ⅰ.①基… Ⅱ.①伯…②王…③刘… Ⅲ.①生物技术-应用-食品工业-研究 Ⅳ.①TS201.2

中国版本图书馆 CIP 数据核字（2010）第 264030 号

责任编辑：胡升华　付　艳　黄承佳/责任校对：宋玲玲
责任印制：赵德静/封面设计：无极书装
编辑部电话：010-64035853
E-mail：houjunlin@mail.sciencep.com

科学出版社 出版
北京东黄城根北街 16 号
邮政编码：100717
http://www.sciencep.com
中国科学院印刷厂 印刷

科学出版社发行　各地新华书店经销
＊

2011 年 1 月第 一 版　开本：B5（720×1000）
2011 年 1 月第一次印刷　印张：16
印数：1—4 000　　　字数：322 000
定价：56.00 元
（如有印装质量问题，我社负责调换〈科印〉）

丛书序

科技政策和管理科学是自然科学与社会科学交叉学科，具有"经世致用"的特性。科技政策和管理科学在其几十年发展历程中，融入了从哲学、经济学、社会学、历史学、政治学等人文社会科学到数学、物理学、信息科学、环境科学等自然科学诸多学科的"营养"和睿智。发达国家在率先实现工业化、城镇化和现代化过程中，面对科技政策与管理实践的众多挑战，涌现出许多弥足珍贵的理论学说，产生了堪称琳琅满目的智慧果实。以开放的心态对待这些优秀成果，取其精华，集其大成，对繁荣和发展我国科技政策与管理科学的研究是一项很有意义的工作。

中国科学院坚持"创新科技、服务国家、造福人民"理念，要发挥在中国科技创新和国家创新体系建设中的火车头作用。中国科学院科技政策与管理科学研究所是以自然科学和社会科学相交叉、理论研究与应用研究相结合为特色的研究所和科学思想库。建所25年来，研究所秉承"志同气和，经世致用"的所训，致力于国家科技创新政策和管理科学理论方法研究与应用实践，传播海外科技政策与管理科学领域新思想、新理论和新方法，为中国科技政策与管理科学的学科建设做贡献。基于这样的考虑，我们与科学出版社合作，出版"科技政策与管理科学经典译丛"，选择和翻译近年来得到国际学术界普遍认可的优秀成果，为中国学术界、政策制定者和社会公众借鉴国外智慧尽一点绵薄之力。

　　"科技政策与管理科学经典译丛"第一批推出的书目是 5 本科技政策领域"普赖斯奖"①获奖论著，这些著作在国际科技政策研究领域都享有很高声誉，在科技政策研究方法论方面有很好的借鉴作用。韦斯特《数字政府：技术与公共领域绩效》详尽地分析了新技术如何促使政府改变对外界的反应，如何拓宽公众获取信息渠道，从而使政府绩效、决策程序和民主本身发生重大变化。伯纳尔《基因、贸易和管制：食品生物技术冲突的根源》对美国和欧盟在农业生物技术产品的全球贸易争端问进行了客观分析，揭示出美—欧食品生物技术政策冲突的政治、经济和社会根源，为进一步讨论农业生物技术发展提供了全新视野。宾伯《信息与美国民主：技术在政治权力演化中的作用》考察社会公众和政治组织如何基于政治目的而广泛使用互联网，完整地阐释了互联网对美国民主的深刻影响。莫基尔《雅典娜的礼物：知识经济的历史起源》分析 200 多年来技术与科学知识增长如何成为全球经济与社会历史进程的动力源泉，揭示了知识经济起源及其演化过程。古斯顿《在政治与科学之间：确保科学研究的诚信与产出率》以委托代理理论深入分析了战后美国政府与科学之间关系的演变与发展，提出了政治家与科学家合作保障科研诚信与产出率的新的激励机制和制度范式。

　　传播学术新知是一项富有挑战性的公益事业。我们清楚地认识到，国际上得到赞赏和敬仰的经典名著，每一本都是学术精品，不仅包含了渊博的知识和深邃的思想，而且有颇为复杂的科学技术和社会文化背景。对于译者而言，这无疑是一个重大挑战，译文中错误和疏漏之处也在所难免。我们真诚地希望，读者们多加指正。今后，我们还将组织翻译其他经典著作，为中国科技政策与管理科学学科发展提供更多的有益借鉴。

　　在本译丛的翻译和出版过程中，我们得到了国内外学术界和科学出

----

　　① 普赖斯奖（Don K. Price Award）由美国政治科学学会设立，每年评选出一本在过去三年内出版的科学技术政治学领域佳作。唐·普赖斯（Don K. Price，1910—1995）是哈佛大学肯尼迪政府管理学院创始院长，曾任美国全美科学促进会主席。

版社的大力支持，特别是顾淑林研究员为这一批译作高质量出版提供了
大量宝贵的指导性意见，在此表达我们诚挚的谢意。

穆荣平

"科技政策与管理科学研究经典译丛"主编
中国科学院科技政策与管理科学研究所所长
2010 年 10 月

P 序 言
PREFACE

面对有关农业（或"绿色"）生物工程技术（agricultural or green biotechnology）的已经发表的海量出版物，任何一个试图为其增加一篇新文献的人必定会感到一丝畏惧。那么，为什么一位如本书作者这样的政治学者，其生物技术知识充其量不过高中水平，却要到这个领域中来冒险呢？

第一个原因，也许是最容易被忽视的原因，就是技术创新从来都不是由自然科学和工程技术所单独驱动的。任何新技术，若想在研发（R&D）和消费市场上都获得成功，必然要依赖于社会各界对该技术的响应。换句话说，技术创新的成功（或失败），不仅取决于科技实验上的成败，而且也取决于诸如消费者的理解程度、非政府组织（NGOs）的活动、企业的政治行为、政府的规则等因素。而这些现象，正是政治科学所要探讨的核心命题。

写作此书的第二个原因，来自我个人的工作环境。在一个综合理工类大学（即位于苏黎世的瑞士联邦理工学院）中的社会科学系任教，这使我有机会与许多世界级科技专家接触。1998年，瑞士选民以2/3的多数选票否决了一项动议，假如这项动议被通过的话，则意味着将有多种形式的生物技术研发及其商业应用在瑞士会被禁止。一时间，许多来自"硬"科学领域的我的那些大学同事们，发现了与自己同在一所学校的那些社会科学家们的存在。并且，他们也感觉到，与这些社会科学家交流一下自己目前所关注的自然科学问题很有必要。这是个好现象，而不好的方面则是，这些科学家中的很多人，其心目中所接受的社会科学观念，其实是流行于 20 世纪 70 年代的、已经落伍的有关技术扩散的种种理论。

那些理论往往预先肯定了某种技术的社会效用，科技专家于是就将社会科学家视为这样一种社会环境知识的创造者：在其中，上述那些总是被设定有用的技术，将被毫无疑问地加以接纳。此种社会科学知识的功效就在于，它可以增进技术的接受程度，加快技术的扩散。因此，技术的变化与社会的改变被认为是互不相干的。作为这种观念的后果，就会出现这样一个假设：即无论何时，若公众中存在着对某项特定技术持较低支持度的情况，则基本原因必然是消费者和技术使用者对该技术知识的缺乏所致。社会科学家们因而被视为这样一种类型的社会工程师：其使命就是及早发现滞后的技术采纳者，辨别阻碍因素，通过特殊社会群体建立沟通和市场策略，以便推动技术的扩散。① 因此，毫不奇怪，我的那些科技同事们能够注意到的社会科学工作，无非就是那些消费者调查之类的数据而已。

viii 　与此同时，我的许多同行们也已经有幸获得了更复杂的对于技术创新在实践中何时、为什么和怎么样成功或失败的理解。他们已经达到了这样的认识，即技术创新并非是一个单行道，它的形成永远是技术创立者与社会之间相互作用的结果。他们也意识到，社会科学家们的主要任务，就是研究和解释、推动或延缓某种技术创新的社会力量的作用模式，而不是教育公众甚或是操纵社会接受该技术。

然而，随便浏览一下互联网上有关生物技术的一些论坛（如 www. agbioworld. org，www. isaaa. org），就会发现占支配性的观点，依然是社会科学工作就应该集中在教育"那些反对能够让世界变得更好的神奇技术的科盲白痴们"。

我写作此书的目的，是期望从政治学和经济学等角度进行考察，以

---

① 参见 Rogers（1996）；Gaskell 和 Bauer（2001：4—5）。

便在社会向着生物技术化的农业变迁之际，基于实际情况，在这个领域中推动技术支持者和批判者之间的讨论，最终在公共安全关怀和自由市场经济之间达到一个理智的平衡。因此，我在进行有关生物技术的政策分析时，采取了一个巡边员的姿态，边界的两边，分别是该技术的力挺派和反对派。我在很大程度上规避了生物技术是"好"还是"坏"的问题，因为这种黑白分明的评价，就如很多论及这个论题的文献所做的那样，对于社会科学在这个领域工作的可信度，似乎更可能是负面的。我尽可能让经验事实及其相关的解释自己来说话，并将农业生物技术视为有潜在用途但存在很大争议且前途未定的技术。最后，对于社会而言，什么是好什么是坏的问题，也不是科技人员或者社会科学家所能决定的事情。在类似多元主义民主理论（pluralist democracies）的议程下，这样的决定将由消费者、投资者、生物技术企业、技术使用者（如农民）、食品加工者和销售商、选民（公民）和政府部门来共同做出。

在写作本书的过程中，我从太多人的思想中获益，这里只能提及其中的一小部分。我要特别感谢 Ladina Caduff、Philipp Aerni、Jim Foster 和普林斯顿大学出版社四名匿名评阅者，他们对本书写作提纲和手稿提出了极具建设性的评论。还要感谢 Erika Meins，我们之间卓有成效的合作成果，我已经写进了本书的第四章中。通过与 Jim Foster 和 Ken Oye 在一项关于环境、健康和安全政策的合作研究中，我学习到很多有关规则、贸易和产业竞争论题的知识。Richard Baggaley、Thomas Schmalberg 和 David Vogel 在本书题目的拟定上起了至关重要的作用。

我也要将感谢之意表达给下列从各个途径对本书的写作提供帮助的人们（按姓氏字母排序）：Kym Anderson、Awudu Abdulai、Ross Bernard、Roger Baud、Lars-Erik Cederman、Sylvia Dorn、Willy de Greef、Arthur Einsele、Thomas Epprecht、Rudolf Frei-Bischof、Bruno Frey、Tom Hoban、Joanne Kauffmann、Vally Koubi、Eric Millstone、Ronald Mitchell、Thomas Plümper、Susanna Priest、Peter Rieder、Dieter Ruloff、Thomas Sattler、Renate Schubert、Bruce Silverglade、Thomas Streiff、Vit Styrsky、David Victor 和 Sabine Wiedmann。

C目录
ONTENTS

C列表目录
ONTENTS

C插图目录
ONTENTS

第一章

导言与总纲

农业（或"绿色"）生物工程技术，这个食品生产领域中当代最前沿 *1*
的技术，面临着不确定的未来。它会像核能技术那样，成为又一个历史
上最不受欢迎和最缺乏经济性的创新吗？抑或，它将引发世界食品生产
的一场革命？当今公共部门和私人企业应对农业生物技术的政治、经济
和社会重大挑战而采取的战略，足以为这一技术开创出一个长期的全球
市场吗？采用什么样的政策，才能使这一技术朝着有利于人类和环境的
方向发展？

在本书中，我要讨论全球的管制规则两极分化（regulatory polari-
zation）和贸易冲突（trade conflicts）如何加剧了各国对农业生物技术
本已存在的意见分歧，并把这一技术推向危机重重的境地。

欧盟国家对农业生物技术施加了严格的限制，而美国却放开了其中
大部分的技术应用，于是，市场管制规则分化的现象出现了。而其他国
家，要么在世界这两大经济体的路线中取其一，要么试图努力寻求某种
中间道路。

本书的分析表明，规则分化是由不同国家之间在公众观念、利益集
团的政治行为和制度结构等方面的差异推动的。本书还阐明，规则分化
导致了世界贸易体系的紧张局面。自 1996 年第一个转基因工程作物出现
在国际市场以来，因规则差异而出现的国际冲突已经愈演愈烈，其表现
形式通常是采取非关税壁垒手段。

本书的大部分章节集中于这些论题：描述规则分化是**怎样**出现的（第三章）；解释**为什么**会出现这一现象（第四章和第五章）；评估由于规则差异而导致的国际贸易紧张局势进一步扩大的可能性（第六章）。

在此分析的基础上，我得出的结论是：主要公共和私营部门所采取的战略和政策，并不能有效地减轻和克服规则分化，消弭贸易摩擦，并创造出长期的全球化技术市场。占主导地位的公共政策包括：建立了前所未有的复杂、严厉但却与科学证据越来越相脱节，而且一定程度上得到一些有实力的机构部门支持的规则（这多是欧盟在推动公众接受农业生物技术时所采取的战略）；而在不同规则的背景下，用扩大贸易争端的威胁来迫使外国对生物技术开放其市场（这是美国一些政府部门、生物技术企业和农场主的战略）。主要私营部门的政策包括：教育消费者认识该技术的好处和（低）风险性；向消费者强调转基因产品未来的效益；特别是通过市场驱动的产品差异（作物分类和标签）来努力满足消费者对非转基因产品的需求；以及通过院外活动推动美国政府以贸易争端争议为由，来强力开拓外国市场。

之所以说持续的规则两极分化和贸易冲突会使农业生物技术的前景黯淡，有如下三个原因：

第一，规则分化导致甚至加速了国际农业市场的分化，这也意味着农业生物技术及其产品所占市场份额的减少。这将缩小该领域的经济规模，反过来导致对该技术投资的萎缩。这种状况将致使更多的私营部门不去将投资转向新的领域，从而错失一个价值达几千亿美元的市场。由于转基因产品市场准入的不确定性，也降低了世界各国农民采纳该技术的热情。

第二，正如我在本书第六章中将要指出的那样，基于不同农业生物技术规则的贸易冲突，其实是很难调和的，即便是在世界贸易组织（WTO）的框架内也是如此。这种状况不仅威胁到国际税收体系，同时也对农产品及服务的全球自由化贸易产生了消极的影响。因此，国际市场分化及由规则分化导致的市场准入不确定性局面不断恶化，各国内部有关该技术的争议也被扩大。上述所有的一切，又反作用于农业生物技术的投资、研发、发展和推广。

第三，规则分化和贸易冲突减弱了公共部门对农业生物技术的扶持力度。这对富裕国家向发展中国家的援助所产生的影响最甚，因为生物技术也许能满足后者迫切需要增产粮食的需求。欧盟国家、日本和其他反对农业生物技术的国家都十分不愿意将该技术列入他们对发展中国家的援助项目中，一些非政府组织也是这样。此外，许多发展中国家也对生物技术持否定态度，因为它们害怕失去对那些反对生物工程国家市场的出口机会。这种情况就导致了所谓"合法性陷阱"（ligitimacy trap），即一方面不断强调农业生物工程技术的合理性——"养活穷人"（feeding the poor）就是重要证据之一；另一方面却又被前文提及的理由所否定。继续强调合理性论证的重要性，而又不能在这方面提出合理的论据，将使得该技术在富国及穷国中的合理性大打折扣。

3

为了摆脱由规则分化和贸易冲突所引发的、看起来似乎不可避免的农业生物技术停滞不前甚至衰退的局面，本书在结尾部分提供了若干政策改革的建议（第七章）。之所以提出这些建议，其目的就是建立权威的规则体系，其中包括强有力的责任法、转基因产品强制性标签制度、由市场导向决定的产品差异或分类，以及对发展中国家的援助。

魔鬼已经跑出了魔瓶，食品生物技术及其应用已经与我们同在，并且还在飞速发展。根据我们目前对农业生物技术收益和风险的理解水平，无论是全面禁止还是任由其发展，似乎都不尽合理。如同其他很多新技术所经历过的那样，必须在公共安全关注和个人经济自由之间建立起某种平衡。无论是支持还是反对食品生物技术，为了政治的稳定、经济和生态之间的协调，出发点都应该是对以下这些问题的透彻了解：我们现在在哪儿，我们是怎么到这儿的，我们又可能走向何方，未来的压力是什么等。如果本书对正在经历农业生物技术发展过程的支持者和反对者都能有所帮助，作为作者，我将不胜欣喜。

最后我想说的是，虽然我尽量不以社会学家和生物技术专家的身份来讲述一些抽象性的理论及其相关论据，但我相信，他们还是会在我的书中发现许多理论的和实践的精神食粮。

技术革命

在不到一个世纪的时间里，生物技术上的突破性创新成果，使人类跨越了三次"绿色革命"的门槛。

第一次绿色革命起始于 20 世纪 30 年代，并建立在如下三个进展之上：19 世纪由孟德尔所开创的遗传学在植物育种中的大规模应用、廉价氮肥生产方法的发现和高产杂交玉米的出现。除此之外，直到 20 世纪 70 年代，通过不断而卓有成效的改良化肥、杀虫剂、作物品种、农机具和农业管理等，玉米和其他短期作物的产量都得到了迅速的提高，使现代农业可以用 1 个农业人口养活 30 个非农业人口。

4

第二次绿色革命发生于 20 世纪 60、70 年代，是将上述技术推广到了发展中国家和热带粮食作物（特别是水稻）的结果。

第三次绿色革命发轫于 20 世纪 70 年代①，商业推广于 90 年代，目前还处于其发展的初级阶段。而导引这次革命的就是农业生物工程技术②。按照该技术支持者的说法，它将带来粮食生产的巨量增加，远远超过 1：30 的农业预期供养能力，并将极大改善供应食品的质量（如更健康的食品）。

争议

农业生物工程技术时代的来临，引发了一场自 20 世纪 70、80 年代反核能运动高潮之后，前所未有的世界范围内的激烈公共争论。关于农业生物技术的争论，是范围更广的各种生物工程技术应用（如克隆和其他相关生物替代技术、干细胞研究、异体移植、转基因动物和基因检测等）所引起的社会争议的一个组成部分。有关诸如此类生物技术应用的辩论，还涉及一些更为宽广的话题，如世界贸易和全球化、知识产权和

————————

① 1973 年，核糖体 DNA（rDNA）技术被授予专利。
② 农业生物工程技术目前正致力于通过改良除草剂及其有害成分，来增加产量并降低生产成本。

生命体专利、农业的未来、贫困与饥饿，以及科学在社会中的作用等。①
所有这些论题，都包含了自然科学范式和用来处理牵涉到伦理和其他复
杂问题的政治考量之间的冲突，以及如何在经济竞争和政治合理之间取
得某种平衡，以便为新技术提供可行的管制规则体系等的考虑。

大部分分析家将 1996—1997 年视为关于农业生物技术争论的分水
岭，就在那两年，第一批农业生物技术类的产品［如转基因大豆和苏云
菌杆菌（Bt）玉米等］出现在国际市场。与此同时，第一个成功地从成
熟体细胞克隆出的动物（绵羊多莉）也在苏格兰的罗瑟林研究所（Ros-
lin Institute in Scotland）诞生。从此，世界范围的各规则制定机构就开
始为这个新课题而战斗。媒体的报道铺天盖地而来，非政府组织运动和
消费者的抗议等，成为许多国家政治景观中的组成部分。农业生物技术
政策上的差异，导致国际贸易紧张关系开始出现。弥集于农用化学、农
作物科学、制药、健康和食品产业的所谓现代生命科学的企业，广泛感
受到了一种危机。②

农业生物技术的拥趸者声称，从中长期来看，它能够帮助解决饥饿
和公共健康问题，缓解环境压力。他们认为，农业生物技术可带来更廉 5
价和更好的食品，这对于当 2050 年世界人口达到 90 亿—100 亿时，防止
大规模食物短缺和环境退化是不可或缺的。消费者的获益将包括：有机
化学、微生物和杀虫剂污染更少，维生素 A 和其他维生素更多、铁质和
蛋白质含量更高、胆固醇更低，食品更易于保存。可以预期，未来的产
品将包含更多的微量营养元素和更少的毒素、可食用的疫苗及更少的过
敏反应原。农业生物技术的环境效益则包括：在增加产量的同时，不需
要将更多的森林和动物栖息地转化为耕地，并减少杀虫剂、除草剂和氮
肥的使用量，改善水源质量，促进生物多样性，改进土壤保持等。农业
生物技术对于农民的好处在于：更高、更稳定的产量，更低廉、有效的
有害物控制手段，更低的化肥成本和更高的收益等。③

---

① 参见 Cantley（1995），Gaskell 和 Bauer（2001），Von Wartburg 和 Liew（1999），Durant
等（2001），以及 Bauer 和 Gaskell（2002）。

② 参见，如 Cadot 等（2001）及 Bijman 和 Joly（2001）。

③ 参见，如 www.isaaa.org，Carpenter 和 Gianessi（2001），Philipps（2001）。

而农业生物技术的批评者则坚持认为，转基因作物对健康和环境的中长期风险并未得到透彻的了解，并且该类技术通过食品产业的专利权，已经使企业获得了过分的操作能力。这些批评者也诉诸伦理方面的考虑，如他们批评该技术是"篡改大自然"（tampering with nature）。

博弈筹码

无论是消费者的健康、环境还是饥饿问题，就长期而言，是否从农业生物技术中获益抑或是受损，都还是一个开放的和有争议的论题。假如支持者的一些预言在未来能够实现，则人类社会和自然环境的确都将获得极大的好处。然而，公共健康的、环境的和商业的风险依然应当被纳入考虑之中。一些读者也许会回忆起 20 世纪 50 年代的美国原子能委员会主席施特劳斯（Admiral Lewis Strauss）曾经宣扬过的观点：核能最终将会廉价到无以复加的程度。[1] 但核能实际上已经成为人类历史上最不经济和最难大众化的技术创新之一。虽然核能并没有彻底破产，但在使用价值和市场份额上，它从来没有达到过其拥护者最初所预言的水平。

农业生物技术将会遭遇同样的命运吗？我们也许会在今后的 10—20 年内获知结果。但与此同时，如果对于生物技术未来在政治、经济和社会等层面的影响因素进行更好的了解，将帮助相关投资者做出更有根据的前景预测，而且有助于更加精确地评估公共和私营部门在应对农业生物技术的挑战时所做出的策略选择。这对设计一种政策，以便推动农业生物技术的应用朝着使我们这个星球上无论贫富的人们都将在生态、人类健康和经济等方面获益的方向发展，肯定将会有莫大的助益。

无论是农业生物技术的支持者还是反对者，很显然他们中大部分人关注的是公共健康、环境和道德伦理等问题。就算是单纯从经济目标关注生物技术的企业、农民、食品生产者和零售商们，也基本如此。

2002 年，世界市场上的转基因作物及含有生物工程技术的产品和食

---

① 参见 McNeill（200：32）。

品,估计在 170 亿美元左右,其中包括抗病虫害的玉米和棉花、抗除草剂的大豆等。但到 2006 年,有预言说,由转基因大豆和棉花执掌牛耳的这个市场,将可能超过 200 亿美元。如"白色生物工程技术"(white biotechnology),即将转基因植物用于生产疫苗、可再生能源(乙醇)、可降解塑料和其他产品,其市场潜力到 2020 年时,将会达到每年 1000 亿—5000 亿美元的规模。[①] 2002 年,用于种植生物技术作物的土地面积超过了 5800 万公顷(1.45 亿英亩),而且大有继续增长的势头。[②] 用于农业生物工程技术研究和发展的投资较难估计,但每年肯定也在数十亿美元。如果社会风向转为反对这种技术的话,作为农业生物工程支持者的进口供应商(农业生物技术企业)、种植转基因作物的农民、食品加工和销售商等,就将承担很大的损失。最后,数十亿美元与出口相关的基因工程农作物种植和包含基因工程因素的食品加工业也将前途未卜。

需求与供给的挑战

尽管生物工程技术的支持者对于正在进行的科技创新,主要强调了其将带来的巨大好处,但农业生物技术依然面临着深刻的危机。为了支持这一主张,我讨论了与农业生物技术领域最为相关的需求(如消费者的)和供给(如生产者的)问题。[③] 这一分析,为描述和解释加剧了国际贸易紧张局势,从而导致目前危机的规则响应提供了一个基点。第二章还为不熟悉农业生物工程技术问题的读者提供了一些背景知识,有助于其完成后续章节的阅读。

从需求一方看,消费者迄今为止还未能从基因工程作物中获得明显的好处,今后会怎样也还很难说。例如,尼尔森(Nelson et al.,1999)曾经计算过,如果全世界都完全接受转基因玉米和大豆(相比于任何地

---

① 参见 www.bccresearch.com;DZ Bank(2001);Union of Concerned Scientists,"Pharm and Industrial Crops",December 2002。

② 参见 www.isaaa.org。

③ 为方便起见,我使用了这种简单的区分,更为复杂的定义应该是,将一些生产者(如农民)既作为该技术的消费或使用者,也作为转基因食品的供应者。

方都完全不接受），其结果就是玉米在价格上仅会有 4.9% 的下降（比产出增加 2% 时的降低要少），而大豆价格仅下降 1.7%（是产量增加 0.5% 时的水平）。也许其他农业生物技术的应用，会对生产更多、更廉价的食品产生明显的效果，但在现阶段我们还不得而知。此外，目前市场上所有对于农业生物技术应用结果的关注，实际上都集中在其农艺学（或者投入）特性方面，转基因工程产品还没有在高品质（如健康食品）方面给消费者带来多大的益处。当然，也许未来的产品会有这方面的优越性。但是，是否有可能、什么时候将会有此类产品出现在大众消费市场，现在还只能是个猜测。这些有关需求方（稍有利于消费者）的问题，已经被有关该技术在健康、环境和经济效率方面的公共争论，以及反对者基于道德伦理立场的争辩，搅得模糊不清了。

在供给一方，按照农业生物技术支持者的观点，不断增加的转基因工程作物种植面积就证明了这项技术的成功。持有相同观点、致力于这一领域研发的国家，其数量也在不断增加。[①] 在第二章，我的结论就是这种辩护表明了农业生物技术供给方的根本问题。该技术的应用仅限于美国、阿根廷和加拿大等国。该技术在农场一级收益方面，仍存在争议。在现阶段，有证据表明，某些农民的确可以从转基因农作物中受益。但这并不支持技术拥趸者们一个更为普遍的观点，即从 1996—2002 年，种植转基因作物的农民有了实质性的获益，特别是不仅考虑到狭隘的农艺学收益（即产量），同时也考虑到农业利润的话，就更是如此。[②] 未来的转基因工程作物可能会有更高的产量、更低的有害物控制成本，从而为农民带来更高的利润。但迄今为止，这不过是建立在对广泛分布的转基因作物大田中部分有利证据进行搜集基础之上的乐观估计而已。至今，农场一级水平上对于转基因工程作物的采纳，似乎是由其他的因素，而不是收益所推动着。这些因素包括生物技术企业的市场策略、粮食保有

---

① 参见 www. isaaa. org。

② 本书中，我使用术语"农民的获益"是在以农场为级别计算其总收入的意义上，而不是在更为狭隘的农艺学（即产量）的意义上使用。正如 Fernandez-Cornejo 和 McBride 在最近的一份报告（Economic Research Service/USDA Adoption of *Bioengineered Crops* / AER-810, May 2002) 中所指出的："因为对于技术存在着非农场考量，更为精确的有关农民的获益和成本的理解，就成为更加完备的社会福利计算的一个重要组成部分。"

系统的结构以及农场管理上的方便性等。当前，该技术的采用规模及速度能否维持下去是很成问题的，特别是当需求方的问题也不减的话。

基于国家制度差异之上的规则分化和国际贸易摩擦，为上述问题增加了大量变数。规则差异将在第三章加以描述，在第四章和第五章中进行解说。国际贸易的含义将在第六章中加以揭示。

规则的两极分化

20 世纪 80 年代中期，西欧国家、美国和其他很多国家在生物工程技术的政策上是彼此类似的，但到了 80 年代末期，大家开始分道扬镳。自 1990 年以来，欧盟及其成员国已经转向于前所未有的严格验证和明确标签的标准上来，极力强调所谓的"预防性原则"（precautionary prin-ciple）。[①] 结果在欧盟，几乎没有农业生物技术的应用被允许进行商业化推广，转基因作物的商业化种植也几乎不存在，田间实验的数量更是远远少于美国。在欧盟国家市场上，贴有转基因标签的食品数量趋近于零，以至于让食品加工和销售商们对转基因食品唯恐避之不及，而不是为其贴上标签。欧盟市场对于生物技术食品类产品已经收缩到了酶工程产品，但食物成分和动物饲养不在强制标签的范围之内。

与此完全相反，美国的政策制定者张开双臂拥抱了农业生物技术。他们简单地认定农业生物技术不过是一种创新性的食品和饲料生产技术，这种技术本质上并不会使所生产的食品和饲料比常规的产品更不安全。美国食品与药物管理局（FDA）、农业部（USDA）及环境保护署（EPA）经过相对而言不那么正规的公告程序，而且也基本没有进行官方的市场风险预评估，就批准了大部分企业的田间试验和转基因产品的商业化生产申请。生产者可能会自愿地对转基因产品贴标签，但并无强制性义务要求他们必须这么做。美国市场上充斥着多达 50 种以上的各式各样的转基因作物产品，还有更多的转基因作物已被官方批准做田间试验。

---

① 这个原则为制定规则提供了"更好的安全胜于道歉"的基调。当公共卫生或环境存在着风险，而科学知识对相关的风险还不够完备时，该政策就必须加以贯彻执行。

1996—2002 年，转基因作物的种植面积暴增。数千种加工食品的产品原料中含有转基因的成分。

欧盟国家和美国之间的这些差异，构成了一种我称之为规则两极分化的趋势：日益增大的鸿沟横亘在推进和限制农业生物技术的国家之间，虽然双方都在市场准入方面采用了认证和标签制度。力挺农业生物技术的阵营以美国为核心，还包括阿根廷和加拿大。杯葛农业生物技术的一方则以欧盟为首领，并包括一些非欧盟的国家，如挪威、瑞士和中东欧的一些国家。

其他国家（如澳大利亚、巴西、中国、印度、日本、墨西哥、俄罗斯和南非等）倾向于更严格的认证程序。其中，一些国家（如澳大利亚、中国、日本、韩国和俄罗斯）已经对转基因食品实行了强制性的标签制度。但这些国家的管制规则在严格性上有很大的差别，以其平均的严格程度为界，可将这些国家划分到欧盟阵营或美国阵营。

发展中国家则还在努力理解有关该技术的风险和收益在科技和政治层面争论的意义所在。2002 年，美国对撒哈拉以南的非洲进行了食品援助，其中也提供了转基因作物。而围绕这个援助所进行的争夺，只显现了冰山一角：对很多发展中国家而言，建立一个有效率、低成本和可负担的，但同时也不能得罪美国或欧盟任何一方的管制规则体系，总归是一个划圆为方的困难抉择。

这些有关世界农业生物技术领域管制政策板块的"构造漂移"（tectonic shifts），迄今还未能形成足够的压力来促使美国改革其认证和标签标准（或者阿根廷和加拿大的此类标准），但已经对市场造成了影响。多数分析家都注意到了美国的转基因玉米和大豆，以及其他生产转基因作物国家在种植数量上的冷却现象，但非食品的转基因棉花生产不在此列。管制规则的分化已经持续地延缓了转基因作物的商业化过程，特别明显的是对于转基因小麦和水稻商业化的推延。而且，规则的两极分化几乎推动了发展中国家对于农业生物技术研发的公共资助力度，而该技术领域本身在发展中国家，可能是最具好处的。持续增强的规则两极分化趋势，也影响到了全球农业贸易。

解析规则分化

人们往往将不同国家在农业生物技术领域管制规则上的差异，归结为"规则文化"上的差异。下列文本就以类似诗歌的方式展示了此种类型的解释：

各民族国家的风险观

美国：除非证明有风险，否则产品就安全

法国：除非证明为安全，否则产品有风险

英国：即使证明为安全，产品仍然有风险

印度：甚至证明有风险，产品依然为安全

瑞士：产品总是有风险，特别被证为安全

肯尼亚：产品总是安全的，特别被证有风险

加拿大：产品若是不安全，那就必然有风险

巴西：产品既是安全的，同时也会有风险

埃塞俄比亚：产品永远有风险，即使还没被生产[①]

诸如上述的说法可能包含了一部分道理，但其缺陷是几乎落于俗套。多数的社会科学工作是一种综合性论证，即将民族的管制规则风格（或文化）与对社会结构、媒体舆论、消费者接受程度、非政府组织和工业企业行为等的经验研究结合起来进行。[②] 本书第四章和第五章对于规则分化的解释，就是建立在这种类型的工作之上，不过是在更系统和更简略的分析框架内进行而已。这个解释还将驱动力问题纳入了考察的范围，这在以前的研究中很少涉及。按照这个解释看，某些流行的有关大西洋两岸在农业生物技术领域管制规则（最为著名的，如技术恐惧主义和贸

10

[①] 匿名作者发表于 www. agbioworld. org 网站。

[②] 此类研究的最佳典型包括 Meins（2002），Vogel（2001），Lynch 和 Vogel（2000），Gaskell 和 Bauer（2001），Joly 和 Marris（2001），Lynch 和 Da Ros（2001），Lotz（2000），McNichol 和 Bensedrine（2001），Echols（2001）。

易保护主义者的以利益为推动力的欧盟限制性管制规则体系）上的差异之说，其实是错误的。

我结合消费者的接受度，非政府组织的活动，生物技术类企业、农民、加工和销售商的利益和行为，以及相关政治系统的机构性质等方面，解释了不同管制规则体系在实行效力上的差异。分析和说明了市场准入与国内和国际政治过程的关联。特别聚焦于欧盟和美国，因为这两个政治单元不但在规则制定的结果上展示了最明显的差异，而且它们在这个政策领域的行为对于其他国家也有着强烈的影响。

这个解释结合了两类理论观点。其一是将规则看做是欧盟和美国的不同利益集团之间为争夺政治和市场影响力而相互斗争的结果，也就是说，以技术供给者（农业生物技术企业）、农民、加工者和销售商为一方，与消费者和环保集团为另一方彼此斗争的结果。这个解释阐明了为什么这些集团会有自己的不同偏好，同时也说明了什么时候和为什么某些特殊利益集团会在政策的制定过程中获胜。其二是探讨了在联邦政治体系（欧盟、美国）中，不同权限（欧盟各国、美国各州）之间相互作用的效应。

前者的解释从个人或企业的层次出发，向上落实于最终的社会影响（自下而上的透视），后者则首先集中关注宽广的政治系统结构和机制（自上而下的透视）。在欧盟内部，两种过程作用的结果，使得对农业生物技术的管制朝着更加严厉的方向推进。而在美国，它们的作用方式是使该管制规则朝着推进农业生物技术的方向发展。

利益集团的角度

传统的有关规则的政治经济学理论认为，由于环境保护者和消费者群体数量庞大、立场各异，所以他们比制造者（工业）更难以动员（或发动）其支持者，并影响到公共政策。然而，正如第四章所分析的那样，环境和消费者利益集团在美国和欧洲的**集体行动能力**（collective action capacity）有本质的区别。这种区别来源于公众对农业生物技术的理解，消费者对管制规则制定当局的信任，以及机构本身的体制。

因为欧洲民众对农业生物技术消费品有消极认识，以及对政策制定当局不信任，所以他们产生了远比美国民众更强烈的抵触情绪，而正是由于这种情绪，他们更强有力地增强了环境和消费利益集团的抵制。从大西洋两岸非政府组织关于农业生物技术所开展的运动规模和性质上的差异来看，也可以体现出这种动员能力上的差异。相比美国的反对农业生物技术群体，欧洲的反对者因为技术的原因更能控制市场。公众对农业生物技术的抵抗情绪，以及多级且分散化的政策制定机构①，导致欧洲的抵制农业生物工程集团更有力地影响了相关管制规则的制定。在美国，民众对于农业生物技术的抵触情绪相对来说比较少，并且农业生物技术管制规则也是由联邦政府统一制定的，这样就有效地限制了农业生物技术的反对者。

欧盟与美国赞成农业生物技术的生产者，其集团行动能力也大相径庭。在欧洲，公众对农业生物技术的抵制情绪，以及非政府组织发动的抵制活动，致使农业生物技术公司、食品加工和销售商及农民陷入了彼此僵持状态，因而降低了赞成农业生物技术生产集团的影响力。有趣的是，欧洲支持生物技术的利益集团并没有被保护主义者②（尤其是农民）拖后腿。美国及自由经济学理论的最新反应，都在明显地抨击欧盟的农业生物技术管制规则。而对市场压力极其敏感的企业，尤其是食品加工和零售商，因为被非政府组织视为主要攻击对象，因而被迫支持严格的管制规则，所以上述抨击的威力就被削弱了。相反，由于美国民众的抵制情绪比较弱，非政府组织的运动也比较少，所以更具凝聚力和组织性的支持农业生物技术制造的集团反而占据了优势。另外，工业组织的结构差异（尤其是欧盟的零售部门在经济效益和组织性方面更高的集中程度）及由此带来的不灵活性，也有助于阐释欧盟与美国支持农业生物技术制造集团之间的差异。

联邦制体系中的管制规则

整体利益集团式的解释，没有考虑到单个欧盟国家和美国各州在利

---

① 在政治体系中，前者指的是垂直、后者是水平机构对于政策制定的贡献。
② 此处的保护主义者是指那些积极寻求限制欧盟以外国家生产的农产品（特别是有竞争力的农产品）进入欧盟市场的法律法规的欧盟农民。

益和政策方面的差异，以及它们对于欧盟和美国联邦层次政策变化的潜在影响力，第五章填补了这一空白。其中，将欧盟和美国关于农业生物技术的政策，看做是一个大的（联邦）政治体系下的、有相当自主性的政治次单元（欧盟各成员国和美国各州）之间相互作用的结果。该解释集中于大政治体系中的这些次单元是否能够通过自主地制定从紧或宽松的关于农业生物技术的政策，来推动外部大系统相应管制规则的变动。对欧盟和美国农业生物技术政策制定过程的分析表明，在欧盟内部，我们能够观察到一个实际存在的"棘齿"（ratcheting up）效应①，而在美国同样的方面，却是一番"集中化松散"（centralized laxity）的景象。

欧盟国家受制于超国家的管制规则，这种管制规则保障了农产品在全欧盟范围内市场的自由流通。但在密切相关的政策领域，如环境和公共健康等，各国又保留了各自相当的自主性。在许多领域，欧盟各国都一直维护着自主制定政策的权利，但这些政策制定又必须限制在欧盟所要求的最低标准范围之内，或者至少不得与所达成的共识相背离。② 这个限制条件也适用于农业生物技术领域。

当利益集团分析中所描述和解释的力量，开始驱动着反风险的欧盟国家在管制规则方面不断趋于更加严厉时，农业生物技术友好国家及欧盟委员会就面临一种两难境地：如何在限制性的规则下，既能满足一些国家对于农业生物技术的需求，又能守护住欧盟自己的内部市场？因为各国间在转基因产品许可和标签标准上的差异，可能会威胁到欧盟内部的农产品贸易。约半数的欧盟成员国，其公众强烈支持对农业生物技术实行更严格的限制，让它们低于农业生物技术超前国家的标准，这恐怕是不可能的。欧盟内部的农业生物技术超前国，于是就不得不在管制规则上屈从于反该技术国家的要求。在它们看来，这样做的目的，是因为失去现有市场的损失，远大于对农业生物技术实行限制性管制所带来的成本。在这种"向上棘齿"的过程中，农业生物技术抵制国一步一步地朝着实行更严厉的管制规则方向移动，并带动着整个欧盟范围的规则也朝

---

① 也可以理解为"难以倒转"的"层层加码"效应。——译者注
② 共识意味着欧盟国家互相之间接受彼此的国内政策，并允许向任何欧盟国家出口和销售任何合法生产的产品。

此方向变化。欧盟中的跨国组织（欧盟委员会、欧盟法院），迄今为止没能阻止过这一发展趋势。

美国的农业生物技术管制规则比欧盟更加集中，无论是在政治层面还是执行机构层面都是如此。而且很大程度上掌握在两个独立的联邦机构和一个政府部门（即 FDA、EPA 和 USDA）手中。美国的情形似乎本应与欧盟案例中的悖论类似，即决策权威的不集中反而会导致向上的和谐而不是简单地导致一种瘫痪状态，但这种情形并未出现。从下向上的限制性管制的压力，在某些情况下也将导致美国各州之间的差异化政策选择。然而，由于第五章所描述的体制性和法律上的约束，美国各州在单方面针对农业生物技术施加限制性规则的权限上，比之欧盟成员国的类似权限要弱得多。即使在美国的一些州，在公众要求对生物技术制定限制性措施的压力持续高涨的情况下，如果这些州强力通过一些法院也会赞成的限制性措施，向上"棘齿"的倾向在美国也要比在欧盟慢得多。最有可能出现的情形是，美国的某些大州引入了限制性规定（如对转基因食品强制贴标签），这些限制对于其他州的农产品出口形成了负面影响。这些其他州的农民，或许还有当地政府，会产生迎合他们将要出口目标市场所要求的更高标准的动机。最后，这种"高标贸易"（trading up)① 效应也许会在全美国扩散，并激发联邦主管机构绷紧管制规则。但我们目前离这种场景还很远。换言之，当前，公众对于农业生物技术相对正面的接受情况和较弱的非政府组织活动，创造了使美国能够放松对于农业生物技术规则管制的基本条件。然而，美国联邦制的运作过程构成了一种额外的障碍，抵消了未来可能增强的自下而上的制定限制性措施的压力。

规则分化能否持续下去

第四章和第五章的分析表明，利益集团的驱动与规则联邦制特性在欧盟的结合，增强了对于农业生物技术的管制。这些力量在美国要弱得多，这也是之所以此类管制在那里会一贯松弛的原因。该分析还预言，

---

① "高标贸易"（trading up）这个说法是由 David Vogel（1995）提出的。

这两大政治系统在未来的数年当中，会按照各自的运行轨迹持续走下去。

由于公众对于转基因食品的较低接受度、对于检查部门的较低信任度、非政府组织的压力、农民日益增长的对转基因作物的反感、加工和零售商们远离或者退出标签转基因食品市场的强烈趋势，以及欧盟决策机制的体制性惯性，看来要逆转欧盟政策的希望不大。

欧盟中的农业生物技术反对派，其影响力得益于欧盟的联邦制管制特点。欧盟的决策机制，使得农业生物技术的少数反对派，能够阻止试图松动现存标准的各种努力。此外，欧盟国家的多级别和非集中化的混合决策制，重大规则的自决权，以及对于其自身内部市场的保护，都鼓励一种规则上的向上"棘齿"，而不是向下妥协。

14 如果接受这个结论，即欧盟将不会朝着美国的集中化松散模式转变，那么，美国的政策会朝着欧盟的模式改变吗？在第四章和第五章里列举的证据显示，这也是不可能的。自 20 世纪 90 年代后期以来，鉴于公众中不断增强的对于转基因食品的关注，特别是在星联玉米（StarLink Corn）问题①上的对立，已经导致早期的农业生物技术共同体之中产生了某些裂痕，但这些裂痕还远未严重到足以对该共同体造成破裂性影响的程度。例如，由不太可靠的转基因作物出口机会所导致的美国农民和生物技术企业之间的矛盾，通过政府不断增加对于农民的补贴而得到了消弭。此外，对于来自较低利益集团（自下而上）的要求更严厉生物技术管制的压力，美国联邦制的管制特点，是扮演了反对对农业生物技术采取更多限制政策的角色。第五章的分析显示，即使发生诸如消费者要求更严格管制的压力增长这类不寻常的事件，在农业生物技术管制规则问题上高度自治化的美国各州，结合联邦层次上集中化的决策机制，也将有效阻止任何美国个别实行限制性农业生物技术政策的州对于其他州的可能"传染"（contagion）效应。

---

① 星联玉米事件：这种玉米是欧洲安万特公司的产品，也是一种 Bt 防虫基因的玉米。美国环保署当初为了慎重起见，决定只批准为饲料用，不可供人食用。2000 年，在处理过程中不幸发生疏漏，有些与食用玉米混在一起，而且已用在连锁店玉米面饼上，发生了一起因管理疏漏而造成的转基因作物混入普通食品的事件。为了防止事态恶化，安万特公司立即购回市面上已有产品，虽然并无任何食用者受害，但一场反转基因作物的风暴由此而发。——译者注

管制规则的分化能否持续下去，不仅取决于刚刚分析过的内部过程，而且也取决于不断发展的国际化水平。

首先，从长远的角度看，世界范围的农业生物技术管制规则的演变走向，也将取决于欧盟和美国之外那些国家的政策。如果大多数国家的政策取向偏向于欧盟模式，则将形成压力并推动美国实行更严格的限制性规则。反之，若大多数国家倾向于美国模式，则会对欧盟形成更大的压力，使之改变到更宽松的立场上来。随着时间的推移，世界的两大经济体显然会成为世界规则制定的主要驱动者，它们的政策选择明显限定了其他国家的政策选项，特别是那些在经济上依赖于欧盟和美国，或两者皆依赖的国家。瑞士、挪威、中东及中欧国家，因此加入了欧盟阵营，而加拿大则与美国结为统一战线。其他那些较少依赖欧盟和美国市场的国家，如中国、巴西、印度、日本和俄罗斯等，则采取了处于欧盟和美国模式之间的管制规则中立化立场。这些国家的农业生物技术政策形成不久，并且不稳定。目前，欧盟和美国都在通过各种威逼利诱的手段，尽力对这些国家的政策施加影响，以使它们站到自己一方的立场上来。2002 年，对撒哈拉以南非洲进行的转基因食品援助所引起的激烈争论，就是这种尖锐对立形势的一个典型例证。其他国家最终将趋向于欧盟还是美国的农业生物技术管制规则，目前尚难定论。

其次，管制规则的分化是否会持续下去，还取决于同规则分化相关的贸易摩擦在地区和全球贸易体系中如何得到化解。大体上看，有三种可能性。大西洋两岸（也许是全球）的农业生物技术管制规则的汇流，可通过两种路径得以实现：一是通过自愿协商或国际谅解达成妥协一致的规则（若从严格意义上说，可能是在较高水平或者较低水平上的妥协）；二是通过国际争端调解机制而强行实现（WTO 系统就是一个明显的例子）。第六章将集中探究这两种可能性。或者，与管制规则分化相关的问题在某种程度上也可以在全球市场中加以分类处理。例如，食品工业可以接受消费者多种多样的偏好，提供从转基因到非转基因等全系列的产品。我将在第六章和第七章中探讨这个选项。这个基于市场的进路，不会对缩减管制规则的分化产生直接作用，但它有助于避免本章一开始就提到的规则两极化所导致的弊端。

国际贸易的含义

在一个日益全球化的世界经济中，国家或地区性的农业生物技术管制规则，其影响力会远远超出制定这些规则的国家或地区。特别是在技术许可和标签标准方面的差异，不但会影响国际贸易的数量，还会在地区甚至全球引起贸易冲突。在第六章中，我论述了管制规则的分化所导致的全球最大两个经济体，即欧盟和美国间的抵牾过程。

然后，我集中讨论了有关合作和单边缩小管制规则两极分化的策略问题，重点评价了 WTO 在农业生物技术问题上激烈论战的可能性和后果。本章的基本观点是，现存的贸易摩擦很可能会扩大化，如果①由于欧盟对于农业生物技术的管制所造成的经济损失巨大，导致在美国形成了有政治影响的经济行动者；②解决问题的非强制性政策手段失效；③美国在 WTO 的法律诉讼胜面居多，而欧盟在 WTO 的裁定前或 "有罪"（guilty）裁定后做出妥协。前面两个条件指向了扩大化，最后一个则是模棱两可。

16 　　对管制规则分化所导致结果的估计，聚焦在出口收益的损失和对于欧盟与美国总体福利的影响。从总体福利的角度看，管制规则分化的成本，很可能主要落在了欧盟的头上，美国只承担了一小部分。对于美国而言，成本似乎就是由一小部分有完善组织和资助的经济行动者政治压力集团来承担了，主要是生物技术企业和出口导向的农民。他们的损失目前大约是每年几亿美元。如果欧盟进一步收紧其限制性管制规则，并且其他国家也紧跟欧盟模式的话，这个损失也可能会增加到每年几十亿美元。这些由欧盟管制所造成的经济损失，对于美国政府来说是个强有力的刺激因素，使其趋向于采取更强力的措施，为美国的转基因产品打开欧盟和其他市场。关于贸易保护主义和其他政策领域贸易争议的研究表明，这种情况将导致国际贸易摩擦的扩大化。

关于用非强制性方式（在美国，公认的有相互承认、补偿、协调、单边规范调整或市场调节等）处理不断增长的贸易摩擦，分析表明，这些常规的政策手段在缩减管制分化和贸易摩擦方面，似乎已经非常难以奏效了。相互承认对于欧盟和美国而言，都是不可接受的，因为这将削弱双方各自立场的合法性。补偿也需建立在政治合法性和财政的基础上。导致两极分化的那些原因，封死了所有国际协调的努力。同样的理由，也使美国无法做出单边的规则调整。虽然单边的市场调节已帮助美国减轻了贸易摩擦状态，但并不能借此彻底解决问题。

关于第三个条件的证据是不确定的。一方面，我认为，出于法律和战略或政治的原因，如果美国启动 WTO 的争端仲裁程序，WTO 似乎应倾向于支持欧盟的严格管制规则。但支持的条件似乎在于：①法规不能简单明了地判别被告方的规则是否合法；②被告方经济实力雄厚，并且倾向于不接受一个否定性的判决；③能获得其他 WTO 中有影响国家或明或暗的支持；④WTO 中推进贸易自由化的重要协商正在展开；⑤一个最近可参照的带有实质性政治副作用的判例。这五点证据表明，我们不能预期美国政府会将冲突升级，因为美国也难以打赢这场法律官司。

另一方面，我们从其他贸易冲突中得知，政府有时也会升级贸易争端，虽然胜诉的可能性不大，但政府还会这么做是有其道理的。作为潜在的原告，政府或许认为，通过升级贸易争端来赢得选民的支持，远比实际打赢这场官司更加重要。虽然 WTO 的诉讼程序往往要持续多年，并且未来也存在着最后败诉的结果，但这种行动将在短期内获得收益。更有甚者，作为原告的政府在国内通常也不会面临多大的对其升级争端的反对，因为冲突升级的成本（如惩罚性经济制裁、贸易谈判中断等）会分散于整体经济的全部或一大部分中。

通过第六章的分析表明，跨越大西洋的这场关于农业生物技术的贸易摩擦，似乎大有升级的可能。这是一次会让 WTO 不堪重负，并会中断全球农业自由贸易的升级。它将轻而易举地发展成相互间的经济制裁，从而给大西洋两岸的生物技术企业、农场主、消费者和纳税人造成数十亿美元的损失。此外，正如将在下节讨论的那样，它还将给本来就已经危机四伏的农业生物技术产业添加进一步的烦扰。

换句话说，既然未来的几年美国在自愿调解、相互承认、补偿和单边规则调整等方面不可能有所进展，那么向 WTO 施压的可能性就大大增加。然而，第六章的评估说明，升级不但没有赢家，还会带来很大的负面效果。如果接受第七章的讨论结果，就有可能找到更有效处理管制规则两极分化和贸易摩擦的基于市场化的解决方案。

2003 年 5 月中旬，当本书准备出版时，美国已正式将争端提交到 WTO，要求进行磋商。这个诉求也得到了阿根廷和加拿大的支持。按照 WTO 的程序，第一个步骤是先寻求原告和被告之间的协商，以使双方有机会通过调解来解决问题。但如果争端不能在 60 天内通过磋商获得解决，则原告可以将其提交到仲裁委员会。这个过程包括可能的上诉和反诉等，一般需要 10—18 个月的时间，如果 WTO 考虑是否进行违规制裁，那还得给被告方提供一个上诉的机会，则花费的时间就会更长。换言之，若美国或欧盟都不放弃的话，WTO 也会在 2004 年年底或 2005 年年初针对欧盟的管制规则，做出是否合乎 WTO 原则的最终裁决。但是根据本书的分析可以看到，争端涉及 WTO 几乎所有的正式规则，所以仅靠一个裁决恐怕是难以彻底解决问题的。

18　　管制规则的两极分化、贸易摩擦的升级和基层社会的矛盾，虽然看来都难以导致农业生物工程技术的彻底消失，但却已使这个技术陷入了重重的危机之中。正如 2000 年的《经济学家》杂志中一篇文章所说："环境主义者憎恶它，消费者不关心它，农场主越来越没信心，而发展了它的企业，或者自己垮台，或者尽可能快地为其转基因部门寻找买主。"①

在市场、规则的制定、研究、发展和技术的采用等问题上，一直远未能从技术、经济、环境、公共健康、人道主义等方面的观念来考量其合情合理性。这种状况妨碍了民间对农业生物技术研发的投资，不仅仅是实行严格限制的欧洲和同类国家如此，连美国也不例外。由于出口市场的巨大不确定性，惧怕敌视农业生物技术国家的限制性管制，以及消费者抵制活动向此技术拥护国的"溢出"（spill-over），生物技术企业、农场主、制造和销售商都面临着明显增长的商业风险。已经为此技术投入了巨资的农业生物技术龙头企业，也开始犹豫是否继续其对该领域的投入了。

农业生物技术领域的管制规则两极化、贸易摩擦的升级和持续的社

---

① 参见 *Economist*，January 29，2000。

会争议，也妨碍了政府和非政府组织对发展中国家研发该技术的支持，而在发展中国家，该技术对于改善生存条件可能具有巨大的潜力。为提升对农业生物技术的政治支持并改善其公共关系，相关生物技术企业曾经免费为一些发展中国家提供了转基因作物的专利技术，但这些礼物是临时性的并经过了选择，出口供应商们仍然更加偏好购买力强的 OECD 国家市场。美国和欧洲都存在的私营部门与大学研发之间的紧密关系，则强化了这个趋势。

政府和非政府组织的支持或许可以填补这个空白。在欧洲和其他一些地方，政府部门和非政府组织非常不愿意资助发展中国家的农业生物技术研发，其根本原因在于对可预见的政治压力的惧怕。许多发展中国家出于自己的立场，不太情愿接受这方面的援助，他们的理由也有若干。第一代转基因作物（在价格和质量方面）没有能为消费者带来多大的好处，当前应用了农业生物技术的农场，其平均经济状况是存在争议的。更进一步地，许多发展中国家担忧农业生物技术市场在数量和规模上的不利局面会持续加重，从而导致其出口收入损失的扩大。特别是当建立可靠的隔离、身份鉴存（identity preservation，IP）和标签系统时，所要面对的金融、技术和管理等方面的问题，也使许多发展中国家倾向于不愿采用农业生物技术。如上所述，这些情况为农业生物技术创造了一个**合法性陷阱**（legitimacy trap）。在生物技术的代言者们坚持用"供养穷人"（feeding the poor）来论证支撑农业生物技术的合法性和有用性的同时，经济的、社会的以及管制规则上的强制性，正在损害着农业生物技术应用的进展和市场。然后，该行业在兑现承诺上的食言，也对该技术的合法性构成了负面影响。

19

政策改革

公共和私人部门的利益相关者，从长远看，到底要怎么做才能应对目前的低谷状态，让农业生物技术也赢得公平的机会去改善其经济、环境、公共健康和人道主义的收益呢？

在第七章，我从农业生物技术圈的代言者们经常津津乐道的管制规则改革提议最可能的走势开始讨论。该拟议中的改革从政治立场（如欧盟农业生物技术政策有实质性的松动）上看是不可行的，也无法建立并维持消费者对于农业转基因产品的长期信心。显然，不存在任何令人信服的实证证据，支持流行于农业生物技术拥趸者之中的一个观点，即只要投入大量资金进行公共关系活动，就会产生更多的支持该技术的理性消费者。此外，美国试图通过WTO框架内的贸易争端程序来打开国外市场的努力，恐怕也不大会产生农业生物技术拥趸者所期望的结果。

与此相反，我认为政策改革应该关注三个要素：加强管制规则的权威性和法律可信度、支持市场化产品的差异化、支持发展中国家。

这些政策改革将会初步减少生产者和消费者的额外费用。这个建议初看上去，似乎对那些仅在现有健康和环境风险的科学证据基础上支持管制规则改变的人缺乏吸引力。的确，科学家现在还没有能力来证明目前市场上的农业转基因产品会引起健康风险，至于它对环境的影响方面，存在着更多科学上的不确定性。但是，无论"真正"的风险是什么，我拟议的改革，是对消费者长远信心的培养，是对该技术的持续投资。固化的管制规则两极化、贸易摩擦和农业生物技术产品全球市场的混乱所带来的损失——如若不能沿着本书第七章所建议路线进行管制规则的改革——就会更为巨大。

首先，在全欧盟范围内，针对所有生产和（或）出口转基因作物、食品或饲料，建立起强有力的、政治上独立的和基于科学规范权威的司法裁决权。我将证明，欧盟会发现自己处于三重困境（trilemma），涉及分散化和多级别的管制规则、食品安全和市场集中等方面的平衡。对此三重困境的分析表明，在食品安全上，从分散化和网络状管制规则，向更集中化治理形态转移，是增强消费者信心的最佳选择。

由于此种改革的缺位，极其复杂和昂贵、缺乏确切科学评价的农业生物技术管制规则，很可能会酿出一种恶劣的后果，包括：由于管制规则的复杂化而导致的执行上的失败、公众对食品安全信任感的进一步下降、由复杂到更复杂的管制规则恶性循环，以及当企业试图通过垂直整合和自立章法来处理食品安全问题时所引发的市场不断同质化，如此等等。

强化管制规则的权威性，应该与增强法律的可信赖度相结合。更强大的规则权威和更可信赖的法律，长远地看，会增进公众对农业生物技术的支持。特别是前者，还能在食品领域发挥出防止市场过度同质化的作用。

其次，公共和私人部门的相关利益者，应该支持市场驱动的产品差异化。这即是说，要建立能让转基因和非转基因产品都得以安全和诚信交易的国内和国际市场。这就要求所有种植和（或）出口转基因作物及相关产品的国家，都实行严格的、基于科学的风险评估和认证程序，还有有效的隔离、身份鉴存和标签系统。

为了消除转基因作物农民、食品加工和零售商的短期阻碍，身份鉴存和标签系统的启动成本可以由政府来承担。政府也应该支持市场驱动的产品差异化，通过建立宽松的标准，推动对非转基因产品的认证和检验程序，对转基因产品的种植、生产和价格及常规样品等提供详细信息，以使农民做出更明智的选择。为使转基因产品的国际贸易进行得更顺利，欧盟和美国应该在风险评估、认证、标签、检验、隔离和身份鉴存等方面朝着统一标准靠拢，并将此标准推行到其他国家中去。

在市场驱动的产品差异化前提下，转基因食品只有在给消费者带来可观利益［如品质和（或）价格］的情况下才能生存。生物技术企业、种植者、食品制造者和零售商，就会全神贯注于能带来这些利益（不像第一代转基因作物那样）的食品生产。为改善该技术在富裕和贫穷国家的普遍合法性，对传统农艺的基因改造应该首先着重于多样性，这对发展中国家也特别有用。为使建立和运行差异化市场更顺利地进行，生物农业和食品企业，应当避免销售那些能通过食物链和（或）具有高潜能交叉授粉或异型杂交迅速传播的转基因产品。 *21*

最后，为了在发展中国家建立起有效的管制规则体系，包括研发的生物安全性规则，国际资助和技术支持是必需的。发展中国家的生物技术事故，对于无论富国还是穷国的技术，都具有灾难性的后果。此外，当遭遇更严格限制和更有效率的农业生物技术管制规则时，弱管制规则的发展中国家在市场上的农业出口机会可能就会被损害。

各国政府、生物技术企业和国家科学组织，应该建立和资助一个独立的国际机构，这个机构能够对发展中国家建立管制规则的努力提供财政和技术帮助，还能够在那些私人投资尚难指望，专利制度阻碍技术转移的地区，针对于农业生物技术相关的健康和环境课题进行研究，并为发展中国家的农业生物技术研发提供资助和指导。

即使国际社会，特别是两个世界最大的经济体，能够在未来的几年中找到一种妥协性的管制方案，我们仍可能看到在全球的政策制定者之间，也许5—10年，甚至更长时间的争论不休和各式反应。如果本书所提议的政策改革得以推行，则有可能平息最终的暴风骤雨。我们因此能在市场上找到各式农业转基因产品正与传统农业产品及其衍生产品进行竞争的盛况。消费者可以对食品供应的安全性更加充满信心，能够按照他们认为很重要的无论什么标准来体验理智的选择。农民、加工商、零售商和生物技术企业能够体验到来自需求方的肯定，也能从有利于消费者的转基因产品中获益，可以直接对产品和消费者需求十分确定的商业领域进行长期投资。公共健康和环境的残留风险，将会处于政府的有效掌控之中。防护上的疏漏，也将由强有力且可信赖的法律加以覆盖。

第二章

挑　战

在这一章里，我将论证农业生物技术已经在两个方面陷入了严重的窘境。一方面（从需求方）来看，社会关于健康和环境危机的争论、发展中国家食品安全问题的解决方案、企业对食物链的控制及道德争论等，已经降低了消费者和政治层对该技术的支持。从消费者的角度来说，事实是，第一代转基因食品与非转基因食品相比，既不便宜也没有更好的品质。另一方面（从供应方）来说，由于农场一级利润和转基因作物其他优点的不确定性、上升的规则监管成本（这造成利润的降低）及消费者的消极反应，都降低了转基因作物对农民、食品加工和销售商的吸引力。

首先，我将描述农业生物技术是什么，然后再集中讨论前面所提到的挑战。为了让分析更简化，我们将在遗传基因专业的基础上讨论这些挑战。第三章至第六章，将提到这些挑战的广度和内涵在不同国家的巨大差别。也会提到，由于管制规则的两极分化，以及由这种两极化所引发的国际贸易摩擦局势加剧了目前农业生物技术的危机。在第七章中，我将略述政策选择，这些政策是关于如何帮助解决危机，以及给农业生物技术一个公平的机会，证明它从中长期看是有益的。

农业生物技术

19 世纪，来自中欧的一个奥古斯丁修道士格里格·孟德尔[①]，宣布生物器官的特性是可以遗传的。[②] 但直到 20 世纪 50 年代至 70 年代，科学家才发现了遗传过程中的关键因素"基因"的物理和化学特性。他们发现，一种称之为"DNA"（脱氧核糖核酸）的分子中包含着可以控制酶和其他蛋白质合成的信息，这些物质又负责着所有细胞的基本代谢过程。DNA 在细胞中对遗传信息进行了编码。一个基因是一个特殊的 DNA 序列，一个器官的整套基因（基因组）组成细胞核里的染色体。单个细胞能发展成生物器官，是由两个方面决定的，一是细胞里的遗传信息，二是基因和基因产物与环境条件的交互作用。

自从发现 DNA 以后，科学进步神速，这为种植业和动物饲养业创造了空前的机会。传统的养殖业（现在仍然是）建立在通过动植物的杂交来交换和控制基因的基础上，其目的在于提高产量、改善品质或性能。然而在传统养殖业中，成千上万不明功能的基因以一种杂乱无章的方式进行交换，基因工程则允许一个或一些明确功能的特定基因，从一个器官向另一个器官，或从一个物种向另一个物种（如从细菌向玉米）进行更多的可控交换。

典型的做法是，将已知功能的一个或多个基因与启动子、调节基因和标记体拼接起来，然后通过所谓基因枪介导、农杆菌介导或原生质注射的方式，嵌入到含有 10 000—30 000 个基因（如一个植物细胞）的有机体中。标记遗传物质（标记体）和基因组是用来确定哪些细胞吸收了输入的遗传物质。输入的结果（称之为"事件"）取决于遗传物质的组成和目的 DNA 嵌入的位置。已吸收嵌入 DNA 的细胞，被培育成能够表达被嵌入遗传物质属性的植物或动物。传统的养殖和基因工程的目的是一致的，即通过操纵遗传信息产生新的植物或动物品种。然而，主要以重

---

① 孟德尔（Gregor Mendel，1822—1884 年）最著名的工作是题为"植物杂交的实验"的论文。他被公认为"现代基因学之父"。

② 参见 www.fao.org/biotech 的一个术语分类表。

组 DNA 技术形成的基因工程，能够产生出新的，与传统育种方法所能产生的种类不同的植物和动物物种。

例如，Bt 玉米（bacillus thuringiensis corn），就是一种转基因技术处理过的玉米变种，能产生出一种原本是由土壤细菌苏云金芽孢杆菌（Bt）产生的毒素。这种毒素能杀灭某些昆虫（特别是欧洲玉米螟虫），同时却不影响其他昆虫。与此类似，转基因 Bt 棉花（bacillus thuringiensis cotton）能够控制青虫和棉铃虫。抗草甘膦大豆（roundup ready soybean）则包括了对生长调节酶的修改，使这种酶对草甘膦产生免疫。草甘膦作为一种除草剂，能使大多数植物中的酶失活，从而杀死它们。用草甘膦进行杂草控制与其他除草剂相比，对农民来说更便宜、更方便。这三种转基因农作物变种从种植面积角度来看，是最近在商业上最成功的。[①]

第一批转基因食品于 1990 年年初在美国得到许可。转基因作物大规模商业化生产是在 1995—1996 年，那时有一大批对该技术持支持和乐观态度的人，他们认为这种新的作物可以带来高产和低害虫管理花费，提高国际竞争能力和更高的农业产出。

当转基因食品在 1996 年进入西欧市场后，面对该技术应用的激烈争议，使大多数生物技术公司、转基因作物种植者、食品加工和销售商们大吃一惊。第一例也可能是最著名的案例，就是由转基因番茄做成的番茄酱。这种产品在 1996 年 2 月进入了英国的连锁超市赛福味（Safeway）和斯伯雷（Sainsbury）。该番茄以缩小多聚物的基因进行了改造，使之能产生更多的果胶和较少的水，这就减少了装罐前加热和浓缩的加工程序。这种产品具有生产成本方面的优势，但到消费者那里仍旧是以与常规产品相同的价格出售。这两家公司也没有企图隐瞒产品的生产技术，相反，他们自愿在产品上贴出了显眼的标签。

最初的销售是可观的，到 1997 年年底，赛福味超市已经卖掉了全部 100 万罐进货量的 1/3。这个发展态势在 1998—1999 年突然停滞下来，因为消费者团体开始给商家施压，要求超市把这样的产品下架。到 1999 年 7 月，两家超市都撤下了该产品，但他们的理由是，这种转基因番茄

① 参见 Nelson（2001）。

　　只是一种简单的进口商品，而这种进口产品的价格太高了。

　　自那以后，有关转基因食品的争议持续了很久，并从最初的仅针对消费者健康的关注，扩展到包括对环境的危害、世界粮食安全的影响、食品供应的控制、道德问题、农场的经济问题和管制规则等更加广泛的论题。

健康风险

　　当拥趸者声称该技术能给人们带来更加健康的食品（含有更多像铁、锌等微量元素和维生素 A 的食品①）时，批评者则高度关注转基因食品的生产和消费所蕴涵的健康风险。

　　最初的评论认为，近年来转基因食品对人体健康的危害性被低调处理了。② 转基因食品在某些国家的市场上销售已有六七年（尤其是在美国），虽然至今还没有确凿的科学证据，证实这类食品对人体健康不会构成威胁。争论随后转移到针对未来转基因食品的潜在风险上来。例如，标记基因法会使转基因作物具有氨苄青霉素抗性，而这会引发过敏转移、致癌物质、耐抗生素等问题。③

　　转基因食品存在健康风险的最重要争端是关于转基因马铃薯，这是位于英国阿伯丁的罗特研究所（Rowett Research Institute）阿帕德·普兹塔伊（Arpad Pusztai）发表的研究成果，其潜在的致敏作用甚至超过星联玉米，该转基因玉米能产生一种可作为天然杀虫剂的蛋白质（Cry9C），也超过了生物制药原料种植物所引发的食品供应污染问题（即所谓普罗迪基因公司 ProdiGene 问题）。④

---

① 参见 Bouis（2002）。

② 参见如 www. toxicology. org；www. agbioworld. org；www. fao. org/biotech；*Scientific American* 284（4），2000；*Royal Society*（2002）。

③ 参见 ICSU（2003）。

④ 参见 www. freenetpages. co. uk/hp/a. pusztai/（ProdiGene 是美国一家生物制药公司。2002 年 11 月，《华盛顿邮报》披露美国 ProdiGene 公司丑闻，该公司将含有转基因成分的药用玉米与食用大豆混杂在一起，而这些药用玉米是用来提取胰岛素治疗乙肝、糖尿病、癌症及艾滋病的。事件被曝光后，迫于强大的公众压力，该公司将受到"污染"的总值 270 万美元的大豆，全部付之一炬。——译者注）。

1999 年，普兹塔伊对外宣布，他的实验表明，用能产生凝集素饲料喂养的老鼠，会出现器官重量减轻和免疫系统损坏的症状。随后其他科学家也对此进行了研究，但没有能证实这一说法。只是在科学家中引起了激烈争论（普兹塔伊遭到了解雇），从而加剧了人们对于农业生物技术的质疑，甚至相信转基因食品"真的"（real）存在健康风险。[①]

星联玉米问题，是迄今为止转基因食品遭遇到的最尖锐的有关健康的挑战。出于对过敏性的担忧，美国有关机构（当时是美国环境保护署，即 EPA）在 1998 年 5 月批准星联玉米可用作饲料和工业原料，但是不能作为食品。2000 年 9 月，消费者团体开始在食品中追踪星联玉米，随后在 300 个品牌产品中发现了星联玉米的踪迹。这些确切的证据暴露出了美国监管体系的漏洞，尤其是生产者在粮食处理体系中没有阻止农作物的交叉授粉和进行隔离。同时，这也表明美国环保署在 1999 年向农户提出的种植非转基因农作物，以减缓转基因农作物生产的要求毫无成效。上述产品的召回、检测、回购等，耗费了安万特（Aventis）公司（产品供应商）、种子公司、农户、加工者和零售商数亿美元的资金。[②]

但是渐渐地，星联玉米是否含有过敏副作用的问题从争论中消失了，因为目前所获取的证据，并不能证实它有过敏问题的假设。但是抨击农业生物技术的人对这些证据颇为不屑，他们强调有关机构和生产者没有能力将转基因食品和非转基因食品区分开，没有能力保护消费者免受转基因食品可能的危害。他们想知道，如果星联玉米有致癌、避孕或其他对人体的副作用，将会有什么后果？他们认为，即便现在认定转基因食品是安全的，以后的转基因食品生产也可能存在以下的风险：毒素从一些有机物转向另一些有机物，从而产生新的毒素或化合物转移，并引起不可预期的过敏反应。

---

① 这场争议可以在 www.agbioworld.org 找到，或者以 "Arpad Pusztai" 为关键词在互联网上进行搜索。

② 参见，如 *Fortune*（2001.2.19）；*New York Times*（2000.10.14，2000.12.11）；www.transgen.de；Segara（2001）；www.foe.org/safefood。

26　　　　公众所关心的其他健康问题，集中在对于农业生物技术研究和发展的控制不足。不管是该技术的支持者还是批判者，都曾为一个报告而震惊，该报告的内容是，澳大利亚研究人员在对小鼠不孕问题进行研究时，意外地制造出一种能摧毁小鼠免疫系统的病毒，这种有害物可能从实验室流出，而这种可能性不难想象一定能抓住公众对健康带来的后果的关注。在专门适用于转基因产品贸易的国际法规中，不存在强制性的国际标准，对研究和发展的公共安全方面进行监管。在全世界范围内，安全的标准也很不一致。出于各种各样的原因（如名声、对资本和劳动力市场的获得等），发达国家的农业生物技术公司不太可能利用这种较宽松的管制，去推动风险很大的研发活动。但还有一个值得严重关注的问题是，在中国、印度、巴西和古巴这样一些发展中国家，可能是在一种管制规则较差的环境下推动生物学的研发，而其结果又很可能是这些国家所不能控制的。大范围的生物技术事故，如危险转基因微生物、植物、动物的扩散，肯定会影响到公众对农业生物技术未来创新所带来的灾难性后果的预期。①

　　有关在药物研究和工业化学领域使用转基因植物对健康和环境影响的争论，终于在 2002 年出现了。例子包括产品中含有抗法布里病、戈谢病的药物，还有血液代用品、激素，治疗囊肿性纤维化和伤口愈合的药物，B 型肝炎、疟疾和霍乱的疫苗，以及塑料和洗涤剂中使用的酶等。从技术的角度说，生产更好更便宜的药物，以及化学品工业研发不断出现创新是没有止境的事情。转基因技术也是在这种意义上被广泛应用于诸如玉米、油菜子、烟草、大豆、番茄和土豆等粮食作物。所以分析人士认为，这种所谓的生物农业，可能导致食品供应的污染，并更广泛地影响到动物和生态系统。截至 2002 年年底，已有一例源自转基因食品的药物产品被批准商业化生产，也有三项与转基因相关的工业化学品研发结果获得商业许可。随着这类产品走向市场的脚步越来越近，争议的声音也越来越强，特别是因为转基因产品可能比非转基因产品更有市场

---

　　① 参见 Union of Concerned Scientists，"Pharm and Industrial Crops"，2002，www. ucs. org。

前景。

美国普罗迪基因（ProdiGene）公司的案例就说明了这种危机。2002年11月，在内布拉斯加州种植的数千蒲式耳的食品级大豆，被之前种在同一地块上的有抗毒性转基因稻米污染了。美国食品与药物局勒令这家公司销毁了这批被污染的大豆。虽然美国政府在这个项目上花费了很大一笔钱，但幸运的是，被污染的大豆在进入消费市场之前，问题就被发现和解决了。美国农业部也揭露了这家公司在几个月前涉及的另外一起类似的污染事件。这就引发了制定更加严格的生物制药方面法规的期望。

环境风险

虽然科学家们倾向于认为目前市场上转基因食品的健康风险非常低，但却有更多的人持相反意见。他们认为转基因作物从长期来讲，还是会给环境带来很大的风险。[①] 农业生物技术的支持者认为，由于人口的增长，如果生产力没有大规模的增长，那么到2050年，就需要从现在的10亿公顷耕地增长到39亿公顷来满足世界的粮食生产需要。假设最高产和最有持久能力的土地都已经开垦种植了，而且非转基因的传统农业技术能力又有限的话，他们担心会发生大面积的新土地开拓。按照他们的观点，只有农业生物技术才有利于提高现存耕地的农业产出量，因此也可以起到防止滥垦和保护环境的目的。

支持者还宣称，生物技术对环境友好（更可持续发展）型农业的贡献还在于，它减少了杀虫剂和除草剂的使用，防止了对土壤的腐蚀。许多有关转基因玉米、大豆和棉花的研究，为这个观点提供了支持（进一步参看下文）。

而反对者主要集中关注该技术是否，且怎样影响现存的物种和生态系统。[②] 最重要的争议聚焦在帝王蝴蝶上。据1999年和2000年发表的研

---

①　参见 ICSU（2003）。

②　参见，如 National Academy of Science（2002）；Baskin（1999）；www.eea.eu.int。

究结果，来自转基因抗虫棉的花粉被吹到蝴蝶杂草上，最终杀死了以这些杂草种子为食的帝王蝴蝶。但在 2001 年和 2002 年发表的一系列论文中，又对之前的结论提出了质疑。研究表明，相关的实验存在不切实际的条件（如强制进食大量 Bt 玉米产生的毒蛋白毛毛虫）。[①]

其他的环境问题集中在杂交过程发生的可能性上。反对者担心基因过境可能会带来更有侵略性、能将除草剂抗性转移的杂草，或能够抵抗疾病的昆虫，从而孕育出我们不希望看到的物种（genetic drift 即"基因漂移"）。[②] 这种批评提供了一个将对农业生物技术的关注与全球生物多样性的争论联系起来的机会。

这个联系最重要的产物，就是《卡塔赫纳生物安全议定书》（*Cartagena Biosafety Protocol*）。该议定书作为 1992 年联合国生物多样性大会的一个结果，于 2000 年获得通过，并在 2003 年 9 月生效。此国际协议推动了转基因作物预防规则的制定，另外，它也将人们对于证实转基因作物是否对健康和环境有害的压力转移到了生产者一边。它将建立一个所谓预先知情同意机制，以确保没有任何一个国家在违背其意愿，或在其不知情的情况下进口转基因作物、食品或种子。

2001 年年底到 2002 年年初，农业、生物技术、生物多样性的关联议题又占据了头条位置。一份由查佩拉（Chapela）和奎斯特（Quist）在 2001 年 11 月份的《自然》杂志上发表的报告指出，转基因 DNA 已经渗入[③]到传统的墨西哥玉米中去。墨西哥玉米迄今已经存在了超过千年的历史，是世界上玉米生物多样性的集中地。[④] 这个问题也由于墨西哥在 1998 年禁止转基因培育技术，同时 1992 年联合国生物多样性大会和卡塔赫纳协议宣布，对将转基因物种推介到生物多样性中心区持否定性保留态度这两件事，而显得格外敏感。

---

① 参见 www. transgen. de；www. agbioworld. org；www. agbios. com。

② 这些"基因漂移"也可能引起赔偿的责任问题，如果相邻的有机作物（非转基因）是"污染了的"或者如果有机作物上的 Bt 残留物增加（一些有机农业将 Bt 制剂用于害虫的预防上）。

③ 在这里"渗入"（introgression）一词表示由典型转基因作物的基因从相关的栽培品种到野生品种的泛滥。

④ 参见 Quist 和 Chapela（2001）。

接下来发生在科学家之间的激烈争执，令人联想到 1999 年发生的普兹塔伊有关转基因马铃薯研究的类似情形。无论支持还是反对生物技术者，其科学证据皆存在广泛争议。然而，许多非政府组织和墨西哥政策的制定者，以及世界范围内牵涉到该事件中的国家，都要求禁止进口墨西哥的美国玉米品种（渗入的源头），他们认为农业生物技术对生物多样性是一种威胁。① 墨西哥政府没有禁止美国玉米的进口（大约每年 6000 万吨），但也延长了其国内对种植转基因玉米的禁令。从法律角度上看，对于入侵的定义问题仍然不清楚。在墨西哥法律中，"转基因污染"（genetic contamination）是一种犯罪。无论科学和政府间争论的结果如何，大多数科学家认为"基因跳跃"（gene-jumping）、"超级杂草"（super weeds）和源于转基因作物培育的生态改变，都有潜在的导致严重后果的可能。②

穷人的食物

很多国家在 1930—1960 年实现了粮食产量 30 倍的增长，这主要归功于新的作物品种和改良的农业技术，如更有效率的机械化作业、施肥、杀虫剂和除草剂等。另一次 5—10 倍的增长发生在 1970—1980 年，主要是由于综合害虫治理、杂交的发展和新作物品种的出现。很多农业问题分析家认为，由于植物生长周期、土地、水源的限制，未来通过传统技术所能实现的潜在产量增长将趋于平缓。他们预言，要在不毁坏环境的情况下养活快速增长的世界人口，很大程度上要依靠技术进步。

世界人口到 2015 年将超过 70 亿，其中超过 2/3 居住在发展中国家。尽管当今世界在消除饥饿方面取得了一些进展，但预计到那时还会有 6 亿人处于营养不良的困境。按预测，到 2050 年世界人口将增长到 90 亿，这将让情况变得更为严峻。③ 食品供应的额外压力，预计将来自于发展中国家的城市化进程中，诸如肉、蛋、奶等蛋白质食品的需求，仍将持

29

---

① 关于这个问题的报告，可以登录网址 www. agbioworld. org 或者其他专用的网站。

② 参见 www. eea. eu. int。

③ 参见 Paarlberg（2000a，b；2001a，b，c）。

续增长。[①] 表 2-1 预测了世界食品供应上的压力。[②]

表 2-1 预计的世界谷类需求

品种	1999 年生产量/ 百万吨	2025 年需要的 生产量/百万吨	1999 年产量/ （吨/公顷）	2025 年需要的产量/ （吨/公顷）
小麦	585	900	2.7	3.8
大米	607	900	3.1	4.3
玉米	605	1000	4.1	5.9
全部谷类	2074	3100	2.9	4.1

农业生物技术的支持者认为，这种技术可以在对环境不产生危害的情况下提高粮食产量。他们主张，通过改良对环境压力的耐受性来缩小产出差距，增强产出稳定性，从而保证大幅度提高自交系和杂交种作物的产量。他们还主张，农业生物技术将带来有更多微量元素的食物（如铁、锌、维生素 A）。[③]

事实上，这些论证已成为目前农业生物技术工业说服公众和规则制定者应该发展这种技术的关键因素。一个经常被引用的例子就是甘薯（sweet potatoes）。特别是在东非，它是一种主要的食物。这种甘薯很容易储存，并支撑着人们度过干旱期。最近，一个新的转基因品种在肯尼亚进行检测，这个品种能抵抗甘薯病毒，而该病毒能引起甘薯的大范围损毁。另外一个例子是金色大米（golden rice），这是一种可以产生β-胡萝卜素和维生素 A 的转基因大米。食用这种大米可以预防失明和一些发展中国家常见的儿童疾病。其他被生物技术工业强调的好处还包括：可以降低农药、疫苗的费用，由转基因作物生产出来的用于研究和工业化学的产品也更物美价廉。[④]

批评者则坚持认为，通过处理好食品短缺、营养不良的其他诱因，就可以更有效地解决食品安全问题。这些原因包括：效率低下的食品分

---

① 城市化意味着农业人口减少的同时，需要供养的城市人口增加。要增加蛋白质食品的生产，就要求更多的谷物产量，这是饲养牛、猪和家禽所必需的。经济发展和城市化过程往往会增加对蛋白质食品的需求。

② 还可以参见 Pinstrup-Andersen 和 Schioler（2000）以及 Persley 和 Lantin（2000）。

③ 参见 Bouis（2002）和 Thomson（2002）。

④ 参见 Union of Concerned Scientists, "Pharm and Industrial Crops", 2002, www.ucs.org.

配体系、较差的灌溉系统、常规虫害和农场管理缺陷、缺乏信用体系、政治上的不稳定和战争，以及人口增长等。而支持者认为，如此解决日益增长的粮食短缺和营养不良也许根本就不可能，或者可能会来得太迟。他们坚持认为，与上述提到的那些途径相比，农业生物技术作物的种植和培育是一种更加快速、便宜、风险更小的解决方案。支持者还认为，转基因作物的培育比起单纯改良食品分配方式，更能提高区域食品产量，能够使农户受益，减少对其他国家的依赖。反对者则指出，转基因作物的培育将增加发展中国家农民对拥有这种技术的发达国家跨国公司的依赖性。[①]

在转基因大米——金色大米的争议中，突显了这些不同见解。维生素 A 的缺乏，导致了以水稻为主要食品地区儿童罹患失明症的高发。农业生物技术提倡者认为，金色大米内核中具有更高含量的 β - 胡萝卜素，它能转换成维生素 A，这将帮助 1.2 亿个儿童恢复视力。最近，金色大米正在菲律宾进行实地测试。

反对者称，在这个项目上，10 多亿美元的投资是不够的。他们提议分发维生素 A 药丸，教人们吃糙米，这样就可以以更低的成本解决维生素 A 缺乏症。而支持者却坚持认为，因为部分人的批评，就阻止转基因大米的商业化是不公平的。他们认为，那些知道如何获取维生素 A 的人，也可以很快地以很低的成本得到等效的转基因产品。[②]

食物链专利化与工业集约化

农业生物技术的反对者，特别是在欧洲和发展中国家的很多地方，认为该技术主要对美国的跨国公司有利，因为这可以让那些公司具备控制整个世界食品供应链的能力。因为在美国政府的帮助下，这项技术只在美国的许多跨国公司、美国农民和其他公司中发展得比较成熟。[③]

除了开放式授粉作物的杂交技术，在过去的百年当中，大部分新的

---

① 参见，如 Alieri 和 Rossett（1999）。
② 参见 www. grain. org；www. biotech-info. net。
③ 参见 Paarlberg（2001b）。

（非转基因）作物①种类都已经作为社会公益产品而存在。大多数品种实际上都是在大学或其他公共基金资助下的研究室里产生出来的。这就是说，种子生产商和农民使用这些品种，无须支付"技术费用"（technology fees）给发明者或这种作物品种的推广人。相反，正在发展中的转基因作物，却会花费甚巨，还受严格的专利法保护，② 甚至有强制推行的可能性（如通过"终结者"技术）。③ 这些都强化了该类作物发展和培育的私人控制力。④

反对者称，从发达国家到不发达国家的技术转移将会非常有限，因为农业生物技术专利不仅在国家范围内，而且在整个世界范围内，特别是通过 WTO 和其他国家公约，都在逐渐得到强化保护。他们预见，这无疑将主要使那些需要此创新的国家受到限制，因为那些国家的消费者对此更有购买需求。另外受到质疑的方面，还包括他们所亲眼目睹的，西方公司和研究者对发展中国家基因资源的掠夺行为。最近发生的几起专利纷争，似乎也印证了反对者的观点。在多数案例中，西方企业和研究者个人都为新品种申请了专利，或者已经力排了对所持专利的挑战。而发展中国家的农民、政府官员和非政府组织，也在这几起实例中被惊醒。在西方国家，大学中的研究者和公司已经在尝试获得对传统作物略加修改的转基因作物专利权，如巴斯马蒂和茉莉花水稻品种。如果这些品种也在发达国家进行大规模种植，就会使发展中国家的农民受到排挤。

农业生物技术的支持者无视那些通过国际植物新品种联盟（International Union for the Protection of New Varieties of Plant，UPOV）下的

---

① 为了种植这样的谷物，耕种者必须每年购买新的种子以获得最好的收获。因此生物学有助于施行财产权。

② 1980 年，美国最高法庭颁布了一项法律，允许给予人工改变活有机体之类的发明授予专利，这是一个里程碑。

③ 所谓技术保护（technology protection，或称"终结者"terminator）系统使得转基因作物不能自己繁育，这就使农民无法保留种子。孟山都及其他公司，面对来自非政府组织的非难的时候，隐瞒了自 1999 年以来在其营销中使用了这项技术。但是，值得注意的是，那种作物的不育会在防止或限制渗入、交叉授粉和异型杂交等方面产生环保效果。参见 www. transgen. de；www. agbioworld. org。

④ 参见，如 Nelson 等（1999），Foster（2002），Buonanno（2001）和 www. corporate-watch. org. uk。

协议来保护农民权利的呼吁。他们认为 WTO 相关贸易知识产权的协议（TRIPS，世贸组织与贸易相关的知识产权问题协议），已经为发展中国家的土著种植品种提供了保护。支持者突出了该技术可以为小农户提供好处的特点，而且事实上，农业生物技术公司和大学研究机构在很多情况下也给予了发展中国家使用这些技术的机会。他们经常谈到金色大米的例子，洛克菲勒基金会为这个项目提供了巨大资助。还有肯尼亚甘薯的例子，也是技术捐献的证据。因此，在发展中国家，还需要更多对农业生物技术的公众支持，也需要填补因需求巨大而供应不足在市场上留下的空白。反对者则继续保留着他们的怀疑态度，认为这样的临时解决方案是不会有多大效果的。最极端的反对者甚至认为，这种论证不过是农业生物技术公司的一种策略，他们用选择性贡献和公共资助使发展中国家的农民"上钩"（hooked），然后再让他们不得不为此付出代价。

很多该技术的反对者，特别是在欧洲和一些发展中国家，认为该技术在世界范围内推动了工业化农业和食品生产的垂直化集约发展。[①] 他们经常提到，孟山都公司在 20 世纪 90 年代中期第一个转基因产品投放市场前，买进了很多种子公司的战略，也常提到"终结者"技术（terminator technology）。他们指出，其中一个最重要的第一代转基因品种，抗草甘膦大豆就是为了抑制同一公司生产的除草剂的使用而生产的。技术商孟山都公司因此就能同时销售种子和除草剂。很多分析家指出，孟山都公司的转基因大豆市场策略，主要是为了延长它对草甘膦除草剂专利权的拥有时间。反对者也强调，美国在对转基因作物产品的出口定位与其他国家的传统作物相比，已经高度工业化和垂直整合了。即使有疑问，他们凭经验也已经得出一个结论，那就是转基因作物培育将加速一个已经存在的倾向，即越来越多的工业化耕作。[②]

更加普遍的情形是，该技术倾向于和一小撮"基因巨头"（gene giants）合作，以控制整个世界市场。确实，农业生物技术产业已经经历了一个实质性的集中化过程。在 20 世纪 80 年代，中小型公司曾在这个

---

① 参见，如 Muttitt 和 Franke（2000）及 www. rafi. org。

② 参阅后文中有关农业生物技术的经济分析。还可参见 www. ers. usda；www. agbiotech-net. com。

领域的创新活动中扮演着非常活跃的角色，① 但很多家跨国公司在这段时间内因生命科学而崛起，进出口巨头也将它们的控制范围扩展到种子业。很多分析者预期，这个趋势将会在下游食品销售环节有进一步的发展。他们还指出农业生物技术是这一趋势发展的强大推动力。②

20 世纪 90 年代末，有六家公司，即诺化、孟山都、杜邦、捷利康、艾格福、罗纳·普朗克（后面的两家后来合并成安万特一家公司），占据了整个转基因种子市场几乎 100% 的份额、大约 60% 的全球作物保护市场、超过 20% 的全球种子市场。但分析家也指出，近几年兼并有所放慢，一些领先企业中的制药和农业生物技术企业也有所分化。但是，通过合资和其他方式的合作，被其他大型跨国公司控制的农业技术领域似乎还在持续增长。

食品生产过程的工业企业在美国是最集中的，高度的工业集约化也引起了食品供应链下游企业的集中，而零售商在欧洲掌握了更多的市场力量。农业生物技术的反对者担心，如果这种技术被广泛接受，农民会在输入端和输出端的经济寡头间遭受经济挤压。就像弗斯特（Foster）所说的那样：“农民成为种植者，提供了劳动，虽然拥有一些资本，但从未拥有产品，因为他们从未参与过粮食系统的重大决策管理。”③

技术的支持者对这种说法存有异议，因为据一些研究报告指出，农民因为用了转基因公司的种子，而从公司、消费者、技术投资者那里获得了很大份额的利润。他们强调说，研究结果表明，至少在棉花这一领域，小农户远比大农场从转基因作物上获得了更多的好处。④

---

① 优越的经验、金融手段、研发规模、审批程序、专利和营销等，都被认为是为什么农业生物技术在产业集中度上比较高的主要原因。

② 特别是杜邦和孟山都公司，已经收购了许多种子公司。参见 EU（2000a）和 www. rafi. org。

③ 参见 www. Rafi. org；Foster（2002）；EU（2000a）。

④ 对于农民最坏的情况是，相关转基因种子和作物保护化学剂价格被寡头垄断，会给他们带来沉重的成本负担，而（大宗商品）处理过程中缺乏隔离系统，却使他们没有可能转换到非转基因作物的种植。实证研究表明，这个问题迄今为止虽然还没有实际发生，但确实有很大的可能性。因为转基因作物的种植，总体是在经济合作中进行，并需要在种植和管理的过程中不断进行调整。此外，标签和身份鉴存系统也可能促进垂直一体化。参见 Alexander 和 Goodhue（1999）及 Foster（2002）。

伦理关注

很多农业生物技术的反对者认为，"它是不自然的"（it is not natural），这意味着它"篡改了自然"（tampering with nature）。在他们的观点里，该技术与基本的伦理标准，特别是与自然、人类、动物权利相关的标准相抵触。反对者的观点主要是基于转基因工程允许基因漂移到其他物种中去这一事实，因为这在传统作物中是不可能发生的。他们特别担心转基因的特性可能会影响到动物甚至人类。举例来说，将海蜇的基因转移到兔子身上，就可以使其在黑暗中发光（被发明者美其名曰"转基因艺术"）；把大马哈鱼的基因转移到番茄上，便可在储存时防冻。还有，2001年，有一群科学家就声称要尝试克隆人类。诸如此类的案例，使得反对者的各种担心有增无减。20世纪90年代出现的关于干细胞的研究和植入前诊断体外受精等[①]，作为附加的刺激因素，更激发了从伦理道德方面对农业生物技术进行批判的动机。

农业生物技术的支持者认为，该技术顶多是一种更精确和高效的种植和养殖方式。在他们看来，这不过是将一个或一小部分已知功能的基因从一种有机体转移到另一种有机体中去而已。但可以比传统的种植或饲养更安全，因为它已经去掉了千百种可能有害的基因。支持者还认为，基因在植物、动物甚至是人类之间进行转移也没有什么不道德的。例如，人类就和黑猩猩有99%的基因是相同的，与植物有50%的基因是相同的。因此，支持者得出的结论就是，一种有机体的本质属性并不能在基因中建立。[②]

然而，由宗教和其他标准所带来的道德关注[③]，就禁止人们食用这样或那样的动物或动物产品（如猪肉）。举例而言，如果猪身上的基因被

34

---

① Heffernan 引自 EU（2000a：32）。

② 参见，如 Falck-Zepada 等（2000），Pray 等（2000），Pray 等（2001）和 www.isaaa.org。

③ 参见，如 Gaskell 和 Bauer（2001），Wright（2001），Harlander（1991）和 Robinson（1999）。

转移到蔬菜上，则犹太人、穆斯林和素食主义消费者就必然不希望食用这种食品。[①] 关于诸如此类问题的争议迄今还比较温和，只是因为生产者通常都不标明嵌入的基因来自何处，以及目前市场上尚未出现包含此类问题基因的产品。例如，在美国，虽然犹太人和穆斯林组织到目前为止，还没有反对现存的转基因食品，但如果他们发现了上述类型的产品在市场上出现，并且生产者不愿意或还没有及时给这种食品贴上标签，则反对者就会很快做出反应。

最后，对转基因食品标签的争论，引出了有关基本消费权利的讨论。对转基因食品进行强制性标签的拥趸者（通常是那些批评生物技术的人）主张，消费者有权知道他们吃的哪些东西是转基因的，以及它们是怎么生产出来的。这种权利与一种产品是否最终会影响到人类健康或环境无关。标签制度的反对者（通常是转基因技术的支持者），则坚持认为自愿标签可以有效地处理这种问题。他们认为，强制性标签制度将开启一个潘多拉盒子。它将带来高成本，大约会给消费者带来超出价格 10%—20%的额外费用。他们也认为，如果每一个少数群体对某种他们希望进行强制标签的产品都得按其要求做到的话，则将给世界食品供应系统带来灾难性的后果。标签制度的批评者坚持，只有在确实能够减少公共健康和环境风险的情况下，由此所强加给工业和消费者的成本，才是可接受的。他们主张，消费者为这种虚构出来的风险所付出的高费用，会使花在"真正"风险上的开销缩减。

农场一级的利润和管制规则成本

本节部分内容，将考察转基因作物在农场一级利润的农艺学证据，以及管制规则在此情形下的作用。分析人士指出，第一代转基因食品谷物（转基因玉米和大豆）在农场层次利润和管制成本方面的不确定，已经直接给其生产者带来灾难性的影响。除非供给方和需求方发生相当戏

35

---

① 这种产品是否应该被认为是非素食的，是否是非有机的，是否包含猪肉成分，从科学的角度看，都难以定义。所以它很可能只成为消费者观念上的问题。

剧性的变化，否则无法逆转这种趋势。

农场一级的利润

1996 年，美国转基因玉米、大豆和棉花获得了第一次丰收，大规模转基因作物的种植，就此拉开序幕。但在整个食品生产链中，农业生物技术到底能使哪个环节获益，却仍然难以确定。

表 2-2 显示，美国农民以一种令人吃惊的速度采用了这项新技术。2002 年，转基因玉米在全部玉米生产中的份额上升到 34%，大豆上升到 75%，棉花占 71%。其他国家的农民，除了阿根廷，接受这种技术的速度相比而言就慢得多了。从全球来看，2001 年，转基因大豆在全部大豆生产中所占份额是 46%，棉花是 20%，油菜占 11%，玉米占 7%。[①]

表 2-2 美国种植转基因作物的百分比 （单位:%）

作物	1996 年	1997 年	1998 年	1999 年	2000 年	2001 年	2002 年
大豆	2	13	37	47	54	60	75
棉花	—	—	45	48	61	69	71
玉米	—	—	25	37	25	26	34

这些数据说明，美国农民已经种植了数量庞大的转基因作物。与技术的支持者经常宣称的不同，农民本身并不证明转基因作物比传统作物更好。农场一级对于作物种植的确定，在于多种因素的综合作用。其中包括预期产出、消费需求、政府规则、粮食处理系统结构等。

农学家们研究了若干国家各种转基因作物的产量、环境影响（特别是除草剂和杀虫剂使用）和利润问题。[②] 结果显示，利润因作物种类、

---

① 参见 www. transgen. de；www. isaaa. org。
② 原则上，转基因作物收益跟传统作物相比的评价因素包括：产量增加、成本降低、易于管理、减少杀虫剂使用及更高的利润。抗虫 Bt 玉米品种，使得欧洲玉米螟虫这种农民通过农药难以控制的虫害得到了控制。其收益主要包括提高了产量，减少了杀虫剂的使用。抗虫 Bt 棉花品种能够控制三个最具破坏性的害虫（烟青虫、棉铃虫和红铃虫）。其收益包括减少农药的使用和增加了产量。抗除草剂 Bt 棉花允许农民使用更广谱的除草剂而较少影响到作物本身。抗虫抗病毒马铃薯品种可减少杀虫剂投入。一种高效常规杀虫剂的引入以及转基因马铃薯的营销问题，都限制了对其的采纳。抗除草剂大豆，使得更有效更低成本的控制杂草得以实现。

农场和其他条件而有本质上的不同。他们认为，平均来说，转基因作物目前在市场上的利润并不很大。[①] 一个很难被怀疑有反生物技术偏见的信息来源，即 2002 年美国农业部一份报告的结论部分，强调了转基因作物在农场一级利润的不确定性："总体而言，我们得出的结论是，采用第一代转基因作物的农民得到了切实的收益。但不是所有收益都是以净回报标准衡量的。考察农场一级的影响，至少农民没有因为转基因害虫的到来和抗除草剂种子而遭受损失。"[②]

卡朋特（Carpenter）和简尼西（Gianessi）在 2001 年估计，美国 1999 年转基因 Bt 玉米所获净收入总计减少（即损失）3.15 亿美元，Bt 棉花得到的利润为 9900 万美元，因草甘膦大豆获得的利润达到 2.16 亿美元。他们也提到，转基因农作物在总体上减少了杂草控制的成本，以及除草剂和杀虫剂的使用。美国农业部还对转基因作物状况做了一项调查，发表于 1999 年。其结果显示，农业生物技术作物的产量并不总是高于其常规作物。而转基因棉花在产量和利润方面的主要好处，被归结为杀虫剂用量的减少——虽然利润似乎不是减少杀虫剂用量的结果。转基因大豆产量的增加则没有联系到转基因或杀虫剂用量减少的原因。其结论中主张，关键要掌控好不同土壤、气候和区域与农业种植的关系。

由欧盟汇编的资料，很大程度上符合该评估。表 2-3 显示了转基因大豆和非转基因大豆的回报（利润）情况。表 2-4 总结了三项我认为是对转基因作物在更大范围内有"平均"意义的最为重要的农学研究结果，即其产量、种子成本、除草和除虫成本。[③] 在其他转基因作物种类的研

---

① 20 世纪末以来关于转基因作物农场一级收益的研究数量迅速增长。下面的评估结果主要集中于 Carpenter 和 Gianessi（2001）、EU（2000a），以及 USDA（1999a，b）．还可参见：www. isaaa. org；Nelson（2001）；Fernandez-Cornejo 等（1999）；www. ers. usda. gov；ww. rafi. org；Nelson 等（1999）；Traxler（www. ag. auburn. edu/dept/aec/faculty/gtraxler. html）.更新过的评估定期报道在 www. agbioworld. org 和其他专题网址上。

② USDA, Economic Research Service/USDA *Adoption of Bioengineered Crops/AER-810*, 2002, 6.

③ 我认为这个"平均"对于本研究目标所提供的信息，比按照年份和部分有限区域所得结论更有价值。基于个别年份、个别作物品种和小范围区域的其他一些研究结果，对于转基因作物收益或表现上的质疑，是难以得到普遍认可的。

究方面，也有类似情况，说明不同的种类有着非常不同的收益。[①]

表 2-3　转基因大豆和非转基因大豆的回报

作物	产量/ (吨/公顷)	种子成本/ (欧元/公顷)	总成本（包括土地和 人力）/（欧元/公顷）	土地/人力回报 /（欧元/公顷）
转基因	3.295	57	254	320
非转基因	3.430	42	274	322

资料来源：EU（2000a）

表 2-4　广泛应用的三种转基因作物的收益及其对应传统作物收益的比较

作物	产量	种子成本	除草除虫成本	利润
转基因玉米	相当到较高	较高	相当	相当
转基因大豆	相当	较高	较低	相当到较高
转基因棉花	较高	较高	较低	较高

资料来源：Carpenter 和 Gianessi（2001）、EU（2000a）和 USDA（1999b，2002）

　　这些评估模糊了收益会因地理位置和其他情况的不同而不同的事实。例如，转基因大豆和转基因玉米的收益，因分别受杂草和害虫的影响在程度和类型上的不同而大不一样。评估收益时的另一个问题，就是转基因作物和非转基因作物的采用，可以使彼此相互影响。例如，在美国广泛种植转基因大豆，导致传统除草剂生产者之间更多的竞争。其结果是，那些不接受转基因大豆的农场，将从降低的除草成本中获益。但该结果也可能因较早采用转基因的农场比后采用者受益更多而产生偏差。[②] 最终，实际上所有那些评估都（不切实际地）假设了转基因和非转基因作物是以同样的价格在交易，他们忽略了由消费者偏好（如标签和身份鉴存）变化所导致的生产成本变动。这些变动对农场级别的利润会产生巨大影响，从而也会对农民是否种植转基因作物产生巨大影响。[③] 后面我

---

　　① 例如，暂无明显证据显示转基因油菜和土豆比其他转基因作物的获利更高（EU，2000a）。转基因油菜的采用率数据说明它对某些农民更有吸引力，但在平均水平上它（从经济回报方面）与非转基因油菜相比，是否能够获得更高的收益，我们还是不得而知。有关各种作物情况的定期报告见 www.agbioworld.org 和其他一些相关的网站。

　　② 假设转基因作物带来生产力的提高，对该技术更多地采用将增加供给。而公众对于该技术发展的关注，又会减少对于转基因食品的需求。如此一来，供应方和需求方的共同发展将降低价格和回报，这种动态的变化，又将推迟采纳新技术的时间。

　　③ 收益估计的其他问题来自这样的事实，农业补贴可能会降低转基因作物带来的价格风险，并可能在一个价格普遍偏低下的市场上支配农民的主要投入方向。某些分析家认为这个情况推动了转基因大豆的种植（Foster，2002；Nelson 等，1999；EU，2000a）。EU（2000a）包含了关于转基因作物收益评估方法论意义上的细节讨论。

还会讨论这一问题。

概括地说，大部分农学研究表明，对于玉米和棉花的增产方面有效，但不一定适用于大豆，在棉花和大豆减少除虫方面有效，但不一定适用于玉米，而利润增长的，在某种意义上说，主要是棉花和大豆。在转基因大豆的情形中，大部分分析家注意到，虽然减少了害虫管理花费，但种子的成本却增加了，而且产出也稍微低了一些，这种互相抵消的结果使农民的利润并没有实质性的增加。当 Bt 玉米产出增长与玉米蛀虫泛滥相关联时，降低的虫害控制成本和更高的种子成本之间又会相互抵消。最一致的正面结论似乎仅来自转基因棉花这个非食品性作物，只有它可能具备产量增加、较低除草除虫剂使用和农民利润增高的特点。①

有证据表明，转基因作物的种植面积在美国和阿根廷的迅速扩展，主要是由于受到强力推行而不是短期的逐利行为。这些动力包括控制着技术的供应商的营销策略②、方便效应③、农民关于消费者偏好的假设等。④ 转基因作物对于农民而言，其平均利润水平是否更高，只有当我们进行长期研究，排除农业生物技术本身，逐年统计产量的波动、种子和农用化学品价格变化、标签和身份鉴存成本及需求方面的发展等，才有可能搞清楚。

到目前为止，我们对于收益在经济参与者中间的分布情况也知道得很少。有些分析家认为，大中型的工业化农场，会是或一直将会是该技术最主要的受益者。⑤ 其他人认为，农业生物技术公司可以获取足够的市场优势，以牺牲农民（和消费者）的利益为前提来实现其垄断或寡头垄断的地位。最近的一些研究对此提出了质疑。例如，其中一项研究指出，中国或南非的小农户，从转基因 Bt 棉的种植上获益比大农场多，可能超

---

① 来自欧盟的一组非常详细的评价（EU, 2000a）也得出了相同的结论。

② 一些批评声称，农业生物技术公司通过进攻性的营销战略已经误导了美国的农民。

③ 这个指不再大规模使用杀虫剂或除草剂所带来的便利。这种便利也涉及免耕法或保护性耕作，减少劳动力、燃料和其他费用，并减少水土流失。最大的便利效应似乎是由转基因大豆所实现的。

④ 参见 EU（2000a）。

⑤ 美国农业部（USDA，1999a，b）及其他的一些研究注意到，大多数转基因农作物采用了大型化作业。然而结论却是，这种农场能否从转基因作物中更多获利，目前还不确定。美国农业部的调查还显示，是否采用转基因作物和农民的教育水平、经验、位置、生产和营销合同的使用，以及其他因素有关。

过 80％的收益归于农民所获。① 但是，可资参考的证据太少，不足以得出可信的评价。唯一能肯定的结论是，消费者并没有从第一代转基因产品中获益，因为它们完全是以进出口为导向的。从消费者的角度考虑，现存的转基因玉米、大豆和棉花，既不在品质上占优，也没有更便宜。②

　　这里所讨论的证据，应该广泛适用于目前所有商业化种植的转基因作物，其最主要特点就是抗草性和抗虫性的不断增加。短期到中期的改良，集中于转移多于一个基因（垛积特征，依然是为了抗虫抗草的目标）。也集中于扩展该技术到新的种类，如小麦、大米、甜菜和土豆，以及也能抗病毒和真菌的水果、蔬菜和小麦。从长期来说，改良将聚焦于输出特征，如对动物有营养改善作用的大豆、含有更多蛋白质和更佳氨基酸平衡的玉米、彩棉、抗起皱的棉花和营养食品等。③ 很多分析家认为，第一代输入特征的转基因作物，还将继续占据全球转基因作物市场，而对新一代转基因作物的接受会比较缓慢，具有高品质特性的作物将主要捕捉小众市场（niche markets）。此外，我们或许可以看到一些出于非食用目的而接受转基因作物的需求增长。如在造纸和化学工业，或者将其作为一种能源。④ 这只是一种可能，但不能肯定这些未来的产品会让农民（或者其他经济参与者）获利。⑤

---

① 参见 www.isaaa.org。

② 如果转基因作物产量大幅度提高，价格应该有所下降。

③ 保健品经常作为第三代转基因产品被提到，保健品是为了提高免疫力或者增加食物的健康值。

④ 参见，如 EU（2000a）。

⑤ 农业生物技术对国家福利和国际竞争力的意义，与农场一级的利益相比更是难以评估。例如，一项关于新西兰的研究表明，采用转基因作物将使国民年均收入增加约 450 美元，而禁止该技术将要花费大约每人每年 1350 美元，并损失 56 000 个工作职位。批评者指其是研究中一个无人能出其右的勇敢假设，而其结果不过是个臆测而已（参见 www. agbios.com，www. agbioworld. org）。这同样适用于各国对该技术的采用率差异在国际贸易流通上的影响。与此相关，是否以及多大程度上采用农业生物技术就能推动采用者在全球农业市场上的竞争力，我们也所知甚少。就我们所知更少的该技术在农场一级和国家经济中的情况，其采用率对国际贸易流动的影响变动更是难以评估。困难是由这样的事实引起，即这种贸易流动受到农业政策的严重影响，该政策包括补贴和受别国生产者市场准入限制的管制规则。我在第六章考察了这些问题。分析人士在此指出，转基因作物生产者的竞争优势（就其现状而言），是否将会转化成更高的出口收入还不得而知。对于实际贸易流通的分析表明，美国转基因玉米和大豆对欧洲的出口下降，部分是由于欧盟的严格监管。

管制规则经济学

现存农业生物技术的农学评估，很大程度上忽略了需求层面，特别是没有考虑到消费者对转基因产品的接受程度、管制规则和转基因产品的市场价格等。这种缺失是很成问题的，因为需求方的变化对供应方的收益，因此也对技术的采用率有极大的影响。例如，如果对转基因产品强制标签、身份鉴存的需求增长①，农民从转基因作物中得到的本来就很小的利润将会更少。而非转基因产品则不存在这个问题。农业生物技术和种子企业，同时也包括种植转基因作物的农民和下游生产者（食品加工商和销售商），对此类问题很敏感，因为他们必须考虑投入产出。

因此也毫不奇怪，对强制标签和身份鉴存的要求一直都存在着激烈的争议。在转基因作物的回报不比非转基因作物高，或只稍微高一点的情况下，强制标签和身份鉴存所涉及的花费，就对农业生物技术企业的利润和农民是否采用转基因作物产生了决定性的影响。标签一般采用两种形式：终端产品（如在超级市场中的食品）可作转基因工程标签（"阳性标签"），或非转基因标签（"阴性标签"）。前一种解决办法将标签的花费转嫁到转基因产品的生产者身上，后一种则加重了非转基因作物生产者的负担。② 身份鉴存则包括了标签和监控整个食品链，因此远比单纯在终端食品上进行标签的花费要更高。它的合理性是双重的：首先，它使得公共管理部门、生产者、消费者在任何时候都能够自我定位，并消除饲料和食品链中的健康和环境问题（如引起过敏，或非预见的基因渗入和异型杂交出现）；其次，通过更多的公共监管增强了公众对转基因食品安全性的信任。

经济学家已经对转基因或非转基因产品实施标签和身份鉴存的利弊进行了尽可能详细的研究。很多人都提倡标签非转基因产品。他们

---

① 隔离是指特定产品的生产和销售分开，并且对这个过程进行监测。身份鉴存（IP）指农作物的来源和种类或者是食品的添加原料，都要在从生产到消费的整个过程中加以识别并隔离，保证其来源的可追踪性，这就是说，在食品或饲料链条中，公共管理部门和生产者随时可以找到并召回有问题的产品。

② 参见 Desquilbet 和 ullock（2001）及 USDA（2001）。

认为，因为不能确认转基因食品对人体健康有害，而且转基因有机体已经在食品链中广泛应用。最重要的是，他们认为标签转基因产品不能向消费者传播有效信息。① 基于相同的理由，他们认为应该拒绝对转基因产品进行身份鉴存。他们主张自愿标签转基因或非转基因产品，才能更有效。按照他们的观点，政府的角色应该是保护消费者不受虚假标签的误导。

对农业生物技术持否定态度的分析家倾向于不再考虑这样的讨论。他们认为，在这样的案例中，科学证据本身不能作为唯一的仲裁者。在"消费者至上"（consumer sovereignty）的旗帜下，消费者有权知道他们所吃的食品是怎么生产出来的，里面包含了些什么，尤其是在消费者觉得对所食用的转基因食品不够放心、其科学证据也不确定的情况下更是如此。但对农业生物技术的批评忽略了这样一个观点，即转基因有机体已经出现在食物链的各个环节，因此标签转基因产品将变得非常昂贵和没必要。农业生物技术的批评者坚持认为，接受这个观点将对用转基因有机体"污染"（contaminate）食物链的公司起到保护作用，而消费者却对此并不知情。按他们的看法，这将鼓励更多的企业以消费者为代价去达到自己的目的。②

20 世纪 90 年代晚期以来，许多工业化国家已经引入了强制性转基因产品标签制度，主要包括所有的欧盟国家、日本、韩国、中国、俄罗斯及澳大利亚等。我们还不知道这项制度的确切花费，以及由谁来承担这些费用。因国家的不同、转基因产品的覆盖面、标签的限度估计费用情况及其他很多因素，会有很大差异。我认为比较系统和可信的应该是

40

---

① 标签的最终目的是减少生产者和消费者之间信息上的不对称。

② 由于目前上市的转基因产品在质量上并无优势，所以其生产者就会由于收益问题而缺乏进行标签的动机。因此，自愿标签系统几乎是自动地把标签花费转移到非转基因产品生产者头上。农业生物技术的支持者希望这将把非转基因产品限制在小众市场上（类似于有机产品的市场），并为转基因作物的扩大生产打开大门，尤其在消费者看重价格多于质量的发展中国家。目前在健康食品行业，非转基因作物的额外收益仍然远远低于转基因谷物身份鉴存的额外花费，这意味着如果引进自愿性阴性标签制度，非转基因谷物在很多国家仍将被限制在份额很小的小众市场。非转基因大豆的额外收益在过去的几年中有所变化（粗略估计在 1%—10%），而估计其身份鉴存的花费大约在为 4%（EU，2000a）。由于有机产品可能比常规非转基因作物生产带来更大的收益，应用身份鉴存系统将推动更多农民投入到有机产品的生产中去。

欧盟所做出的评估（2000a）。这项评估参考了很多其他的评估，也包括了一个面对小众市场并运行了较长时间的非转基因食品标签和身份鉴存的实际情况。① 身份鉴存的花费涉及种子产品、农场、运输、储存、销售、加工、标签和销售分发等环节。欧盟的评估中指出，身份鉴存（最贵的解决方法）将会在农场出门价格（farm-gate price）基础上把粮食价格提高6%—17%。②

在当前情况下，这项措施的花费很明显将使转基因产品对农民而言变得不那么有利可图。平均来说，即使我们假设转基因产品和非转基因产品在市场上的价格相同，转基因作物的回报也不足以抵消身份鉴存所花费的费用。

如果我们考虑到更多现实的状况，则目前市场上转基因产品的商业前景将变得更加黯淡。在强制采用阳性标签的国家，消费者通常也对技术更加挑剔，转基因产品的生产者因此将无法把标签和身份鉴存的费用转嫁到消费者身上。③ 与此相对，图2-1表明许多发达国家的消费者宁愿为非转基因产品的标签花费更多的钱。

换句话说，随着对强制标签制（阳性或阴性，或两者皆有）和身份鉴存的社会需求不断增长，农民将发现非转基因比转基因作物更容易做到将这两项制度的成本转移给消费者。确实，他们需要阴性标签制和身份鉴存来在市场上标显其产品的质量，并为此收取额外费用。依靠转基因作物农艺（输入）特征来获得收益的农民，因此将遭受很大的损失。而依靠转基因质量（输出导向）特征的农民应该获益更大（当这种产品

---

① 其他大部分估计已经得到了农业生物技术倡导者的拥护，并可能因此倾向于高估身份鉴存和标签的费用。

② 除此之外，身份鉴存的花费大部分取决于"基因污染"食物及饲料产品的容忍度，容忍度越高身份鉴存的费用就越低。目前各国对于进行标签的容忍度存在显著差异（在欧盟这种容忍度较低，而在日本和澳大利亚则相对较高）。较低的容忍度将增加非转基因产品的花费，使其变得无利可图，从而将其局限在一个只服务于高收入家庭的小众市场。我们因而预期农业生物技术产业及种植转基因作物的农民，应该呼吁自愿建立低宽容度的阴性标签系统。其他影响到身份鉴存成本的因素包括：转基因作物交叉授粉的可能性和这方面的义工、贸易的规模、作物的季节性，以及转基因作物派生出的产品范围（EU, 2000a：83）。

③ 在反对农业生物技术的国家，政府将很可能不愿意通过补贴标签或身份鉴存体系的费用来解决转基因作物农民的实际问题。

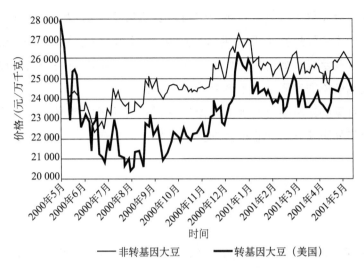

图 2-1 转基因大豆（美国）与非转基因大豆的价格

资料来源：东京谷物交易所．www. tge. or. jp/english/market/chart. e/inputpran ＿ m. e. html.

上市的时候）。① 欧洲和日本的情况都近乎于此。北美种植转基因作物的农民和供应商也了解到这种发展形势，他们竭力阻止在美国和海外实行强制性阳性标签，并试图将社会的这种需求导向自愿性标签非转基因产品方向。单独实行的转基因产品强制性阳性标签制，其费用将主要落在市场上那些期望在阴性标签上收取额外费用的生产者身上，而不是目前正在获得的非有机产品额外收益的生产者。

转基因食品在强制性标签和身份鉴存制度下，想要变得有利可图也并非不能实现。第一，转基因种子和相关农用化肥的价格应该有所下降。随着技术创新和规模化经济的发展，这应该是有指望的。第二，转基因作物的产出有所增加。这是最有可能的。第三，标签制度和身份鉴存花费有所减少。这也是可能的，特别是在出现大量交易时，而且使用新技术也可将标签和身份鉴存本身的花费降低。第四，如果转基因产品增加

41

---

① 将标签或者身份鉴存的成本转嫁到消费者身上的可能性，通常依赖于转基因供应、加工和零售商是否比农民有更大的市场操控能力。因此更加可能的是，在产品市场价格更低的条件下，标签或身份鉴存的费用将主要被转嫁给了农民。

健康和环境友好的特点，就将使消费者更愿意花费可用以抵消标签和身份鉴存成本的额外费用来购买这种产品。[①] 实现了这些条件，就意味着目前的一些状况，如消费者要为非转基因产品付出额外的费用、现存转基因食品既不便宜质量也不高等，都将被颠覆。

在可见的未来能否实现这些尚难预料，但从短中期看，转基因食品生产商仍处于险境。除非在供求方面发生大的转变，才可能会扭转这种局面。

结论

目前有关农业生物技术的论辩，既有热情的许诺，也有启示性的预言和热切的期盼，但其特征却是将科学证据和道德争辩混为一谈。在本章中，着重梳理了健康和环境风险、食品安全问题、食物链和工业专利、工业的集中化等，也讨论了伦理、农场级别利润及管制规则等方面的争议话题。

所有这些争论还在持续进行着。在健康风险问题方面，农业生物技术的支持者看起来已经赢得了先手，技术的反对者却因远远跟不上已被广泛接受的有关风险的科学证据落于下风。再考虑环境影响、发展中国家食品安全和农场一级的利润方面，自然科学家与社会科学家因该技术所带来的危险和好处，而明显分为两个不同阵营。在其他的争论议题上，看起来也不大可能找到客观或被普遍接受的互相妥协标准，如对道德、食物链控制和工业集约化等的关注。

对于食品生物技术，比其大多数支持者所能意识到的，还处于更深

[①] 这样的发展，就将强调减少（由补贴造成的）供应过剩的欧盟现行农业政策改革，与提高出口农产品的质量联系在了一起。某些特殊的谷物种植经验（如取得一到两成额外收益的小麦生产）表明，这样一种前景是不现实的（EU, 2000a）。另一种替代性选择，是设想转基因作物的投入成本降低，而产量增加，使生产成本大幅下降，从而补偿由身份鉴存和标签带来的成本。这个价格上的优势足够的大，使得消费者能克服风险上的恐惧转而购买转基因食品。但是，我怀疑这种战略（从农业生物技术支持者的立场看）与更加注重质量的战略相比，恐怕成功的可能性更小。

的危机之中。① 其麻烦包括两个方面：其一是在需求方面，前面提到的社会异议已经使消费者（在市场驱动下）和该技术的政治支持者感到失望。其二在供应方面，农场一级利润的不确定性、不断增长的规则管理费用和消费者的负面反应，已经限制而且减少了该技术对农民、食品加工者和销售商的吸引力。整个国际范围内的管制规则两极分化和因规则不同而带来的贸易摩擦，都加剧了这场危机。

换句话说，食品生物技术很可能正在走入一条死胡同。一方面，在发达国家，大多数食品生物技术的研发投资已经或将会用在能直接产生经济效益的作物上。发展这些作物的大多数是商业公司，它们需要更大的有利可图的市场，以便把投入变成利润。这就解释了为什么这些公司会高度专注于玉米、大豆等谷物，同时也会竭力跟上转基因小麦和水稻的前进步伐。但它们却缺乏对在干旱、寒冷、盐碱化或者抗病毒的作物上进行投资和研发的动力，因为这类作物主要对发展中国家有利。因此，前面提到的主要由欧洲国家所制定的限制性规则，发展中国家也都愿意接受。如此一来，所谓在发展中国家实行"绿色革命"，就可能不过是一个由生物技术倡导者编造出来的火星传说（fata mogana）。另一方面，在大多数工业化国家中，虽然转基因作物的发展者都很有投资的意向，但消费者和食品工业对转基因作物的需求量很小，预计在未来几年内也不会有太大的增长。主要是通过降低生产成本，第一代转基因作物，已为某些富裕国家的某些农民创造出了某些收益。更多的营养型转基因食品作物也可能进入市场化，这对农民来说是很有用的，因为这将减少人们对于肉类和其他日常食品的消费。但对富裕国家的不论是消费者还是生产商而言，都不会对这种营养型的第二代转基因食品有太大的兴趣（因第一代产品没有为消费者带来好处）。从食品工业的角度来看，营养型的转基因食品不会有太高的经济效益，因为消费者根本就不会直接面

43

① 读者可以到农业生物技术支持者所运作的网络平台上（如 www.isaaa.org；www.agbioworld.org）查询，来交叉验证我的结论，即该技术支持者对于其商业前景所持的乐观态度。他们的正面评价，通常是建立在美国、阿根廷以及其他国家（仅在更小程度上）对于转基因作物的采用率基础上，也依赖了对于新型转基因作物品种的田间试验（其中大多数尚未被商业化）。

对转基因食品。在发达国家，大多数作物是作为食品原料来使用的，食品生产商发现，直接添加维生素或其他成分，比使用转基因营养作物更方便和更便宜。销售商也会发现这个市场太小，而同时又有太多要解决的问题，因此不值得开拓。另外，消费者还会对食品的营养品质提出各种质疑，这种质疑会让他们不看好转基因食品。

诸如此类的在不需要这类产品的富裕国家市场上进行大规模投资，而在可能受益的贫穷国家反而投入水平低下，这样的投资结构也许预示着食品生物技术的未来前景并不美妙。

为了简化在本章里所提到的观点，我用到了一些转基因的术语来概括有关农业生物技术最主要的一些争议。在接下来的章节里，我将展开讨论这些争议随国家的不同而存在的极大区别。第三章描述和比较在欧洲、美国及部分国家的管制规则和市场发展情况，第四章和第五章，将集中解释为什么会观察到管制规则和市场的发展在不同国家会有如此巨大的不同。

第三章

分 歧

在本章中我将考察一系列国家对于农业生物技术的法规和市场反应，包括世界上最大的几个经济体。对于全球农业生物技术的前景，各国呈现出多元分化的认知，其重要特点是有两个极端，分别是对该技术实施了严格限制性管制的欧盟，以及保持着较为宽松政策的美国。这两个极端的政策，本章将会进行非常详细的考证。欧盟和美国，相对于彼此和其他国家而言，都能够比较独立地发展自己的政策法规，而其他大多数国家的管制规则和市场反应，则在相当程度上是由世界上这两个最大的经济体所推动的。一部分国家，如瑞士、挪威和许多中东欧国家，都在密切配合欧盟。另一部分国家，特别是加拿大和阿根廷，则与美国结盟。目前还有另一些国家一直在努力寻找一条中间道路，包括澳大利亚、巴西、中国、埃及、印度、日本、墨西哥、俄罗斯和南非。本章的分析将为第四章和第五章解释分歧发展的原因提供一个出发点。

欧盟的管制规则

20世纪80年代中期，在管制规则开始制定的阶段，欧盟、美国和其他许多国家政府间的分歧，主要在于到底是限制还是促进新兴的农业生物技术。它们的分歧还在于，对该技术的管制主要是落实在产品还是生产过程。① 管制产品所依据的假设是，在农业中应用转基因技术没有什么特别或显著的风险，通过这种技术所获得的产品与通过常规农业方法获得的产品相比通常是相同的。更严格的标准只适用于当最终产品（特别是食品）与传统产品不在"实质性等价"时。② 生产过程的管制则反映了这种假设，即转基因有特殊的风险，而且这种技术必须加以规范。欧盟采取了一系列的管制措施，特别是对农业生物技术的应用，极力强调预防性原则。③ 相反，美国、加拿大和其他少数国家则主张产品导向。

分析的主要焦点集中在管制政策的严格性（限制性）方面，即通过对认证和标签规则的评估，以及田间试验、转基因作物的商业化种植和转基因食品的进口和销售来衡量和比较。

审批和标签制度

1990 年，欧洲议会④通过了一项法案，即《指针 90/220》，慎重考虑准许转基因有机体投入到环境中。⑤ 这项法案的主要目标，是解决生物技术的环境方面问题。也就是说，它规范了转基因作物的田间试验和商业化种植的许可认证。然而，直到 1997 年才通过了新型食品规则（见下

---

① 有关欧盟早年生物技术管制规则的描述，可参见 Patterson（2000）和 Cantley（1995）。对欧盟生物技术规则的评论，可参见 MacKenzie 和 Francescon（2000），EU（2000b），以及 www. transgene. de。

② 实质性等价原则假设：即使没有明确的科学证据，凭借其长期积累的消费经验，常规食品大体来说是安全的。因为食品是由成千种不同物质构成，要科学证明其安全性几乎是不可能的，而实质性等价原则简化了检测。就一种转基因食品的组成（分子结构）而言，只要与对应的常规食品等价，就等于从形式和程度上确定了其风险评估。完全等价的食品（如从转基因油菜子提炼出的油）没必要比非等价食品（如具有较高 β-胡萝卜素含量的转基因大米）进行更多的检测。

③ 预防性原则意味着"更多安全比后悔好"（better safe than sorry）的管制规则思路。这种政策是在有关公共健康或环境风险的科学知识仍不完善，有可能产生威胁时实施的。关于欧盟和美国对预防性原则运用差异情况的分析，参见 Wiener 和 Rogers（2002）。

④ 欧洲理事会是欧盟主要的政府间机构。它召开会议并在各成员国中决定欧盟的政策（如召开农业或环境的部长级会议）。

⑤ 欧盟其他有关农业生物技术的立法包括，如关注人员健康和安全保障方面（90/679 和 93/88），商业和试验用途的转基因有机体的密封使用（90/219）。生物技术的医学应用由欧盟药物管理局负责。所有欧盟关于农业生物技术管制规则的文件，可参见 www. europa. eu. int/eur-lex。

文），该法规也广泛适用于转基因食品的认证。高度复杂的决策程序，以及与此相关的法规意味着，转基因产品种子的进口、田间试验、转基因作物的商业化种植和饲料产品，事实上仍需经过欧盟各成员国的认可。①

当欧盟当局②和议会批准了由诺华公司开发的转基因 Bt 玉米品种（1996 年）和孟山都公司的转基因大豆时，1990 年法案的局限性就变得很明显。欧盟国家之间关于许可标准的争论，再加上消费者和环保团体的强烈反对，导致了审批过程的长期拖延和欧盟决策部门的执行不力。更令人不安的是，欧盟内部市场法规规定了商品的自由流通（包括农业产品），由此，一些欧盟国家对转基因产品所实行的单方面限制或禁止政策都被欧盟否决了。

直到 1997 年，欧盟的农业生物技术审批规则都显得相当混乱。1998年 4 月之后，出现了一次对于新审批认证标准事实上的暂禁。③ 截至2002 年年末，这一禁令的坚定支持者是奥地利、丹麦、法国、希腊、意大利和卢森堡。这些国家坚持认为，它们将不会批准任何新的转基因农业产品，直到严格的标签和身份鉴存规则建立。而比利时、瑞典、葡萄牙、芬兰和德国则采取了较为温和的立场。它们强调预防性原则，认为不应该签发新的转基因产品许可，除非公司能证明这些产品并不会对环境和人体健康产生不利影响。只有英国、荷兰和欧盟委员会明确反对正

46

---

①　根据修订过的《指针 90/220》，转基因 Bt 产品的生产商和进口商，必须首先通知欧盟成员国的相关主管部门，并提供有关技术文件和全面的风险评估。如果该国主管部门批准了转基因产品，就可向欧盟一级提交审批请求，由委员会和其他 14 个成员国进行商议。如果没有反对意见，转基因产品就被批准在整个欧盟种植和销售。但只有三种转基因康乃馨曾经获得批准。如果有一个或多个欧盟成员国反对（最常见的情况），则交由欧盟委员会、欧盟法规委员会和理事会来处理。根据现有的科学依据，欧盟委员会向由成员国代表组成的法规委员会提议。如果法规委员会并不认可审批请求（多数表决），再提交给欧洲理事会（即欧盟的农业或环境部长组成）。理事会可以通过多数表决同意通过委员会的提议，但只有在没有任何异议的情况下才能否决提议。如果理事会三个月内不做出决议，则由委员会决定。从本质上说，这意味着如果符合欧盟法规，而且没有在规定期限内受到理事会的一致反对，则委员会就被授权审批欧盟成员国的请求。在实践中，欧盟国家主要基于《指针 90/220》的安全条款，而拒绝在自己的国家接受转基因作物。2001 年通过修订后，该指针的决策规则与此是非常相似的。

②　由欧盟成员国负责执行欧盟法规并代表各自国家参与谈判和审批的政府官员组成。

③　1998 年 4 月，16 种农业转基因作物被欧盟批准，另外 11 种待审批，其中包括 4 种已被欧盟科学委员会批准但被会员国驳回的。

式暂禁令。①

如表 3-1 所示，是欧盟根据《指针 220/90》批准的少量转基因作物（可进行田间试验、商业化种植，以及进口/销售活的转基因有机体）和新型食品（以核准食品/饲料为目的，主要在加工形式上）。

48,49

表 3-1　欧盟批准的转基因食品/饲料作物

产品	批准年份	批准作物	批准为食物和（或者）饲料
玉米			
AgrEvo T25（安万特）	1998 年	是：种植，进口，加工	是（食物和饲料）
Bt 176 corn（先正达）	1997 年	是：种植，进口，加工	是（食物和饲料）
MON 810（孟山都）	1997 年	是：种植，进口，加工	是（食物和饲料）
MON 809（孟山都）	1998 年（有限度批准）	否	是（食品添加剂）
Bt 11（先正达）	1998 年（有限度批准）	是：进口，加工，不能种植	是（仅作为食品添加剂）
大豆			
RR soybeans（孟山都）	1996 年	是：进口，加工，不能种植	是（食物和饲料）
油菜子			
PGS MS1xRF 1（安万特）	1997 年（有限度批准）	是：仅种子生产	是（精制油）
PGS MS1xRF 1，MS1xRF 2（两项申请）	1997 年（有限度批准）	是：种植，进口，加工	是（精制油）
AgrEvo Topas 19/2（安万特）	1999 年（有限度批准）	是：仅进口、加工，但不能种植	是（精制油）
AgrEvo Falcon GS 40/90（安万特）	1999 年（有限度批准）	否	是（精制油）
GT 43	1997 年（有限度批准）	否	是（精制油）
Liberator L 62	1999 年（有限度批准）	否	是（精制油）
MS8xRF3	1999 年（有限度批准）	否	是（精制油）
其他			
核黄素/维生素 B2	2000 年（有限度批准）	否	是
两种类型的转基因棉籽油	2002 年（有限度批准）	否	是（精制油）

资料来源：www. transgenen. de；www. agbios. com；欧盟（2001）

注：其他被批准的转基因作物包括：Bejo Zaden（RM 3-3；RM 3-4；RM 3-6）Chicoree/Radicchio for seed production，Seita/F tobacco，以及几个种类的开花植物。植物依照《指针 220/90》获得批准。对于种植，个别欧盟国家另外要求许可证。食品的批准，依照异常食品管制规则，通常要经过公告，并使用"实质性等价"原则。

---

① 欧盟的管制政策可以在 www. transgenen. de 追踪和评论。

鉴于这种僵局和到 1997 年一些转基因产品已经被欧盟正式批准可以商业化的事实,欧盟加紧努力,以统一审批标准和标签要求。1997 年,欧洲议会和理事会通过了 258/97 条例,即所谓的新型食品管制规则。这一规则适用于欧洲未知的食品,包括转基因食品,并建立了进口商或生产商必须为其食用产品提供安全证明的审批程序。在它的原始版本中,如果可检测出转基因成分,就必须标签为转基因食品。但按照它们的营养或过敏性质,如果与常规产品是"可比"(实质性等价)的,就不需要进行标签。在这个 1997 年通过的新型食品管制规则中,几乎所有的酶、维生素、调味剂和其他食品添加剂,都得到了豁免。但后来一些豁免又被取消了。①

1997 年通过的这项新型食品管制规则,标志着欧盟的食品安全政策发生了翻天覆地的变化。除非这类产品能符合总体的或具体的科学风险评估,否则不会获得批准。但迄今为止,还没有具体的食品作物商业化种植获得过批准。相比之下,新型食品管制规则不仅对具体物质,而且对所有食品都规定了合法条件。1997 年以前,这种情况(如限度和风险评估)只适用于食品添加剂。自 1997 年以来,转基因食品(和其他"新型食品")在商业化之前,都需要单独获取批准。任何新型食品,如果没有得到明确的批准,就应当禁止(禁止原则)。

但这个新型食品管制规则(258/97)在很大程度上不具有可操作性。它没有规定限度、试验方法、产品需经检验和标签的内容。如上所述,它包含了许多豁免权和标签制度。它也不适用于已经批准或待批准的产品,如欧盟于 1996 年批准的转基因玉米和转基因大豆,就不包括在内。*47*出于对这些漏洞的担忧,促使一些欧盟国家开始推行本国的审批和标签制度。此外,另一些国家(如意大利)单方面停止了进口某些已经经由新型食品规则的简易通告程序,即基于"实质等价"标准所批准的转基因食品。这些事态的发展,或许对欧盟内部市场的自由贸易形成了阻碍。②

---

① 参见 Chege(1998);www. transgen. de。
② 参见 Behrens(1997)和 Chege(1998)。四个"自由"(商品、服务、资本和人员的自由流动)是欧盟内部市场的基石。

为了制止和扭转这一态势，欧盟委员会和理事会发布了若干补充规则，包括 1813/97 和 1139/98。按照这些规则，此前已经获得批准的转基因大豆和转基因玉米，也需进行标签。但是这些管制规则依然留下了其他的缺口。2000 年 1 月，欧盟委员会颁布了一项新标准（49/2000），其中规定，如果食品中至少含有百分之一的转基因成分，就需要进行标签。并且对于此类产品，标签"转基因"是强制性的。此后的另一项规则（50/2000）又对此加以扩展，规定：如果食品原料中含有转基因添加剂，或调味剂中可以检测到转基因有机体成分，也都必须标签。

2001—2003 年，欧盟争论的重点，是如何克服审批程序（特别是 1998 年暂禁以来）的僵局，以及如何扩大和落实现有的标签法。

2001 年 2 月，欧盟理事会和欧洲议会通过了法案 2001/18/EC。这个新法案于 2002 年 10 月取代了《指针 220/90》，直接适用于所有欧盟成员国。和旧法案一样，新法案的管辖范围包括：批准田间试验、转基因作物种植和可繁殖作物的进口（如玉米、大豆、油菜、番茄）。同时，它也特别强调了环境风险的评估，并且，还将食品/饲料的安全问题也纳入新型食品管制规则的管辖范围。该法案目前还在修订中（见下文）。

在这一系列变化中，最显著的包括如下几个方面：批准期限最多只有 10 年，但延期也是可能的；抗生素抗性标志的使用，将在 2005—2008 年废除；田间试验和商业化种植的环境监控将进一步得到加强；审批过程及田间试验和商业化种植将实现更广泛的透明化（包括试验和生产地点的公开登记）。新法案还包含了对可追踪性、赔偿责任和更严格的标签制度，决策程序与旧规章基本相同。

新法案被普遍认为是重新恢复审批程序所必需的。但是，指望其很快就能产生效果也是不现实的。新法案的决策规则，在很大程度上与《指针 220/90》仍然相同，即首先必须由一个或以上的成员国相关机构提出附议。这些机构在对适用性进行了评估之后，把它们的建议递交给欧盟成员国进行磋商。欧盟的科学委员会也参与协商。根据法律，欧盟委员会在磋商后有权利进行批准，除非理事会做出相反的共识决议。事实上，欧盟委员会一直以来，而且还将继续秉持的方针是，极少在这方面否决成员国的意见。有六个欧盟国家（见前文）坚持认为，强制标签、

50

可追踪性和责任问题，以及向第三世界国家出口转基因产品和受转基因污染种子的可接受范围等问题，必须在颁布新的许可前就得到解决。而欧盟要通过新的法律完全解决这些问题，并在所有的欧盟成员国加以执行，很可能还需要两三年的时间。

换言之，1998 年以来的暂禁，事实上阻碍了任何新的审批和许可。即如果任意一个欧盟国家反对其他欧盟国家政府所赞同的建议，就需要在整体欧盟的水平上进行商议。由于这一点，所有的许可要求就都陷入了事实上的暂禁。此外，即使（非正式地，即事实上）放弃暂禁，也只可能发生在未来的 2003 年年底或 2004 年。就算欧盟委员会在法案 2001/18/EC 的权限范围内，充分利用其权力来否决反对的欧盟成员国，也是不太可能的。这些反对意见将尽一切可能，防止欧盟批准转基因作物在它们国家的种植和销售。2001 年 7 月，欧盟委员会提出了一项新的法律，着手来解决上述这些问题。根据欧盟委员会的解释，该项法律于 2003 年年底或 2004 年生效，以取代此前的相关农业生物技术新型产品的法规，并涵盖食品和饲料。按此法案，之前不被欧盟批准的转基因作物某种最低程度的无意和意外"污染"，将被容许，并提议以 0.5% 的转基因成分为最低限度。新成立的欧盟食品安全署（European Food Safety Authority，EFSA）[①] 和欧盟的其他科研机构认定，这种程度的"污染"并不构成健康威胁。欧盟最终批准的对转基因产品进行强制标签的限度，为含有 0.9% 的转基因成分。因此，一般而言，可以认为该法律涵盖了转基因成分在 1% 及以上的所有食品和饲料产品。

根据新法案，所有待批准的申请都将提交给欧洲食品安全署，并接受该署全面的安全评估。这一程序，将取代通过"实质性等价"原则来推断产品安全的通告程序。换句话说，进入市场前的安全测试，将变得更加详细和更具有强制性。申请者必须提交一份全面的文件，该文件和申请报批的产品，可交由公立或私立实验室进行审查，但最终批准的决议需由欧盟委员会在欧洲食品安全署报告的基础上做出。所有被批准的食品和添加剂都应公开，以备公众查阅，若需进一步的详细文件，申请者也必须提供。

51

---

① 参见 www. efsa. eu. int。

新型食品规则已经批准的产品，必须在其市场交易的 9 年之内再次获得新程序的批准，而申请文件必须在新条例生效的一年内提交。

转基因产品的标签将不再主要依据转基因有机体是否在最终产品中能够被检测到，而是要根据转基因产品是如何生产的。这一措施的主要先决条件，是一个对产品能从厨房追踪到农场的追踪系统。虽然食品添加剂和香料不属于上述审批范围，但也必须遵守标签和追踪的规定。这些措施将适用于零售商和公共餐馆包装和未包装销售的食品。只有转基因微生物体产生的酶不受这些审批和标签规定的约束。基因成分应单独注明，记录覆盖整个生产和贸易链，且需保存 5 年以上。

这些管制规则大多数也适用于动物饲料和饲料成分。欧盟委员会的草案中，目前还不包括由农业生物技术评论家们所提出的要求，即转基因饲料喂养的动物所产出的肉类、牛奶、鸡蛋和其他产品，也应进行标签。一些欧盟国家也提出了这样的要求，但结果仍不明朗。

欧盟委员会的提案若要生效，需经欧洲议会和欧盟理事会的多数赞同。截至 2002 年年底，上述机构进行表决的障碍仍然很大。一些欧盟国家和欧洲议会的议员，仍然反对欧盟委员会的提案，因为这将意味着在此问题上的决策权，将由欧盟成员国的政府移交到欧盟委员会和欧洲食品安全署。目前来看，一些国家的强制性标签要求在 1% 的成分限度，另一些则要求强制性标签要在 1% 的成分限度以下。大多数专家认为，若批准食品（以及种子）中含有转基因成分的限度接近于 0 时，也需进行标记，将使转基因/非转基因种植业的混合系统不可能形成。[1] 因此，对标签的范围和种子污染的判定，将成为未来欧洲农业生物技术发展的关键。限度接近于 0，可能带来更严格的法律责任（另一悬而未决的问题）。这将使基因/非转基因作物的混合种植在欧洲变得非常昂贵，进而使农业生物技术在欧洲应用的吸引力急剧下降。还有一些人反对委员会的提案，是因为这些强加在欧洲食品和饲料加工者、批发商、零售商、餐馆和其他企业头上的管制，将使它们不堪重负。事实上，建立一个欧盟委员会所提议的有效（可追踪的）样本保存系统，将需要对欧盟及其

52

---

① 参见 www. transgen. de。

世界范围内的贸易伙伴之间的食品供应链进行大规模的重组，这无疑相当昂贵和耗费时日。[①]

欧盟内部和外部的反对，可能会导致欧盟提议立场的某些"软化"。但是，让步的限度显然是由奥地利、法国、意大利、丹麦、卢森堡和希腊等国所采取的立场决定的。这些国家（得到德国和比利时的一些支持，以及其他几个欧盟国家的暗中支持）已表示，它们将否决任何审批申请，直到更严格的法案就位。欧洲和非欧洲的生物技术以及食品和饲料行业，因此将面临艰难的抉择，一方面管制规则尚不确定，无法进行审批，另一方面，一旦规则确定下来，审批将会更加严格。

鉴于上述估计，正在进行的管制规则改革，似乎很有可能推动欧盟走向更严格的农业生物技术政策。然而，作为整个欧盟监管系统基础的部分，仍将会以网络化（分散）的模式继续运作。田间试验、商业化种植和进口，以及食品和饲料等产品的销售和许可，仍然会始于国家一级，终于欧盟级别的多数决议。风险评估也将继续分散进行，基本上掌握在国家机构手中。这也适用于落实和执行审批结果及标签制度。新成立的欧洲食品安全署在这些领域的职能，很大程度上仍然只是建议性的。最终，欧盟国家将保持相当大的回旋余地，采取比欧盟统一标准更严格的管制措施。我将在第五章和第七章进一步详述欧盟监管系统的网络状特点及其影响。

田间试验、商业化种植及转基因食品的销售

本章所讨论的这些情况表明，欧盟对农业生物技术应用日益严格化的管制，体现在对田间试验、商业农作物种植、转基因食品销售所施加的巨大影响方面。如图 3-1 所示，欧盟田间试验的数量远远低于美国的此类试验。[②] 图 3-1 也显示出，欧盟的田间试验在 1997 年和 1998 年达到顶峰，然后到 2002 年下降了 80％ 以上。[③]

53

---

① 这些发展可追踪 www. transgen. de。

② 比较而言，OECD 的生物追踪数据库包括的国家有美国（71％），澳大利亚（2.1％），德国（1.9％），英国（1.2％），日本（0.7％）。参见 http：//www1. oecd. org/ehs/biobin。

③ 对绿色生物技术的反对，也影响了欧盟基于 1998 年对生物技术创新的法律指针，而提供转基因新品种专利权的法律保护。

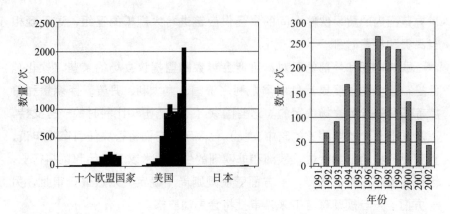

**图 3-1 1986—1998 年，十个欧盟国家、美国和日本的转基因作物田间试验
数量，以及 1991—2002 年欧盟批准田间试验的数量**

资料来源：http：//binas. unido. org；http：//www1. oecd. org/ehs/；http：//biotech.
jrc. it；欧盟 2000。田间试验于 2002 年急剧下降（右图）的部分原因是由于 2002 年的数据只
提供到 2002 年 7 月

但这些数字也掩盖了欧盟成员国实质上的分歧。例如，田间试验的
总数（1991—2002 年）在卢森堡为 0，在法国则为 510。[①]

转基因作物的种植在欧盟是极为罕见的。1999 年，当转基因作物的
产量在欧盟达到顶峰时，只有西班牙（10 000 公顷，2002 年约 5000 公
顷）、法国（<1000 公顷）和葡萄牙（1000 公顷）大面积种植过转基因
作物。欧洲的非欧盟国家，特别是罗马尼亚和乌克兰，也种植了 3000 公
顷。相比之下，1999 年，欧洲转基因作物产量（包括所有欧盟国家和中
东欧国家，俄罗斯除外）还不足世界总量的 0.03%。而同时转基因作物
在美国的种植面积达到 3030 万公顷，阿根廷为 1000 万公顷，加拿大为
300 万公顷（其次为中国、南非和澳大利亚）。2002 年，转基因作物在全
球范围内的种植面积达到 5800 万公顷，而欧盟所占的比例下降到
了 0.01%。[②]

---

① 其他欧盟国家 1991—2002 年田间试验的数量为：奥地利 3 个，比利时 126 个，丹麦 40
个，芬兰 20 个，德国 122 个，希腊 19 个，爱尔兰 5 个，意大利 289 个，荷兰 140 个，挪威 1
个，葡萄牙 12 个，西班牙 203 个，瑞士 64 个，英国 221 个。参见 http：//biotech. jrc. it。
② 参见 www. isaaa. org 和 EU（2000a）。

对转基因食品的许可，并不必然意味着这些产品可以销售，更不是大量销售。虽然也有一些消费者团体一直在收集转基因产品在欧盟销售的资料，但整体欧盟国家转基因食品销售的数据仍然付之阙如。[①] 根据所搜集到的一些不完全数据，1999—2000 年冬季以来，由于欧盟强制标签的要求和消费者团体的活动，转基因食品（或食品含有转基因成分）的销售数额已急剧下降（见第四章）。

事实上，截至 2002 年年末，消费者在欧盟已经很难找到任何标识为转基因类型的食品。越来越多的非政府和消费者团体，正在对食品和饲料中的转基因成分展开越来越大规模的测试活动。在多个案例中，转基因成分检验为阳性而又未进行标签的产品，被迫迅速退出了食品加工和零售市场，而不论这种转基因有机体是否已被欧盟批准。目前欧盟市场仍有数以千计的产品含有转基因有机体和成分，包括（仍然未管制的）酶和微量转基因有机体（如大豆和玉米），但其转基因成分通常非常低，因而不受强制性标签的限制。

总之，欧盟已经从 20 世纪 80 年代中期没有任何对农业生物技术的管制规则，发展到对转基因作物、食品和饲料有严格的审批管制，并有越来越严格和统一的标签制度。作为该管制规则的反映，转基因作物的田间试验数量，从 1997 年的顶峰之后急剧下降了。相比美国、阿根廷、加拿大和其他一些国家而言，欧盟的转基因作物商业化种植几乎可以忽略不计，只有极少数用于食品与饲料的转基因作物在欧盟被批准进行商业化种植。并且事实上，几乎没有一种转基因产品被许可在市场上大量销售。

美国的农业生物技术政策

美国的农业生物技术政策，是建立在农业生物技术可以应用于创新食品或饲料生产这一设想上的，但是该项政策通常并不能使食品或饲料本身在品质上出现大的差别，或者使其风险被加大。在这样的政策定位

---

① 参见，如 www. foeeurope. org 和 www. greenpeace. org。

下，美国食品与药物管理局、美国农业部及美国环保署，对绝大多数转基因种子、农作物、食品和饲料作物的田间测试，以及贸易的请求，都予以通过和批准。获批的转基因产品之多、转基因作物田间试验和商业种植面积的规模之大，无不体现了这个政策的宽容。

认证和标签制度

20 世纪 80 年代的初期和中期，美国政府的不同部门，尤其是美国环保署、美国农业部及美国食品和药物管理局，都争当生物技术政策的监管机构。与欧洲类似，它们在限制或促进这项新技术，以及采取面向产品或面向过程的监管办法上产生了分歧。美国白宫的科学技术政策办公室（OSTP）、美国农业部、美国食品与药物管理局力挺生物技术，寻求促进其发展的途径，并提倡面向产品的政策导向。然而美国环保署却认为，基于过程来调控新风险的评估程序，更有利于开发基因有机体。它们为此而争论不休。①

1984 年，为了应对来自各方尤其是工业方面的有关政府缺乏协调生物技术政策机构的批评，当时美国总统罗纳德·里根的科学技术政策办公室建立了内阁会议工作小组，其组员分别来自 15 个机构。但里根政府的这个班子不包含监管机构之一的环保署②，美国国会也没有参与其中，至于公众的参与，则更加无从谈起。③

1986 年，该工作小组发布了一个生物技术监管协调框架（coordinated framework）。按照该协调框架，美国建立了一个咨询机构：生物技术科学协调委员会（BSCC），并为环保署、农业部和食品与药物管理局规定了主要职责，还为这些部门之间的协调合作制定了原则。④ 更重要的是，该协调框架牢固确立了美国生物技术政策的产品导向定位，也否定了专门为农业生物技术建立新的法案和监管机构的必要性。因此，该

---

① 参见，如 Jasanoff（1995）。

② 早在 1984 年，美国环保署就建议在联邦杀虫剂、杀菌剂、杀鼠剂和有毒物质控制等法规下对农业生物技术进行规范。

③ 参见 Holla（1995）。

④ 参见，如 www.bio.org 及 Jasanoff（1995）。

协调框架明确了当时的一个假设，即农业生物技术不应被看做是对人类健康和环境的特殊风险。美国国家研究理事会在 1989 年提出的一部关于生物技术状况的报告，也支持了这一立场，并使其合法化。[①] 但是生物技术所牵涉的更广泛的社会政治影响，没有在这一阶段得到解决。[②] 只是基于原有的立法和协调框架，美国为所有的转基因产品制定了管制规则。

从更广泛的角度看，美国这种规范农业生物技术的路径，是属于行政化行为并基于技术支持者的所谓"健全科学"（sound science）论。的确，美国《行政程序法》规定，行政性管制规则必须建立在明确的政策依据、科学风险依据及法律的有效权威之上。该规则不但要应对法律的频繁审查，还要经得起美国法律体系为产品安全问题所建立的种种责任法规的考验。所有这些因素，都促使规则制定者和产业界倾向于这种与科学证据紧密捆绑在一起的政策路径。[③]

如果转基因作物不是直接用于人类消费，并且不包含药物性的改变，则根据《联邦植物虫害法》，该类转基因作物的运输、种植（田间试验或商业化生产）及繁殖等，都归美国农业部的动植物卫生检疫局（APHIS）来负责。由检疫局所签署的商业许可通告，说明该转基因作物不是害虫，并且不需要进一步的管制。依据《国家环境法》，这还相当于为该作物做出了环境保护方面的评估。[④]

依据《联邦杀虫剂、杀真菌剂和灭鼠剂法》、《有毒物质控制法》和《国家环境法》，美国环保署负责管制抗虫类转基因作物。作为对这类作物的风险评估制度要求，生产者必须向环保署提交相关的检测数据。获准之前，这些数据必须先进行 30 天的公示，以接受公众的监督。

美国食品与药物管理局的管制范围包括：转基因食品、食品添加

56

---

① National Research Council（1989）。这项报告指出"基因改造和选择的产品构成了决策的主要依据，而不是以该产品的获得过程为主要依据"，这就证实了 1987 年由国家研究理事会曾报道的一个结论。

② 参见 Jasanoff（1995）。

③ 参见 Vogel（2001）和 Young（2001）。

④ 2000 年美国植物保护法中设置了一些新的评估和控制转基因作物对环境影响的条款。不过似乎美国农业部并没有使用这些新条款来建立对绿色生物技术的控制。

剂、加工助剂和生物医药产品。其基本职责还包括：除肉类和家禽产品（由农业部管理）之外的其他产品的标签。大多数分析家都注意到，在这三大部门中，美国食品与药物管理局的作用最大，因为美国市场上的大多数生物技术产品都是食品或保健品。[①] 美国食品与药物管理局的审批程序，是建立在同生产者协商的基础上，后者需向该局提交试验总结，并进行协商。但所有这些审批程序中所交换的信息都是不公开的。

在整个 20 世纪 90 年代，美国农业部和食品与药物管理局逐步突破了协调框架所确立的基本审批标准，而走向更加宽容的许可审批办法。1993 年，美国农业部（检疫局）为 6 个转基因作物（玉米、大豆、棉花、番茄、马铃薯、烟草）推出了一种公告书（而不是审批许可）程序。[②] 1997 年，美国农业部（检疫局）将该项公告书制度的适用范围拓展到美国种植的绝大多数转基因作物，并且还对转基因有机物的进口、环境排放和运输等方面的公告书程序进行了简化。[③] 至此，越来越多的转基因作物（截至 2002 年 12 月，共有 56 种）监管被取消了。[④]

1990 年，美国食品与药物管理局批准了第一个用生物技术生产的食品成分，凝乳酶（chymosin），这是一种有助于牛奶凝结成块以制作奶酪的生物制剂。紧随这项许可之后的，是同样用于奶酪生产的肾素（renin）和用来增加牛奶产量的重组牛生长激素（BST）。1994 年，依照1992 年对《联邦食品、药物和化妆品法》的解释[⑤]，美国食品与药物管理局以卡尔金公司（Calgene）的莎弗番茄（FLAVR SAVR™ tomato）为

---

① 参见，如 Moore（2000a，b）。

② 这些作物被选择的原因是由于它们经过了最广泛的田间测试，并且这些谷物在美国没有野生的亲缘。

③ 这种实际审批松动的迹象是，如野外排放的数量从 1987 年的 8 个增长到 1998 年的 1105 个（www. usda. govt）。

④ 参见 www. nbiap. vt. edu/cfdocs/biopetitions1. cfm。

⑤ 参见 Federal Register（1992）。基于对美国联邦食品、药物、化妆品法案中涉及的新植物品种的解释，在 1992 年的政策陈述中，美国食品与药物管理局声明，它将用同所有其他食品一样严格的标准来要求转基因食品。同时还宣布，将把基因工程生成物作为有意识的食品添加剂予以批准，如果它们与食品中普遍含有的物质在结构、功能或者数量上存在显著差异（FDA *Backgrounder*，1994，www. fda. govt）。

起点，为转基因食品引进了一种简化的审批程序。① 依据这一程序，转基因食品的许可申请不再需要接受全面的科学审查，因为这样的生产过程被认为不会构成重大风险。转基因食品是"普遍认为安全的"（GRAS），除非在生产过程中有值得关注的理由（如过敏问题）。② 转基因食品被认定为"安全可靠"的食品，不必接受美国食品与药物管理局在上市前的风险评估。③ 从本质上说，该体系允许生物科技公司自己决定基因食品是否安全，美国食品与药物管理局只是作为参照。

截至 2002 年 12 月，这三个责任机构签发许可了大约 59 个转基因作物品种，其中 51 个是食用目的（图 3-2）。

上述许可政策也反映了美国的标签制度。转基因食品和所有美国市场上的食品同样受到标签要求的制约。④ 标签只有在一个特定转基因食品与相应的传统食品在成分、营养或安全上不再是"实质性等价"时才是强制性的。⑤ 1992 年，美国食品与药物管理局裁定，如果最常见的致敏源（如牛奶、鸡蛋、小麦、鱼类、甲壳类动物、坚果、豆类，尤其是花生）通过生物技术被添加到食品中，生产者必须或者提供科学的证据，表明致敏源在新食品中是不存在的，或者在这些食品上贴标签。只有这样的产品才需接受更多的风险评估。标签无须表明该食品是用生物技术

---

① FLAVR SAVR™番茄的设计是为了在采摘之前能存留较长时间（它软化得更慢）。1994 年，该番茄的生产商卡尔金公司与美国食品与药物管理局的食品安全与营养中心，举行了对该食品的咨询会。根据卡尔金公司提供的评价数据，食品与药物管理局认为与其他各类番茄品种相比，该番茄是独一无二的。还宣布，它与其他普通番茄一样安全（FDA *Backgrounder*，1994；Martieau 2001）。而 FLAVR SAVR™番茄不久以后，由于商业原因而从市场撤下了。

② "实质性等价"原则，在这里意味着美国食品与药物管理局之前所许可的基因在食品中的转移不是没有问题的。当新的基因序列以及所嵌入的蛋白质被引进时，对其进行全面的评价也是必要的。

③ 参见，如 FDA *Backgrounder*（1994）；Krimsky 和 Wrubel（1996）。从技术角度说，食品与药物管理局并没有认为新的基因产品和它的蛋白质产品是食品添加剂。如果将其归为食品添加剂，则属于食品、药品、化妆品法案第 409 条，将迫使食品与药物管理局使用更严格的上市前批准程序。

④ 参见，如 www.bio.org，Caswell（2000），Moore（2000a，b），以及 Meins（2002）。

⑤ 例如，比通常水平更高的番茄红素含量，可以降低癌症及心脏疾病的危险，这也意味着番茄成分构成的改变。比通常含量更高的维生素 C，意味着营养价值的改变。转基因花生蛋白质的存在，可能意味着花生过敏源的存在，因此在安全性上有所改变。

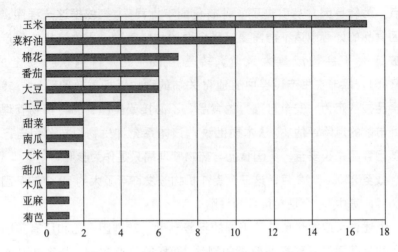

图 3-2　2002 年 12 月批准的农业基因产品

资料来源：www. agbios. com；www. ucsusa. org；www. fda. gov. 其中，一些产品已不再出售。网站还列出了这些企业向谁发布的批准，这些产品的工程性状、新基因的来源和其他信息。ISSAAA 指美国 51 个商业化的基因产品，但从目前 www. isaaa. org 来看还不清楚究竟什么类型的产品包含在此数目中

生产的，只需指出该食品含有潜在过敏源即可。[①] 如果食品通过生物技术转化后，致使其营养含量不符合正常的预期，则标签也是必需的。[②] 因此，绝大多数转基因食品在美国市场上并不需要标记，也没有转基因食品是如此标记的。如果食品被认为是不安全的或标记不正确的，即便是已经获得了许可，美国食品与药物管理局也拥有充足的法律和管制规则方面的权限将其从市场上撤回。在此，该局拥有即时的和最终的解释权。

　　对于农业生物技术的管制问题，较之食品与药物管理局和美国农业部，美国环保署更推崇过程导向的路径。[③] 1994 年年底，美国环保署提出了一系列针对那些设计用来抗虫害植物的规定，基本上把这些植物当做杀虫剂一样看待。但由于美国政府的另一部分人、工业界和科学家的

58

---

① 参见 www. ificinfo. health. org。

② 参见 www. bio. org。包括高月桂酸油菜和高油酸大豆的例子。

③ 参见，如 Jasanoff（1995）。

反对，这些规定最后并没有被接受。[①] 1999 年，因为有研究结果表明，
Bt 玉米不仅能够杀死害虫（尤其是玉米蛀虫），也能杀死黑脉金斑蝶的
幼虫，从而引起了更激烈的公众争论，卷入其中的非政府组织也变得一
触即发。作为回应，美国环保署再次检查了某些转基因作物是否应该纳
入杀虫剂的规定。2000 年 1 月，美国环保署要求农民在 Bt 玉米和常规玉
米之间建立缓冲区，以保护黑脉金斑蝶和防止其他潜在的环境危害。[②]
持续的反对大大阻碍了过程导向管制规则的执行，也再没有任何美国政
府部门能够系统地监管那些违反规定的转基因农作物带来的生态影响。

20 世纪 90 年代晚期，出现了更多的关于转基因食品的公众争论。民
意调查显示，美国大约 80%—90% 的被调查者赞同对转基因食品进行强制
标签。1999 年 11 月，49 名国会议员向食品与药物管理局递交了一封信，
要求以《食品、药物、化妆品法》为依据，实行强制标签制度。2000 年 3
月，超过 50 家的美国消费者组织提出了一份合法的请愿书，提议对已经
经过食品与药物管理局核准通过的转基因产品实行暂停使用，直到更加
严格的管制程序建立起来。[③] 1999—2000 年，有两个关于标签转基因食
品的提案和两个关于安全检测的提案，被提交到美国参议院的议案当
中。[④] 不仅如此，一些非政府组织还发起了几场诉讼[⑤]，以此来支持强制
标签制度的要求，这些行动，已经刺激了美国国家层面的立法行为。

但食品与药物管理局对这种压力非常不以为然，因为它的政策是受
法律庇护的。[⑥] 截至到那时，所有在联邦和州政府层面引入强制标签
的尝试，都以失败而告终。民间最显著的努力就是 2002 年在俄勒冈
州发起的一次公共投票，但其结果却是，投票者中有 73% 的人反对

---

① 如农业科技委员会。1998 年 12 月环保署提议的植物杀虫剂的规则。

② 参见纽约时报（2000）。

③ 参见 www. thecampaign. org；www. purefood. org/ge/cong49label. cfm；www. foodsafe-
tynow. org；www. agbios. com www. agbioworld. org。

④ 这些法案由 Dennis Kucinich（D-Ohio），Patrick Moynihan（D-New York）和 Barbara
Boxer（D-California）引入。参见：www. thecampaign. org。

⑤ 过去和正在进行的关于农业生物技术问题的法律行动文件，都由食物安全中心负责保
存。大部分诉讼是反对食品与药品管理局、环保署及一些生物技术公司的。

⑥ 参见，如 www. centerforfoodsafety. org；www. thecampaign. org。

强制标签。① 2001 年 1 月，食品与药物管理局正式重申了它的产品导向政策，所采用的方式是引进了两个加强管制规则的办法。② 首先，准许生物技术公司和食品与药物管理局之间，可以就推进强制标签议题进行自由磋商。这似乎复活了一个与 1993 年类似的提议，之前的那个提议因为科学和专业团体的阻挠而最终失败了。③ 但这个新的方式也不会从本质上改变食品与药物管理局的自由审批政策。迄今为止，所有投放美国市场上的转基因食品和饲料，其生产者都通过了食品与药物管理局在 1994 年建立的查询系统，这就降低了责任风险。其次，食品与药物管理局出台了针对转基因或者非转基因食品自由标签的指导方针。这个方针与最近应用在有机食品和犹太人洁净食品上的方针很类似。④

田间试验、经济作物生产和市场上的转基因食品

图 3-3 显示了美国转基因作物田间试验数量的快速增长状况。美国在 1987 年进行了第一次田间试验。从 20 世纪 90 年代晚期开始，美国每年进行的田间试验总数在 1000 次左右，这大大超过了其他国家的数目（图 3-1）。

表 3-2 显示了种植转基因作物土地面积的类似状况。世界范围内的

---

① 参见 www. agbioworld. org。

② 1999 年 11 和 12 月，食品与药物管理局就是否转基因有机体应该被定义为食品添加剂，是否应该强制贴标签，是否应该采取更加严格的检测程序，以确保消费者的安全等一系列问题召开了公共听证会（FDA Report on Consumer Focus Group on Biotechnoligy，2000. 12. 20）。国家科学院发表于 2000 年 5 月的影响巨大的研究报告，原则上支持了美国食品与药物管理局的产品重点。但是，也提出了另外三种手段：对转基因食品所含物质的消费风险进行长期跟踪研究，而不仅是那些现有市场上的产品；环保署 1994 年提出关于抗虫害转基因植物审批规则的议案及抗病毒转基因作物的管制规则。2001 年 1 月，美国食品与药物管理局提出新的议案，其中更多反映了美国国家科学院的建议，而不是其听证会的结果。

③ 食品或饲料开发商必须在转基因食品或饲料投放市场前 120 天通报食品与药品管理局，还应提供相关的证明材料，包括该产品与常规商品相比具有同样的安全性。这项措施改变了现行的自愿协商程序，而成为强制性但更透明的程序。

④ 参见 www. fda. gov。食品与药物管理局的提案，可以看做是一种应对由消费者需求带来的自愿标签做法日益多样化的一种尝试。为了使科学评估不受约束，美国农业部表示这种尝试应该受制于生物技术的审批程序，这将推动测定少量转基因大豆、谷物及其他转基因作物的检测标准化。这一倡议的目的，是支持那些希望使用非转基因产品或自愿标签转基因产品的粮食加工企业。

转基因作物产量（2002 年有 16 个国家，共种植了 5870 万公顷，或者说
1.45 亿英亩）绝大部分为美国所占据，美国农民占有了全球转基因作物
产量的 2/3。加上阿根廷（23%）的话，总计达到 90%。若再加上加拿
大（6%）和中国（4%）的话，百分比将上升到 99%。其中转基因大豆
和转基因玉米，美国占到了世界总产量的 80%。美国一家公司（孟山
都），就为世界大约 90% 的转基因作物提供了技术支持。接下来的数据
是，世界转基因农作物总种植面积中转基因棉花占了 12%，转基因油菜
占了 5%。2002 年，美国的转基因作物在相应农作物的种植中，大豆占
总产量的 75%，棉花占 71%，玉米占 34%。

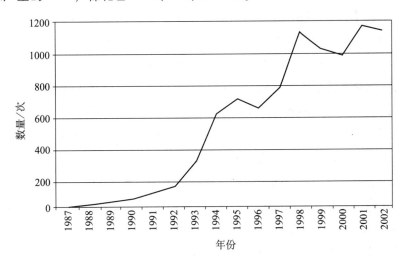

图 3-3 美国发布的田间试验许可和通告

资料来源：www. aphis. usda. govt

表 3-2 播种转基因农作物的土地面积

	1996 年	1997 年	1998 年	1999 年	2000 年	2001 年	2002 年
美国/ 百万公顷	1.5	7.2	20.8	28.7	30.3	35.7	39.0
其他国家/ 百万公顷	1.2	4.4	7.8	11.2	13.9	16.9	19.7
美国占世界 的比重/%	56	62	73	72	69	68	66

资料来源：www. isaaa. org；www. transgen. de

在世界范围内，转基因大豆占了总产量的 51%，棉花是 20%，油菜 *60*

是 12%，而玉米是 9%。[1]

美国含有转基因有机物的食品供应范围的广度不可能精确给出，尤其在转基因食品和转基因食品成分不愿意被强制贴标签的情况下。进行此类检测也是不可能的，因为美国的食品供应中，不仅包含了 51 种经批准的转基因食品农作物，还包含了一系列其他的转基因成分，如转基因酶。有消费者组织和科学团体宣称，在 2002 年美国售卖的已加工食品中，有 70%—90% 含有转基因有机物。[2]

在美国的食品供应中，转基因大豆和转基因玉米占据了转基因食品的最大份额。迄今为止，其他转基因类产品远不及它们顺利。第一个商品化的转基因农作物，转基因番茄，如今已经被抛弃了。2001 年，转基因马铃薯也被孟山都公司从市场上撤回。转基因烟草和转基因亚麻，这两个非食品类的转基因产品也遭遇了同样的命运。安内特公司已经放弃了将其抗杂草转基因大米进行商品化。美国农民也没有大面积种植转基因甜菜。由于市场回报的不确定，孟山都公司对转基因小麦的推广被推迟到 2004 年或 2005 年。转基因鱼类（尤其是鲑鱼）的商品化一直陷入争论之中，不大可能在最近的任何时间内实现。[3]

总而言之，全然不同于欧盟，美国的农业生物技术政策是一种高度行政化的许可批准和标签管制，而这种行政性管制规则的路径，又几乎是建立在所谓"实质性等价"标准和"健全科学"的基础上。仅仅依靠技术来处理风险，不但意味着风险并且也带来了不利因素。[4] 这种政策反映在大规模批准转基因农作物的数量上，也反映在数量可观的田间试验上、大规模的转基因农作物种植上（绝对数字和占世界总量的份额上），以及在美国销售的大多数已加工食品中转基因有机物的存在上。不仅如此，相对于欧盟政策制定所遵循的分散、网络化模式，美国的农业生物技术管制规则表现为集中出台和实施，并由三个联邦机构加以执行。

---

① 参见 www. Isaaa. org。

② 参见 www. ucsusa. org; www. greenpeace. org。

③ 参见 www. greenpeace. org; www. agbioworld. org; www. transgen. de。

④ 例如，这种许可反映在食品与药物管理局和美国农业部对于转基因产品的极少风险预算中，另外，也表现在多年以来美国环保署已经出局的事实上。

一言以蔽之，欧盟推行的是一个非常严格但又有些不同质的模式，政策 *61*
的制定、实施和强制执行是分散和网络化的。而美国流行的则是集中化
和同质化的方针。

其他国家

正如前文所提到的，在农业生物技术管制规则方面，欧盟和美国是
有其全球化影响的两个重量级经济体。而它们在农业生物技术管制的严
格性方面，却存在着巨大的反差。下面的讨论，包含了相当多的国家，
其中一些国家清晰地跟从着欧盟或是美国的路线，而其他国家却摇摆于
欧盟和美国之间。由于大多数发展中国家的经济制度，仍处在农业生物
技术政策制定的过渡期和初级阶段，其情势的发展，到底最终会转向欧
盟还是美国的管制模式，目前仍不能确定。但当前的情况显示，更多的
国家至少是在朝着欧盟模式的方向转变，而远离美国模式。在一份杰出
的分析报告中，帕尔伯格（Paarlberg）（2003）把这种趋势归功于欧盟
的优势影响，主要通过四种渠道：国际组织、非政府组织、发展援助和
国际贸易市场。

审批认证和标签制度

表 3-3 显示了获准通过的转基因产品和有无强制标签的发展中国家
和工业化国家。[①] 这些数字必须非常慎重地诠释。因为很多国家的政策
变动非常频繁，而信息（尤其是获准通过产品的信息）经常不完整或者
相反。获准通过者的数字仅仅是对于该国农业生物技术政策的一个粗略
描述而已，因为它并没有区分那些获准通过的产品是用来作为食品或饲
料投放市场，还是用于商业化的生产。下面我将更深入地审视转基因农
作物的生产，以及许可和标签制度，在某些国家它们是恰如其分的，并
且相当严格——尤其是在落实和强制执行方面。

表 3-3 表明，除了美国、加拿大、日本、澳大利亚、欧盟和阿根廷
以外，大多数国家和地区其实只批准了很少，或者根本没有批准任何转

①　更多的细节，参见 www.oecd.org/ehs/biobin。

63   基因作物。[①] 在这些国家和地区中，只有美国、加拿大和阿根廷大量种植了转基因作物。而且，在国际上存在着一个强制标签的趋势，该趋势由欧盟所引领。还没有向这个方向发展的国家，则由美国所导引。

62   **表 3-3 全世界批准种植转基因作物和实行强制性标签概况（2002 年）**

国家（或地区）	许可种植的转基因作物数目	强制标签状况
阿根廷	9	无
澳大利亚	22	有，从 2002 年始
玻利维亚	3	无
巴西	0	有，预计从 2003 年始
保加利亚	NA（缺）	无
加拿大	52	无
中国	4	有，从 2002 年始
捷克共和国	NA	有，从 2002 年始
埃及	0	无
欧盟	14	有，从 1998 年始
匈牙利	NA	有，从 1999 年始
中国香港	NA	有，预计从 2003 年始
印度	3	无
印度尼西亚	1	有，从 2002 年始
日本	34	有，从 2001 年始
肯尼亚	0	无
马来西亚	1	有，预计从 2003 年或 2004 年始
墨西哥	4	有，预计从 2003 年始
新西兰	NA	有，从 2002 年始
挪威	NA	有
波兰	1	NA
菲律宾	0	无
罗马尼亚	3	NA
俄罗斯	4	有，从 2002 年始
韩国	1	有，从 2001 年始
沙特阿拉伯	NA	有，从 2001 年始
南非	3	无
斯里兰卡	0	无
瑞士	4	有，从 1999 年始
中国台湾	NA	有，预计从 2003 年始

---

    ① 发展中国家批准的转基因产品数量很少，这是件很难解释的事情：也许反映了这样一种情况，即已经上市的转基因产品，由于现有管制制度的缺陷，而尚未被正式批准。鉴于欧洲、日本、澳大利亚的经验，或许在这些国家实行更严格的审批程序，就会推动这些国家的强制性标签制度。

国家（或地区）	许可种植的转基因作物数目	强制标签状况
泰国	0	有，从 2002 年始
美国	59	无
乌拉圭	1	无

资料来源：www. oecd. org/ehs/biobin；www. agbios. com；www. greenpeace. org；www. transgen. de；www. binas. unido. org/binas；www. isaaa. org

注：此表所列举的包括一些能够提供信息的国家。所有正申请加入欧盟的 13 个国家，都将采纳欧盟强制标签制。NA 表示无法提供信息。许可种植一栏中的数字相当不可靠，因信息来源并未指明许可是食品或饲料的市场准入，还是商业种植，主要还是食品或饲料的市场准入许可。某些国家特别是发展中国家的零产品许可，仅是表明该国家尚未建立许可制度。转基因食品的加工剂和添加剂未包括在此表中

换句话说，全球农业生物技术现状由两大势力所控制：一个是欧盟主导，并包括西欧的非欧盟国家（特别是挪威和瑞士），以及大多数中东欧的转型经济体（总而言之，就是那些申请加入欧盟的国家）；另一个由美国主导，包括加拿大和阿根廷。

其他国家或地区，正在它们所能调控的农业生物技术政策范围之内，试图找到一些中间立场。它们中的大多数（除了日本和澳大利亚），基本或根本不准许转基因作物流入市场或者进行种植。而获批的转基因作物，大多是转基因棉花，因为它很少被用来作为食物（只有很少量的棉花籽在食用油生产中用到）。这些国家的大多数都采纳了强制性的食品标签制度，虽然与欧盟的相应规定比起来仍然不够严格。

日本是世界第三大经济体，起初采用美国式的农业生物技术管制规则，后来又转向了欧盟模式。澳大利亚种植一些转基因作物，也引进了强制性标签制度。巴西已经发布了一个关于转基因作物进口和生产的临时禁令，很可能在 2003—2004 年引入强制性标签制度。中国生产一些转基因棉花，并在 2002 年建立了强制性转基因食品标签制。墨西哥和美国的经济联系很强，但相对美国，墨西哥对转基因作物采取了一个更加小心谨慎的态度。南非是非洲大陆唯一大量生产转基因作物的国家，因此到目前为止，仍在呼吁抵制强制性标签制度。[1]

---

[1] 参见 www. isaaa. org；www. agbioworld. org；www. greenpeace. org；www. transgen. de。

田间试验和转基因作物种植

关于田间试验，在 1998 年（本书能获得可比较数据的最后一年）OECD 的生物数据库该类条目中，美国占了总量的 71％，欧盟占 15％，加拿大占 9％，澳大利亚占 2％，日本占 0.7％，新西兰占 0.6％。这些数据大致可以说明发达工业化国家的田间试验相对进展概况，而不只是欧盟国家和美国。从一系列其他更折中的证据资料来看[1]，这个比例从 1998 年以来没有多大变化。

有关发展中国家田间试验的数据，十分稀少而且不甚可靠（OECD 的生物计划仅适用于 OECD 国家）。对现有证据的粗略考察表明，发展中国家田间试验的数量，与 OECD 这类试验在数量上相比，是非常相形见绌的。提交过转基因作物田间试验报告的发展中国家，包括阿根廷、伯利兹、玻利维亚、巴西、哥斯达黎加、智利、中国、哥伦比亚、古巴、多米尼加共和国、埃及、危地马拉、印度、印度尼西亚、肯尼亚、马来西亚、墨西哥、尼日利亚、秘鲁、南非、泰国、乌干达、菲律宾、委内瑞拉和津巴布韦等。更广泛的试验，已在阿根廷、巴西、中国和南非展开，而中国远远领先于其他的发展中国家。在中欧和东欧，只有保加利亚、罗马尼亚和俄罗斯报告了一些田间试验结果。[2]

转基因作物种植情况的数据更加可靠一些。[3] 表 3-4 表明，除了美国和欧盟，只有阿根廷和加拿大大规模种植了转基因作物。中国、南非和澳大利亚的转基因种植也相当可观，但主要局限于转基因棉花（非粮食作物）。

---

[1] 参见，如 www. isaaa. org；www. agbioworld. org；www. binas. unido. org；www. transgen. de。

[2] 这种测试及结果报道在 www. isaaa. org 及 www. agbioworld. org 中，尽管不是一个系统而全面的数据。其他出处包括 www. binas. undio. org 及 www. olis. oecd. org/biotrack. nsf，也可以参见 DaSilva（2001）。

[3] 尽管 ISAAA 是转基因作物产品最为广泛引用的数据来源，但还是应该谨慎对待，因为 ISAAA 是一个由大型农业生物技术公司赞助的行业游说机构（著名的赞助者包括孟山都公司、先正达公司和安万特公司等）。对 ISAAA 数据的批判性评论，见绿色和平组织、国际遗传工程运动，背景资料，2002 年 3 月，www. greenpeace. org。

表 3-4　美国和欧盟之外的转基因作物种植概况

(单位：百万公顷)

国家	1996 年	1997 年	1998 年	1999 年	2000 年	2001 年	2002 年
阿根廷	<0.1	1.5	3.5	5.8*	10.0	11.8	13.5
澳大利亚	0	0.2	0.3	0.3	0.2	0.2	0.2
巴西	0	0	0	1.2	NA	NA	NA
保加利亚	0	0	0	0	<0.1	<0.1	<0.1
加拿大	0.1	1.7	2.8	4.0	3.0	3.2	3.5
中国	1.0	1.0	1.1	1.3	0.5	1.5	2.1
哥伦比亚	0	0	0	0	0	0	<0.1
印度	0	0	0	0	0	0	<0.1
印度尼西亚	0	0	0	0	0	0	<0.1
洪都拉斯	0	0	0	0	0	0	<0.1
墨西哥	0	0	<0.1	<0.1	<0.1	<0.1	<0.1
罗马尼亚	0	0	0	<0.1	<0.1	<0.1	<0.1
南非	0	0	<0.1	0.2	0.2	0.2	0.2
乌拉圭	0	0	0	0	<0.1	<0.1	<0.1
世界总体	2.6	11.5	28.6	41.5	44.2	52.6	58.7

资料来源：欧盟（2000）1996—1999 年；www.isaaa.org 1999—2002 年

* 这一数字反映出欧盟对巴西在非法进口阿根廷种子的基础上种植转基因作物的估计。这种非法进口的种子被假定为增加转基因作物在巴西产量以及减少在阿根廷的产量。也可参见 www.greenpeace.org

注：表格中没有列出的，皆为禁止转基因作物商业种植的国家

65

结论

　　本章的分析表明，推广农业生物技术的国家和限制该技术的国家之间的鸿沟越来越大了。表现在审批和标签的管理及市场化水平（作物生产，转基因食品/饲料的销售）两个方面。前一组国家，特别是加拿大和阿根廷，紧随美国之后。后一组国家，包括大多数西欧的非欧盟国家，如挪威和瑞士，以及许多中东欧国家，则环绕在欧盟周围。

　　其他许多国家（如澳大利亚、巴西、中国、印度、日本、墨西哥、俄罗斯和南非等）已经采取了比较严格的审批措施，其中一些国家甚至采取了强制性标签制度。但管制规则本身的严谨性，因国家的不同而有所差异。无论如何，这些国家依然处于欧盟和美国之间的位置。平均而言，相对于美国的管制模式，全世界越来越多的国家似乎至少向欧盟的模式移动了一些距离，虽然这一进程在很大程度上仍然是动态的。

农业生物技术管制规则的这个全景式"板块漂移"（tectonic shift），迄今尚未对美国的审批和标签制度（也未对加拿大和阿根廷）产生大的改革压力，但已经对市场产生了影响。第一，大多数分析家注意到了在转基因玉米和转基因大豆种植上的抑制效应。唯一例外的是转基因棉花，这主要因为它是一种非食品作物。第二，两极分化实质上拖延了新转基因作物的商业化，如转基因小麦、水稻、甜菜、马铃薯和鱼类等。第三，两极分化使生物技术产业发生动荡。大型生命科学领域的企业，如诺华公司、陶氏化学、杜邦公司和法玛西亚等，已经分拆了其农业生物技术部门。农业生物技术巨头，美国孟山都公司的财务执行情况，自 2000 年以来已经非常糟糕。第四，两极分化正在影响着世界农产品贸易。此外，它没能推动对发展中国家农业生物技术研发的资助，而技术在那里极其有用。第四章和第五章，将对为什么会出现两极分化做出解释，第六章讨论它对国际贸易的影响。

第四章

利益集团政治学

农业生物技术的拥趸者们相信，随着较长时间的风险评估，证明这种产品对于消费者健康和环境的影响非但不为负，而且具有正面意义，随着转基因产品明显的消费好处在市场上浮现，发展中国家食品短缺问题变得更加尖锐，如本书第三章所提及的两极分化趋势将会消失。但对此持批评意见的人则预言，此技术将有可能重蹈原子能的覆辙，虽然面对一种十分危险的技术，起初大部分科学家并不想看见也不想要这种负面的后果。①

作为本章和第五章的出发点，我讨论了双方的预言其实都只是一种一厢情愿，因为对极端分化现象的出现，双方都没能做出系统性的解释。而只有在系统分析的基础上，我们才能评估拥趸者的理由或者反对者的原因，从中长期看，即是否能实际上推动农业生物技术的持续发展或使其趋于停滞。这种系统分析，同样也能对公共和私营部门所采取的政策在推广该技术方面是否产生有效影响做出评估。在第六章，我们将需要更多的有关认识，即社会各特殊群体对于专门管制规则严格性要求的不同程度，这是评估农业生物技术在国际贸易方面的冲突，以及解决这种冲突所必需的。

---

① 本章建立在与 Erika Meins（Bernauer and Meins, 2002）联合工作的基础之上。另参见：Meins（2000，2002）。

本章及第五章所提出的实证性解释，主要聚焦在欧盟和美国，这是在全球范围内对农业生物技术持对立立场的两大集团。这个解释建立在两种理论进路之上。

第一种进路，关注于各国对农业生物技术"自下而上"的不同反应解释方面，即从利益集团的政治学角度进行考虑，主要关心相互博弈的各利益集团，特别是消费者或环保者集团（也泛指一般的非政府组织）与生产者集团（生物技术企业、农场主、食品加工者、零售商和仓储业等）之间在政治和市场方面的争斗状况，并解释什么时候，以及为什么在一个多元化（民主化）的社会中，哪种利益集团将在规则的制定上占据上风。来自于不同决策机制的某个特殊利益集团的集体行动能力（collective action capacity），是这种解释的关键所在。利益集团政治学模式告诉我们，为什么反对农业生物技术的消费者和环保者集团能够一直获得欧盟的援手，并且成功地推动了对于该技术的严格限制措施。同时还告诉我们，为什么在美国的管制规则制定过程中，生物技术制造者集团能够一直占据统治性的地位。

在第五章中应用的第二种理论解释进路，是一种"自上而下"的角度，它用政府（在欧盟即各成员国的政府，在美国即各州政府）之间相互作用的方式来解释最终结果。它将欧盟和美国都看做是一种联邦制政治系统，在其中，政治权力被分割成中央（在欧盟，即欧盟委员会、欧洲议会和欧盟法院；在美国，即联邦政府及其所属各部门）和其他政治组成部分（欧盟的各成员国、美国的各州）所共同拥有。在这两大不同的政治体系中，其各自的组成部分（即分权部门，决策制定者）之间就管制规则制定方面的内容所进行的博弈活动是很不相同的。根据第五章中的解释，欧盟系统的管制规则制定属于一种向上"棘齿"（或层层加码）效应过程，管制因此不断被严厉化。但这种效应在美国并没有任何现实基础。

将这两种解释综合起来看，说明了两极分化现象在可见的未来还会一直持续下去，并且还反驳了关于农业生物技术拥护者和反对者之间在管制规则上的分歧，最终将在国际上趋于调和的预言。作为一个逻辑推论，我们将在第六章中看到，美国通过 WTO 或单方面的施压，看来也很难让欧盟在农业生物技术管制规则的松动方面，产生任何实质性的效果。

解释 "自下而上" 的管制两极分化

大部分关于管制规则的政治经济学理论都持有这种观点，在规则的制定过程中，集中性的利益将压倒分散性的利益，规则的最终结果将反映出利益集中方的诉求。[①] 作为推论，这些理论还预言，大部分管制规则将反映生产者，而不是消费者的要求。这些利益的多少取决于消费者从规则（或规则缺失或规则解除）中获得利益的多少，可见这是很偶然的事情。[②]

由于全球性农用化学和农业生物技术行业都是高度集中的[③]，而当地也有巨大的各式各样的非政府组织体系，我们可以预期，相关农业生物技术管制规则的制定，会按照工业界的意愿进行，美国的政策——许可认证制和非强制性标签制——似乎就很符合这种预期，美国的生物技术产品供应者们已经获得了他们所想要的规则。相反，在欧盟，农业生物技术行业却已经被形形色色的该技术反对者结成的阵营击败了。这个发展势头还在进行之中，因为欧洲的国内和国际政策制定者们，广泛持有收紧该工业管制的意愿。[④] 那么，我们怎么来看待欧盟的这种对于通

68

---

① 参见 Strigler (1971)，Baron (1995，2000)，Peltzman (1976)。

② 参见 Richards (1999)。

③ 2002 年，仅三家企业，即先正达、安万特和孟山都公司，就占有 50％左右的全球农用化学品市场。占世界商业种子市场 10％左右的转基因种子，基本上由这些公司专供。世界七大农用化学品企业中的四家来自欧洲（先正达 22％的全球市场占有率；安万特 13％；巴斯夫 11％；拜耳 7％），三家来自美国（孟山都 13％；杜邦 8％；陶氏 7％）。农业生物技术市场的集中度据称更高：孟山都的种子数量占全球种植转基因作物区域种子数量的 90％左右。参见 www.rafi.org；www.transgen.de；DZ Bank (2001)。

④ 管制在欧盟和美国的发展也有其他原因。尤其是在 20 世纪 60、70 年代，美国环境、健康、安全管制广泛采用预防性原则，限制较多（现在亦然），如对汞、铅、石棉、环己氨基磺酸盐（一种有害糖精）的管制。关于农业生物技术，我们观察到相反的趋势。类似于以往美国国内在环境、健康、安全管制方面的政治争论，欧盟的农业生物技术管制从 20 世纪 80 年代中期开始就被高度政治化，打上了科学家、政府和行业不信任的标记（Vogel，2001；Lynch 和 Vogel，2000）。大体上，美国采用了世界上最严格的食品标签管制，但对农业生物技术却非如此。欧盟较之美国，没有采用那么严厉的食品标签立法，但却制定了对转基因食品更严格的标签标准。

常管制制定理论预言的偏离呢？

下述的解说证明，农业生物技术管制规则的变化，主要取决于消费者或环保者集团和生产者利益集团的集体行动能力的变化。首先，我集中论述了何时及为何环保主义者和消费者集团能够有效地促成严格限制性的管制规则，其次，将转向对生产者集团的集中考察。我还将讨论政府部门在影响利益集团集体行动能力方面所起的作用。

环保和消费者利益集团的集体行动能力

要回答在农业生物技术的政策制定领域，为什么生产者占优势的假设看起来似乎跟实际经验（特别是在欧盟）[1] 不一致的问题，其基础就是曼瑟·奥尔森（Mancur Olsen）在《集体行动的逻辑》[2] 一文中所提出的论点。

奥尔森假设，大的（隐藏的）集团是难以动员起来的。联系到农业生物技术这一案例中来，其动员的基本逻辑是：消费和环保主义者的组织是个能够提供"集体利益"（collective good）的压力集团，此集体利益，就是对消费者或环保者的保护。在集体利益的产生过程中，无论其是否参加或者积极支持该集团活动，人人都能从压力集团的这个集体利益中受益，这是个经常遭人诟病的免费搭车问题。假设平均意义上的每个人都是理性的利己主义者，其强烈的动机是让别人更多地劳作并付出，这种人肯定会欢迎并且从特殊的集体利益（如更多的消费者保护条款）中受益。消费者和环保主义集团通常人数众多，这就使得搭便车问题变得更加严重：在芸芸众生中，通常很难分辨出谁是免费搭车者，所以没法按照动机进行奖惩。并且，随着牵涉进来人数的增多，利益多样化问题也会加剧。这就是为什么越是人数巨大的利益集团，越难于以普通的目的进行动员。[3]

---

① 许多作者揭示了斯丁格勒（Stigler）生产者支配论的经验主义缺点和理论不足，如 Meier（1988），Gormley（1986）。在无其他替代理论的情况下，多数经济学者仍然赞成这个模型，参见 Baron（1995，2000）。政治学家多数拒绝接受斯丁格勒的模型，提出了一个更复杂、更形象，但不易概括的替代模型。

② 参见 Olson（1965：48—65）。

③ 参见 Frey 和 Kirchgässner（1994），Marwell 和 Oliver（1993）。

　　我采纳这个观点，并假设环保和消费者利益集团通常能够意识到它们的集体行动中所存在的这类问题。为了消除或者解决问题，它们会更加关注集团动员的最大限度和财政资源等议题。在这类议题的考虑中，挑动公共义愤（public outrage）具有关键性意义。公共义愤可以定义为一个国家总人口中，多数人对于某特定危险所滋生的恐惧和愤怒。它的程度依赖于所给定危险的特殊性质，并随着我在此处所要讨论的其他外部因素而变化。[①] 从实证的分析看，我将公共义愤视为公众对于危险的感知，以及对于政策规则制定当局的信任问题。

　　就其特性而言，农业生物技术具有明显的潜在公共义愤可能性。但一般来说，这种潜在可能变为实际政治问题，在很大程度上要取决于公众的接受途径。在某个特定国家，如果社会公众害怕和反对某个特定技术的原因，是由该技术的鉴定方式来决定的，则如果他们决定要进行行动的话，非政府组织就能成功地进行集体动员，来对该技术实施更加严厉的制度限制措施。因为非政府组织明白，它们更适合发起诸如此类的抗议性活动。换言之，我预计非政府组织发起的对于农业生物技术制定更加严厉限制性管制的活动，在那些社会公众对于该技术比较关注和担心的国家，应该更加活跃和成功。

　　这个论点反驳了在生物技术工业界流行的"谁正处在驾驶员座位上"的观念。大多数农业生物技术的支持者认为，非政府组织在社会公众对该技术的关注问题上，一直处于公众意见领袖的位置。而此处勾画出的理论则揭示了另一个看法，即非政府组织不过是些相机行事的跟风者，它们跟随的是早已存在的对于农业生物技术的公众接受度。在此，到底谁更正确是一个实证问题，后面还将进一步加以讨论。

　　公共义愤增强了环保主义和消费者集团通过市场和政治途径，影响管制规则制定过程的能力，其基本逻辑如下：

　　关注具有高公共义愤可能性的论题，使环保和消费者集团有可能建

---

　　① 多数作者认为随既定风险被发现是非自愿、无法控制或者无头绪的程度发展的公共义愤，会有一个滞后或激变的影响，它是难忘的、极不确定的、很难理解的、很陌生、分配不公、技术灾难。在存在其他风险的情况下，具有这些性质的公共义愤风险更强（Slovic，1987，2001；Groth，1994；Wohl，1998；Gaskell 和 Bauer，2001；Blholm，1998）。

69

立和扩大其作为公共利益捍卫者的形象及其影响力，激活集团内不同体系的成员，获得媒体的关注，吸引更多的成员，动员更多的其他公众（隐藏的临时支持者），以及得到更多的资助。如果公共义愤沿着这个路径达到相当强烈的程度，就使环保和消费者集团大大提升了其集体行动能力，从而能更有效地对付生产者利益集团。例如，它们可以组织起对某些产品、企业，甚至是对整个行业的联合抵制行动，或者发起目标是减损某些企业、行业，或者产品形象的公共抗议活动等。[①] 通过这些活动，环保和消费者集团就能够在市场上改变生产者集团的优势和行为，从而干预到管制规则的制定过程。

非政府组织不仅能够影响市场，而且也能影响政策制定。特别是对于非集中化和多层次的规则制定系统，这类系统为非政府组织的干预提供了更多的切入点，公共义愤也将政治影响力从生产者集团转移到环保和消费者集团。非集中化决策系统，指的是在规则制定过程中的权力划分扁平化（如在欧盟各成员国之间，或美国各州之间）。多层次化系统，则指的是一方面，权力在国家（联邦）和超国家层次间进行划分；另一方面在国家和地方层次间进行划分。一旦环保和消费者集团通过挑动公共义愤，克服了它们在集体动员能力方面的问题，人数众多这一过去的缺陷，就转化为巨大优势，利用这个优势它们能够对政治家和政策制定者施加实质性的影响力，因为消费者同时也是投票者。[②]

总结一下，上述理论探讨说明，对于特定技术，公共义愤的增长总是伴随着公众对其的负面接受度，以及对于管制规则制定当局的低信任度。公共义愤也提高了环保和消费者集团的集体行动能力。因此，对于特定技术，这也增强了这些集团在市场上的影响力，并改变了生产者在市场运作中的优势。更进一步地，公共义愤还通过与有利于环保和消费者集团的政府结构（特别是非集中化和多层次的政策制定结构）的结合，将生产者集团的政治影响力转移到环保和消费者利益集团

---

① 参见 Friedman（1991），Putman（1993），Friese（2000）。对于理论背景，参见：Hall 和 Taylor（1996）及 Kitschelt（1986）。

② 政治上的"理性选择"理论假定，政客都具有投机主义行为，会争取最高的选民支持率；官僚主义者，会争取更大的预算和政党支持（Frey 和 Kirchgassner，1994）。

一方。

生产者利益集团的集体行动能力

常规的关于政策制定的政治经济模式主张，只有当生产者能够从管制规则中得到更多经济上的收益时，更严格的环保和消费者保护标准才能奏效。原则上，更严格的管制规则至少可从两方面有利于生产者。

（1）贸易保护主义收益。环保和消费者保护倾向于更严格的管制，特别是在那些管制规则可以被制定来防止国外同类企业通过进口进行竞争的领域。这里的假设是，如果假借公共健康和环境保护的名义，而不是保护境内企业的名义，则生产者所要求的进口限制性管制可以吸引更多的政治盟友。这个很难被确认并加以防止，因为它从本土消费者向本土生产者进行了利益输送。[①]

（2）本土经济收益。类似保护主义收益的论证，这个论证假设：企业通过工业结构形成自己的利益，并寻求通过管制规则来改善其竞争地位。但与常规经济管制理论[②]的规则操纵和寻租论证相反，这里没有假设在既定国家中只有利益一致的单一工业。某个特殊工业领域中的各个不同企业或企业集团，之所以可能为更严格或松散的管制而进行呼吁，不过是取决于它们在工业结构中的差异和竞争位置而已。例如，有些大公司有可能为更严格的环保和消费者保护规则进行游说，这是为了大大提高小公司的成本，因此同国家同领域的小公司就可能反对诸如此类的规则。[③]

我现在将要把这些寻租论证，与前述的环保和消费者非政府组织集

---

①　某些作者对这一观点做了进一步细分，通过注重产品的质量和注重产品的生产过程这两个方面不同的管理规则来区分。他们指出，产品的规定比生产过程的规定更容易起到保护的目的。因此，一般情况下，产品的规定往往比生产过程规定更加严格。这在各国的情况也不尽相同。根据我的观察和实验得到的经验，直接区别产品和过程规定是很困难的，包括农业生物技术。因此，我坚持一个更为简单的保护主义利益的观点（Murphy，1995；Scharpf，1996，1998；Bernauer，2000）。

②　参见 Stigler（1971）和 Baron（2000）。

③　参见 Foster（2002）。

团的集体行动能力论证联系在一起。在混合论证中，环保和消费者集团的公共义愤和联合抗议活动，能够对生产者（工业）集团施加"推"和"拉"的效应。

首先，公共义愤和非政府组织的活动能够被生产者作为一种寻租活动而加以利用，环保主义和消费者集团与生产者利益集团之间，虽然出于不同原因，但追寻同一管制严格化共同结果的"异常伙伴"（strange bedfellow）式合作关系，正在成为现实。不同类型企业或生产者出于不同动机而"借势"（piggy-back）于公共义愤和非政府组织活动，这种拉动效应，也许会使得生产者联盟产生弱化。例如，在农业生物技术工业领域，寻求对该技术实行松散管制的生产者的集体行动能力，由于某些企业支持更严格限制性的管制而大大降低。为辨别工业结构（企业的竞争地位）上的差异，就要考虑寻租动机上的变化，因此我将在农业生物技术行业中，对企业（上游生产者）、农场主和零售商，以及食品制造商（下游生产者）之间的不同情况加以区分。

其次，公共义愤和非政府组织活动，无法仅仅通过促进某些生产者的寻租活动（即"拉动"效应），来降低生产者的集体行动能力，它们也必须努力实行"推动"效应，即通过对那些并不期望从更严厉管制中获得好处的生产者进行强迫推动，以使它们支持或默许新管制规则。同样，在行业结构中的差异和不同的竞争地位，决定了生产者对于推动效应的不同接受程度。例如，某些生产者对于公共义愤和非政府组织的活动，之所以比其他人持更积极的态度，是因为它们的品牌需要保护；或者更简单的原因就是因为它们更加庞大，使它们更容易成为非政府组织的攻击目标。此外，一些经济部门组织机构和经济活动上的僵化，也能使推动效应介入进去成为产业行为。例如，较低的经济集中度和政治组织化，反而有点矛盾地使得某些工业部门对于非政府组织活动具有较低的参与积极性。

比较欧盟和美国的管制规则制定政策

下面的分析，将通过若干案例研究，集中于欧盟和美国这两大阵营在市场反应和管制政策上的比较。在第三章中，我已经考察过这两大政治体系的市场反应和管制结果，现在我将对前面所勾勒的抽象理论论证与实际经验观察之间是否一致进行检验。①

具体来说，我们已经观察到欧盟对于农业生物技术实行的是十分严格的限制性管制，而美国在这个领域则维持着开放的市场和自由政策。比之美国，在欧盟，我们观察到公众对于该技术持更低的接受度，并对于政策制定当局持更低下的信任度（即较高程度的公共义愤）。我们也了解到，相比美国，欧盟的环保和消费者非政府组织会更多地参与到农业生物技术政策的制定过程中去。更进一步地，在欧盟，我们能够看到生产者集体行动的能力大大下降，这是由于来自公共义愤和非政府组织活动的强有力的拉力和推力效应，以及在产业结构中的差异而导致的。而在美国，这种拉力和推力效应，比之欧盟则要弱得多。

这一分析表明，欧盟政策制定的背后有两大推动力量：其一是非政府组织集体行动能力，基于公共义愤和体制化热心环保导致的对农业生物技术的戒心（特别是由于非集中化和多层次的政策制定过程），从而得以大大增强；其二是生产者利益集团的分裂，这个则是由于非政府组织的活动，及其在不同工业结构（特别是对于高集中度的食品零售，以及低集中度的农场和粮食加工部门）中对于"推力效应"的实施所导致。美国的农业生物技术政策则一直是由一个支持该技术，并有强大凝聚力的上下游生产者和农场主联盟所左右。

在美国，低下的公共义愤使得非政府组织的动员很困难，加之体制化的非政府组织对于环保的较少关注（特别是在集中化的政策制定机制中），使得对农业生物技术持反对意见的利益集团被排斥在管制规则的制定之外。分散化的食品零售业，以及高度集中化的种子、粮食加工和农

73

---

① 此类研究设计的类型在定性个案研究上是很普遍的，它重点在于对现有或发展中理论的观察或实验应用，或者密切参照重要的观察或实验案例提炼新的理论，参见 Mitchell 和 Bernauer（1998）。

场，如此种种都有助于锁定有利于农业生物技术的管制规则。[①]

欧盟的政策

正如有些分析者所警告的那样，自 20 世纪 90 年代早期到中期，随着不断增长的对于农业生物技术的反对，无人能够预料即将到来的变局，这种情况给欧盟的转基因作物和食品市场带来致命的打击。更严厉的从管制规则上对于农业生物技术进行限制的趋势，可以归结为该技术反对者联盟的不断壮大和影响的日益广泛所致。这个联盟包括环境保护和消费者集团，以及农场主、食品加工和零售商等。我从前述的理论框架出发[②]，验证了这个联盟的出现。为简化分析起见，我将欧盟（从消费接受的角度）大致看做是一个政治单元，而没有探讨欧盟各国间的差异。这种差异及其后果，将在本书的第五章中进行讨论。

环境和消费者利益集团

欧洲环境和消费者集团，自 20 世纪 80 年代中期，欧盟开始启动农业生物技术政策制定过程以来，就始终关注着这个问题。受益于公众对于农业生物技术的反感，以及对于政策制定当局缺乏信任感，欧洲的非政府组织一直能够成功地动员其成员来反对该技术，发动大规模活动来遏制进口商、制造商和零售商。这些非政府组织的活动分化了生产者集团，从而降低了生产者集团的集体动员能力。它们也影响到了政策制定者本身。

调查结果显示，欧洲的大部分公众对于农业生物技术，特别是转基因食品，持负面观点。农业生物技术在欧洲的消费者中间，是除了原子能之外最不受欢迎的技术。表 4-1 列举了 1999 年一个调查的结果，该调

---

① 在更多的学术用语中，这个解释框架有助于在四个方面创建与之相应的生物技术政策。第一，它包括并且范围超出了当前最流行的解释，即把这种不断调整、排斥的不同看做是公众观念变化的结果。第二，它更加系统地连接到现有的社会科学管制理论。因此，它将会比重点在于解释"独特"因素的理论更加普及，如政治文化和管理风格。第三，它的重点在于因果假设的分析，而不是政策网络的描述。第四，它提供了一个从传统经济理论管理出发的实证偏差解释。一个潜在的相关解释的大目录，参见 Gsskell 和 Bauer（2001：96—115）。

② 参见 Gsakell 和 Bauer（2001）。

查也提供了最新的有关欧盟和美国之间数据的比较。[①]

表 4-1　欧盟消费者对转基因食品的接受程度（1999 年）（单位：%）

	基本同意	基本不同意	不知道	最大值
如果味道好就愿意购买转基因水果	22	66	11	基本同意： 荷兰，30 基本不同意： 希腊，88
更愿意购买非转基因食品	53	36	11	基本同意： 希腊，83 基本不同意： 英国，51
愿意购买包含一点转基因大豆的食品油	22	62	16	基本同意： 荷兰，37 基本不同意： 希腊，88
愿意食用出自转基因玉米饲料的鸡蛋	19	66	15	基本同意： 荷兰，33 基本不同意： 希腊，88

资料来源：Eurobarometer (1999)。关于欧盟消费者对生物技术应用接受程度的最简明和系统的分析，是 Gaskell 和 Bauer (2001)，该作者也考察了媒体和相关群体的反应

　　1999 年之后的消费者调查也得出了非常类似的结果。例如，在 2001年的一项包括了全部欧盟 15 个成员国的欧洲经济民意调查中，57% 的调查对象相信转基因食品是危险的。97% 的人宣称有权利知道所食用的食品中是否包含转基因成分，以及自己有进行选择的权利。还有 70% 的人不愿意接受这类食品。芬兰和西班牙的消费者对于该技术多少持有某种正面的观点，而瑞士、丹麦、法国、奥地利和希腊的消费者则持相当负面的观点。与美国相比，欧洲的消费者对于转基因食品感到更大的危险。对媒体报道和相关群体的分析研究，得到了类似的结论。例如，媒体有关农业生物技术的报道，在美国比在欧盟更倾向于正面意味。[②]于 2002年进行的最新欧洲民意调查 2003 年出版，其结果表明，虽然反对转基因

---

　　① 消费者偏好最可靠的指标是消费者对转基因和非转基因产品愿意支付价格的不同，这样的数据表中并没有。但基于现有调查数据的粗略证据表明，在美国和欧盟对非转基因产品的补贴是大体一致的。

　　② 参见 Gaskell 等（2003）。

食品的人在少数欧盟国家有轻微减少，但平均而言，还是占据大多数。

75 甚至当转基因食品的好处（即较少的杀虫剂残留、环境友好、更佳的口味、低脂肪和低价格等），在调查问卷中清晰地提示出来时，45%—65%的回答仍是拒绝购买此类产品。很有意思的是，欧盟的消费者似乎也难以被转基因食品的潜在低价格所吸引。[①]

前述的理论有个假设，即非政府组织没有进行煽动，而是从社会公众对于农业生物技术的负面感受中获益。而目前的调查数据在很大程度上证明了这个假设。调查说明，欧盟的消费者现在对于农业生物技术的接受度，甚至还低于 1996 年之前，那时转基因食品刚刚出现在欧盟市场上，非政府组织的抵制活动也刚刚开始。例如，自 1991 年开始的民意指标调查显示，欧盟消费者对农业生物技术的反应，从比较乐观的情况迅速跌落下来（1991 年为 0.55，1999 年为 0.25，以 0～1 为指标范围）。1995 年时，只有 33%—50% 的欧盟被调查者认为转基因食品对健康有害（与 1999 年美国的 27% 可比）。欧洲消费者似乎在 1996 年之前就开始关注标签问题。例如，在 1995 年年底到 1996 年年初的一项欧洲民意调查中，75% 的人否定了"不值得给转基因食品标明标签"这一陈述。[②]

按照这些调查的结果看，对于英国斯伯雷超市的转基因番茄酱相对正面的消费反应（参看第二章），不能代表 1996 年全欧盟范围的关于农业生物技术的消费观点。斯伯雷超市的案例，曾被那些农业生物技术的支持者们频繁地用来证明消费者在 1996 年对该技术的热情欢迎，但这种热情随后被非政府组织的抗议活动所消灭。

为了更系统地证明非政府组织没有进行煽动而只是从公众对转基因食品的负面观念上得益，我们需要更多按时间排列的公共观念比较数据——最理想的，就是 1990—2002 年按年排列、基于统一问题格式的对

---

① 参见 Gaskell 和 Bauer（2001：96—115）；*Nature*（1997；387；821—836）；*Nature Biotechnology*（2000；18；935—938，939—942；www. pewagbiotech. org；www. angureid. com）；*Science* July 1998；30；714。

② 参见 Hoban（1997a，b）；*Science* July 1998；30；714；*Nature Biotechnology* 2000；18；935—938；Gaskell 和 Bauer（2001：52—79；110—112）；USDA/ERS，Economic issues in agricultural biotechnology，AIB—762。

全部欧盟国家的调查数据。虽然这种数据不存在，但参考我们现有的某些原则性的证据，我大致同意贾斯凯尔和伯纳尔（Gaskell and Bauer, 2001：111—112）就欧盟公众关于农业生物技术接受度问题迄今所进行的最简明和有效调查中得到的结论：

> 我们认为，虽然非政府组织能够成功地在欧盟公众中鼓动起对其活动的支持，因而获得极高声望，但它们仍然不是欧洲关于农业生物技术问题的领航者。欧洲民意调查表明，早在 1991 年，就存在着如同 1999 年一样类型的关于此问题的公众关注。非政府组织的高调显现，如果能搞清楚的话，是作为对立面而突显出来的。随着时间的推移，这个活动就被扩大并转变为一种壮观的政治运动。

这里所讨论的调查结果，也对欧盟的农业生物技术限制性管制另外两种流行的解释提出了挑战。一种是将疯牛病（BSE）[①] 危机作为最主要的原因。1996 年前后的消费者调查都表明，当 1996 年疯牛病爆发时，并不存在消费者对农业生物技术接受度的突然暴跌，只是有一个比较缓慢的下降而已。本书后面还要进一步回答这个问题。第二种解释，是将欧洲普遍的技术恐惧症作为主要原因。但调查数据并不支持这个观点，欧洲消费者对于技术的接受度，是有比较大的分布跨度的，但平均而言，并不比美国的消费者更加负面。[②]

社会科学家们迄今在面对为什么从欧盟到美国，社会公众在接受转基因食品的问题上会有如此巨大的差异时，只能给出一个大概的回答。讨论涉及食品文化、饮食习惯和农业传统等，还涉及环境和消费者团体

76

---

① 疯牛病（BSE）于 1982 年首次出现在英国牛身上，但欧盟接受了英国所说的对人类无危险的保证。20 世纪 80 年代后期，英国当局告知欧盟成员国，他们的食品安全或许存有风险。1989—1990 年，疯牛病大爆发，推动欧盟禁止人类食用疯牛病感染过的肉。公众对食品安全的日益关注，再次被英国政府和欧盟忽视。1996 年，当英国政府通告 10 例 Creutzfeld-Jakob 病（羊痒病，疯牛病的变体）与那些食用疯牛病污染的肉相关时，公愤爆发了。

② 参见 Gaskell 和 Bauer（2001）。

对于公众观念的影响。① 许多诸如此类的解答既无理论也无实证基础，② 其他的更难令人信服。

贾斯凯尔和伯纳尔（2001）注意到道德伦理、风险和低收益接受三个方面，并将其作为欧盟消费者对于农业生物技术持负面观念的三个基本推动力，还将伦理关注和行为作为关键性的指标。在其1999年的消费者调查分析报告中，这三个变量占了涉及消费者对该技术看法全部变化范围的70%。虽然当该技术产品上市的时候，欧洲基本都由左翼政府执政，但贾斯凯尔和伯纳尔认为，对农业生物技术的反对，至少在奥地利、丹麦和希腊是由消费者而不是政府所驱动。而在法国、德国、荷兰和瑞士，政府似乎扮演了更重要的角色。饶有兴味的是，消费者对于该技术的认知水平，对于该技术的支持水平几乎没有多大的影响。我在最后一章中还会回到这个话题上来。

另一个非常引人入胜的发现是，公众对监管的权威机构和该技术的使用者的看法可以部分地解释科学的风险评估和公众风险观念之间的差异。③ 调查结果表明，那些不相信生物技术已经得到足够管制的人，会更加关注可能的风险，并感觉不到生物技术能带来多大的收益。他们指出，欧洲人对于政策制定部门和政治家的信任度，要远小于北美。④ 类似地，当美国消费者信任科学界和美国食品与药物管理局作为食品安全信息的来源时，欧洲人却更信任消费者和环保团体。最新的欧洲民意调查证明，在欧盟，对于特殊社会组织的信任水平，自1991年到2002年

---

① 比如 Hoban（2000），列出了如下清单："对政府和科学家更信任"、"鼓励创新和改良、接受风险和错误的文化"、"对行业、领导者、媒介、消费者的超前教育"、"反对团体的低冲击能力和可信度"、"对种植和食品的不同观点"、"认可先发制人"。Zechendorf（1998）关注了文化、宗教、地理和其他影响。在一个回归分析中，Gaskell（2000：932）等发现信任、年龄、性别、教育和知识，彼此独立且与其反对转基因食品的可能性显著相关（Bredahl et al.，1998；Vogel，2001）。Vogel（2001）特别提出了令人信服的证据推翻了大西洋两岸消费者感知和规则的文化差异。

② 如许多作者提出公众对生物技术的认可是知识和意识到技术的益处在起作用（Kamaldeen and Powell，2000）。这种解释很难得到实证的支持。以经验为依据的答案目前是无意义的或争议较多的。

③ 参见 Kamaldeen 和 Powell（2000），Dittus 和 Hillers（1993），von Ravenswaay（1995），Slovic（1987），以及 Gaskell 和 Bauer（2001）。

④ 参见 Gaskell 等（2003）。

以来，一直保持着相对的稳定状态。[①] 简略地说，消费者对于农业生物技术的支持，似乎随着管制当局对其高风险和低公众信任度的感知而不断地降低。[②]

　　欧洲公众对管理当局的低信任度，已经被归结为欧盟当局影响力的变化，特别是其政策制定的普遍特征，以及特殊的食品安全危机。

　　欧盟没有自己独立的科技机构，欧盟委员会与一个范围很广的专门委员会一起工作，其成员包括政府官员、大学科学家，以及来自私人部门的科学家等。这个所谓委员会学科系统（commitology system），因为不透明和与政治势力的纠结不清，而一直遭受着广泛的批评。许多分析家相信，这个系统与 20 世纪 90 年代的疯牛病危机控制不力，以及随后的食品丑闻脱不了干系。[③] 由于 20 世纪 90 年代后期欧盟委员会在处理食品丑闻和其他管理方面的失误[④]，公众对于欧盟当局及其成员在政策制定能力方面的信任，呈现出急剧的下降。

　　欧盟近年来致力于大刀阔斧的改革，以期挽回其管理能力方面的公共信任缺失。这反映在其 1997 年制定的《消费健康和食品安全新途径》、《欧盟食品安全法则绿皮书》及《2000 年食品安全白皮书》等。这些改革的目标，就是致力于建立更加透明、科学的风险评估、风险管理和风险通报机制。最近新建立的欧洲食品安全署，自身并没有政策制定功能，仅仅是提供科学建议、收集分析信息、并向公众通报风险情报等。[⑤] 这个新系统是否能在欧盟的食品管制规则制定方面重建公众的信任感，目前还难以预料。我会在第七章将继续谈论这个话题。

　　如上所述，疯牛病危机并不一定是欧洲对于农业生物技术持负面观

---

　　① 民意调查（Eurobrometer, 1999）数据显示，16%～26%的访问者相信消费者组织、环境组织和医药行业对于生物技术所陈述的是事实。相信大学、政府或众多媒体的，有4%～9%（*Nature*1997；387：831—836；Eurobrometer, 1996, 2001；Einsiedel, 1997；Gakell and Bauer, 2001：52—79）。

　　② 参见 Kamaldeen 和 Powell（2000），Hoban（1998），Einsiedel（1997）。这些争论貌似有理，却很难找到实证直接支持这些潜在原因的主张，尤其事实上不可能精确证明是否对生物技术的厌恶导致对规则制定者的信任低，反之亦然。

　　③ 参见 Vos（2000）。

　　④ 参见 Vos（2000）及 Committee of Independent Experts（1999）。

　　⑤ 这个新机构很像欧洲药品评估机构，后者协助欧盟委员会管理制药。

念的决定性因素，但是一个广为流传的看法是，20 世纪 90 年代后半期的疯牛病危机和其他公共健康和安全丑闻（如 1999 年的比利时二噁英事件、法国及其他地方的 HIV 血液污染等[①]），造成了公众对政策当局和相关科技专家的信任下降。[②] 这些危机也增加了大众媒体对公共健康和环境问题的关注度。于是，这就带来了更多有关农业生物技术的负面报道，并对公众产生了明显的影响。[③]

社会科学家们还没能充分理解消费者认知、科学风险证据、公众对政策制定者的信任感、非政府组织活动及其对于政策制定过程的效应等，彼此之间的复杂互动关系。然而，我们知道，欧盟环境和消费者群体，已经比它们的北美同行更早和更广泛地关注着农业生物技术问题了。[④] 我们还从调查数据中得知，欧盟消费者也比北美的消费者更加对农业生物技术秉持负面观念，对政策制定者更加的不信任。更进一步地，似乎环境和消费者集团的抗议活动，激发了媒体的报道和公众对于生物技术问题的认知。于是他们对于标签制度增强了"有权了解"的判断，这个观念在食品安全问题广为传播，以及对于政策制定者较低信任的形势下，似乎正在引起公众更大的关注。[⑤] 转基因食品也面临着同样的公众负面认知的形势。

总而言之，有关公众对转基因食品的恶评，以及对政策制定当局低信任度方面的证据，已经成为欧洲的非政府组织动员其成员和其他潜在支持者的有力帮手。自 1996 年欧洲消费者开始其抵制行动以来，非政府组织就扮演着推波助澜，而不是领航者的角色。它们将消费反对者与强烈的环保和反全球化运动捆绑在一起，转而演变成一场强有力的政治运

---

① 参见，如 Lok 和 Powell（2000）。

② 参见 Hoban（1997a, b, 1998, 2000）；Eurobarometer（1999, 2001）；Vos（2000）；Braun（2000）。

③ 参见 Jolu 和 Lemarie（1998）。Kalaitzandonakes 和 Marks（1999）发现（通过内容分析法）英国《每日电讯报》对反生物技术的负面报道由于疯牛病危机变多了。他们也发现《每日电讯报》对反生物技术的新闻报道从每年 30 篇左右增加到 1998 年的近 90 篇。同一时期（1996—1998 年），强烈反对转基因食品的受访者增加到 29%—40%。

④ 参见 Young（2001）。

⑤ 参见 Caswell（2000）。

动。由于它们的高度集体动员能力，反农业生物技术的非政府组织能够通过市场战略（向生产者施压）和对政策制定者的政治抗争，来实现其对农业生物技术的社会反响造势。我将在本节讨论非政府组织影响力的政治路径，以及市场化的向生产者施压的方法。

尽管早就出现过某些对于生物技术论题的兴趣，但直到 1996 年，农业生物技术才上升到欧洲环境和消费者集团行动日程的最前端。[①] 引发非政府组织抗议活动的导火索，主要是欧盟 1996 年 5 月的转基因大豆和当年 12 月关于 Bt 玉米的决策。"马后炮"的好处，就是我们现在已经知道，当它们对这两种转基因作物发放许可时，没有首先明确要求有效的标签制，以及上市后的控制（包括追踪和责任承包制），因此欧盟的决策部门（以及生产者）是错误地判断了反对方的形势。[②]

绿色和平（Green peace）和欧洲地球之友（FOE）这两家欧洲最大的环保利益集团，立刻将农业生物技术提升为最优先处理的问题之一，并以前所未有的强度投入活动。欧洲消费者联盟（BEUC），是一个其成员遍布所有欧盟国家和其他欧洲国家，总部设在布鲁塞尔的独立消费者组织，也进行了同样的动员。当欧洲消费者联盟主要诉求还停留在对转基因食品要求更严格的标签制度时，绿色和平和欧洲地球之友却已采取了更激进的彻底反对农业生物技术的立场。这三大集团及欧洲其他许多环保和消费者组织，[③] 开始尖锐地揭露和批评欧盟农业生物技术政策及其实施中的弊端。[④]

非政府组织没有参与欧盟委员会关于农业生物技术政策设计的协商过程，而该政策最后被欧洲理事会和欧洲议会所通过。人们可以从其制定过程中的几个关键点来攻击它。除了要求修改决策机制，不断地参与

　　[①]　参见 Patterson（2000）及 Gaskell 和 Bauer（2001）。

　　[②]　欧盟委员会首先投票表决，比利时、芬兰、法国、爱尔兰、西班牙、葡萄牙赞成，奥地利、瑞典、丹麦、英国反对，其他成员国弃权。因为反对，这一议题被提交到环境委员会。没有全体同意，使得委员会没有修改欧盟委员会的决议。该议题因而又退回到欧盟委员会，他们咨询了三个科学委员会后批准了两种转基因作物（Patterson，2000：337—338）。

　　[③]　参见 Young（1998）和 Barling（1995）。

　　[④]　参见，如 Egdell 和 Thomson（1999）；www.greenpeace.org；www.foe.org；www.beuc.org。

欧盟委员会和欧洲议会级别的活动，非政府组织还参与到国家一级机构的决策机制修改活动中去，通过这些办法，非政府组织对于政策制定的影响力一直在持续增加。

在欧盟，大部分的规则制定活动，都在欧盟委员会内部进行。政策制定分析家指出，该委员会在过去的 20 年中，通过财政支持和其他活动，一直审慎地致力于让非政府组织在若干领域中能够参与到其政策制定过程中来。这么做的理由有两个：其一，为了增加其拥护者，并同时抵消欧洲理事会、欧洲议会和欧盟法院不断增长的影响力；其二，减少长期以来关于欧盟缺少民主机制的抱怨。[①]

特别是在 20 世纪 80 年代的后半期，欧盟的环境保护、消费者保护和核安全等部门，越来越成为农业生物技术政策制定的主要负责者，并在提出《指针 90/220》和 1997 年通过的《新食品规定》中，都发挥了关键性作用。而这两个法规为环保和消费者组织参与和影响欧盟的政策制定过程打开了方便之门。

从历史的角度对欧盟政策制定过程进行的考察表明[②]，欧盟负责环保的部门起到了主导作用，而非政府组织的影响力，则表现在将欧盟对于农业生物技术的政策，从一种自律性的管制规则系统，转变为过程监督导向的管制系统。它建立在注重预防的基础之上，最初来源于丹麦和德国的消费者保护和环境保护政策。[③] 类似地，非政府组织在 1996 年所主导的公共抗议活动，就是针对欧盟委员会对转基因大豆和玉米的许可，以及未对这些产品要求添加标签等。抗议活动导致了在欧盟委员会的框架内，环境保护部门对该问题主导地位的加强。1996 年的不要求加标签决定与《新食品规定》是一致的，但该规定随即就开始被质疑。[④] 由于

① 参见 Kohler-Koch（1996），Webster（1998），Young（1998），Young 和 Wallace（2000）。

② 参见，如 Patterson（2000）和 Vos（2000）。

③ 到 20 世纪 80 年代中期，法国和英国特别建立了自律体系。欧盟科学研究发展委员会主张生产导向，类似于美国，更加依赖科学方法。相反，《指针 220/90》明显循迹丹麦环境和基因技术法，该法 1986 年颁布，是过程导向（Patterson，2000：321）。

④ 按照 1997 年 5 月实施的《新食品规定》，强制标签仅适于活的转基因生物或转基因衍生产品这些非传统产品。转基因大豆和玉米被认定为是传统产品，因而委员会没有要求强制标签。

环保和消费者集团的激烈反对立场，加之部分食品制造商和零售商（参见后文）的强烈关注，使得欧盟的环保部门在 1997 年 6 月的《指针 90/220》中，从技术的角度对此进行了修改。这次修改颠覆了之前的《新食品规定》，而强制性要求所有的转基因食品都必须添加标签。

　　此外，根据 1986 年的《欧洲一体化法案》、1993 年的《马斯特里赫特条约》和 1997 年的《阿姆斯特丹协议》，环境和消费者团体获得了对欧盟决策层施加影响的大好机会。这三项法规强化了欧洲议会作为共同决策者的地位。一项新法案（或法案修改）的通过，需要同时在欧洲理事会和欧洲议会进行表决，这就必须获得多数支持。这种共同决策的程序，也适应于农业生物技术领域。并且，欧洲议会热心于通过一些现实活动来扩张其权威地位，因此就特别对非政府组织敞开了大门。实际上许多分析家认为，欧洲议会已经变成了欧盟消费者和环保组织的拥护者。① 在非政府组织的游说鼓动下，欧洲议会多次成功地推翻了欧盟委员会和部长理事会的一些提案，而按照这些提案，有可能会导致更加松散的许可证管制和标签制度。②

生产者利益集团

　　大部分农场主和食品加工者及销售商，由于下述的一些混合因素，而被推向支持更严格的管制政策：公众对农业生物技术和政策制定当局持续不断的负面评价、非政府组织众口一词的反农业生物技术运动、特殊的工业结构、在欧盟和其成员国不断压力之下持续趋向更严格限制的政策等。生物技术企业已经发现，其实根本无法阻止这种趋势。

　　鉴于欧盟国家之间日益扩大的管制规则分歧，农用化学、制药和食品工业于 20 世纪 80 年代中期就开始了一场讨论，即是否有必要在整个

80

---

　　① 参见 Biliouri（1999），Barling（1995）和 Young（1998）。

　　② 参见：Barling（1995），Patterson（2000），Behrens（1997），Chege（1998）。如 1989 和 1990 年，非政府组织游说欧洲议会剔除很多委员会起草的《指针 220/90》豁免的转基因产品。EP 委员会从环境、公共健康、消费者保护等方面提出了强烈的反对意见，导致草案的大量修订。最后，该规定采纳了所有包含转基因成分的产品，必须符合欧盟相关产品立法和环境风险评估标准（Patterson，2000）。非政府组织的游说也撼动了欧盟议会，分化了先前的《新食品规定》，以多数支持通过了生物技术安全决议，要求所有包含转基因大豆的食品强制标签，从而推动了对转基因产品进一步的管制（Behrens，1997）。

欧盟内部对生物技术制定一个单一的管制规则。[①] 但令人奇怪的是，在政策制定的早期阶段，诸如此类的诉求却没能带来更多的具体方案。格林伍德和罗内特（Greenwood and Ronit, 1995）、帕特森（Patterson, 2000）等，对此提出了如下的解释。[②]

首先，欧盟企业习惯于按照产品而不是生产过程的路径进行联盟，因此，它们从一开始就不认为自己属于生物技术类企业。它们还认为，如果按照生产过程的路径联盟，就会引致管理层横插进来一个过程导向的政策管制［按欧盟的术语，叫"横向的"（horizontal）管制］。其次，大量的中小企业只是在最近才进入生物技术领域，并且还伴随着彼此间的激烈经济竞争，这就使得其难于进行集体行动。显然，中小企业与大型跨国企业，对于单一管制规则的需求，以及该规则所带来的成本预期，都是很不一样的。再次，生物技术产业高估了欧盟最高当局，而不是环境保护部门的影响力，虽然后者反对过程导向（横向）的农业生物技术管制，并成功地把很大范围的产品排除在了《指针 220/90》法案之外。1989 年 6 月，仅当生物技术企业意识到一场反对的浪潮正在逼近时，它们才创立了一个关于生物技术的高级顾问团（ASGB）。[③]

大多数分析家认为，产品供应商不愿意或无能力及时结盟，导致了该行业没有能力阻止欧盟 1990 年按照过程导向制定农业生物技术规则的决定。在很大程度上，产品供应商看待农业生物技术管制规则，无非是觉得它就是通过单一规则来促进欧盟内部实现统一市场的一种手段而已。但是《指针 220/90》实际上将欧盟的农业生物技术管制导入了这样的既定轨道，其基调是为了环境和消费者保护。注意到《指针 220/90》在 2001—2002 年的缓慢而困难的修订过程，分析家们指出，欧盟内部复杂的管制规则制定系统的路径依赖，导致其要回到 20 世纪 80 年代中期的管制思路上去是件极其困难的事情。[④] 那个管制思路更强调科学基础，

---

① 参见 Greenwood 和 Ronit（1995），Patterson（2000），以及 Bijman 和 Joly（2001）关于欧洲农业生物技术行业的研究。

② 参见 Assouline（1996）。

③ 较小的生物技术企业通过 ESNB 协调行动。1996 年 9 月，SAGB 和 ESNBA 合并了。

④ Scharpf（1985）专门提出了这一现象的系统解释，他称之为"politikverflechtungsfalle"（政策集成困境）。

更重视自律原则。《指针 220/90》的修订结果证明，生物技术企业和其他该技术的支持者试图放宽现存审批许可和标签制度的努力，都很不成功。

上述解释集中讨论了行业政治组织的时机选择的问题，很好地解释了为什么生产者集团没能防止《指针 220/90》的问题。但是路径依赖式的论证，只能在非常含混的意义上阐释为什么生物技术企业及其支持者，自欧盟 1990 年进入既定管制制定的道路后，就无法改变它的问题。本章一开始所勾画出的理论推论，或许可以填补这个缺陷。①

随着时间的推移，欧洲的农业生物技术行业已经变得高度集中化了（正如在美国的情况一样）。② 传统的制度经济学理论认为，市场高度集中化会软化生物技术企业的集体行动能力，而让其转而选择院外游说活动，以争取更宽松的生物技术管制规则系统。作为另一种可能，也许有人会认为，只要管制规则能够被设计来增强其经济竞争地位——跟美国生物技术企业分庭抗礼，多数欧盟生物技术企业也可以进行这样的院外游说活动，即对农业生物技术实行更严厉的限制措施。但这两个假设都没有任何证据可资佐证。

首先，非政府组织对农业生物技术持续不断的负面反应和抗议活动，已经在很大程度上抵消了欧洲生物技术企业，以及它们之父——欧洲生物技术工业协会（EAB）为争取更宽松的许可制度和强制标签制度，所进行的院外游说活动。绿色和平组织、地球之友和其他许多较小的组织所进行的活动，已被媒体效应放大为一场声势浩大的反农业生物技术运动。例如，为彻底阻断转基因作物的根源，这些组织试图阻止运载美国

82

---

① 一些分析家指出，专利权法也是一个解释因素。他们称在美国比在欧盟更易得到转基因作物（或基因事物）的专利。自从 1980 年美国最高法院决定授权活体专利，获得此类专利在美国相对容易。在欧盟，此类专利主要遵从 30.7.1998—98/44/CE OJ L213。据欧盟的专利申请过程比美国复杂很多，有一系列例外，特别是对于人体，一定层面上也有植物多样性和动物繁殖。农民保留了为自用产品保留转基因种子的权利。欧盟更复杂的专利规则，或许可以解释为什么多数欧盟生物技术企业并未与欧盟的规则做太多的斗争（它们不持有很多专利，也许并不指望将来可以轻易获得此类专利）。

② 参见 DZ Bank（2001）。

转基因作物船只的卸载，声讨那些农业生物技术行业的龙头企业等。[1]

非政府组织反对农业生物技术企业活动的效果显著，是因为这些企业在名声方面有软肋。非政府组织首先把抗议的目标对准那些其总部在欧洲的企业，如诺华、先正达和安万特公司等，其次也波及那些虽然总部不在欧洲，但在欧洲有巨大市场利益的企业，其中最著名的就是孟山都公司。由于这些企业提供转基因种子，因此它们是转基因产品的最终根源。

非政府组织的抗议活动将那些大型生物技术公司暴露在公众面前，成为公众表达对生物技术恐惧和担忧的靶子，也成为对于全球化、技术创新、企业控制食物供应，以及美国胁迫欧洲等问题担忧的发泄对象。利用诸如"孟山都正在强制欧洲人吃自杀性食品"之类的口号进行鼓动，各个群体的抗议活动都在强化一种思维定势，即强大的美国企业及其政府，正在将高度危险的转基因食品强加给欧洲人。20世纪90年代后期，美国向欧盟施压，要求其放宽肉制品激素使用水平的限制[2]，不经意间助长了这种抗议的浪潮。类似于提高激素水平限制的案例，美国压迫欧盟放宽转基因产品限制的动作，在欧洲被广泛认为是一种对抗贸易本土化、消费意愿和技术风险意识的强权行为。社会科学领域对风险的研究表明，人们更能接受的是自然原因带来的风险，而无法接受人为的并且是强制的风险。[3]

孟山都、诺华、先正达、罗纳·普朗克、艾福格、安万特、捷利康公司等农业生物技术领域领军性企业发现，要抵抗这波声讨浪潮的冲击，对它们而言已经是极其困难的了。[4] 多数在欧洲运营的生物技术企业，以及欧洲生物技术之父EAB，已经基本接受了非政府组织的要求，也非常不情愿地对转基因食品的强制标签制度表示了一定程度的支持。自由

---

① 参见，如 www. greenpeace. org；www. foe. org；www. europabio. org。

② 参见 Caduff（2001）。1999年，美国对一些欧盟国家实施了报复性关税。

③ 参见 Groth（1998），Wohl（1998），Covello（1991）等。

④ 例如，孟山都在1997年投资200多万美元用于在英国和法国运作，却发现当时对该技术的负面评论从44%增长到了51%。参见《金融时报》，1997年10月23日；《华尔街日报》，1999年5月11日；《纽约时报》，2001年1月25日；《商业周刊》，2000年6月12日；Cadot（2001a）等。

许可和非强制标签制才是它们更乐意接受的管制规则。但面对消费者对该技术的强烈关注、非政府组织的激烈反对，以及不断增加的欧盟各成员国对该政策的异议，更严格和统一的审批以及标签制度，就成为它们的次好选择。[①]

其次，从标准制度经济学理论的观点中，我们可以推论出这样的假设，欧洲对于农业生物技术更严格的限制性管制，反映了欧盟生物技术工业本身自我保护的要求。例如，欧盟的限制政策，反映了一种给自己的农业生物技术工业提供喘息之机的尝试，这将使得该行业最后能够与美国的竞争者抗衡。这个观点实际上被很多生物技术的支持者所持有，特别是在美国。[②]

但现有的证据并不支持这个观点。欧洲生物技术企业一直在持续不断地进行呼吁活动，以便放松对于许可和标签的制度安排，如果它们对强制性标签制也说了好话的话，那是因为它们没有别的选择。此外，很难看出，欧洲的生物技术企业怎么能从限制性管制中获得经济上的利益。首先，几乎毫无例外（如先正达公司），欧洲生物技术企业都更多地集中力量于医药方面，而不是农业生物技术的应用。其次，即使它们更多地涉足了农业生物技术，也很难说清楚欧盟是否或怎样利用制度上的设计，来为欧盟内部的生物技术企业谋取竞争方面的好处。贸易保护主义的说辞，并不能帮助欧盟的农业生物技术工业解决其所面临的关键性问题，即公众对于转基因产品的低接受度、制度性的对于技术的强制性要求，以及风险投资的缺乏等。

流行于产品供应商之中的贸易保护主义观点，也存在着若干可能的证据。例如，欧盟在坚持对该技术的商业化实行严厉限制的同时，却也为农业生物技术提供了可观的研究经费。巴西对孟山都公司的转基因大豆实行禁令，一些分析家认为，是因为要给安普雷达（Emprada）公司提供机会进行自己的转基因大豆研发。先正达公司（瑞士的企业）在杀虫剂方面获得了比转基因作物高得多的利润，它有可能从欧盟对农业生

---

① 参见 www.europabio.org。
② 参见，如《奥斯汀美国政治家报》，2003 年 1 月 27 日。

物技术的限制性管制中受益，因为该管制会将一些可能的杀虫剂替代物（如可产生自我杀虫能力的转基因作物）排除在欧洲市场之外。某些农用化学企业利用发展中国家作为其生产和废弃物处理场所，而这些产品在工业化国家是禁止进行生产的。由此可知，一旦转基因产品在那些贫穷国家被接受，取代了传统的杀虫剂后，世界的这部分市场就有可能消失。但是，我将证明这些观点的支撑证据是非常不足的，它们并不能令人信服地说明，欧盟的限制性政策，是由欧盟的农用化学和生物技术工业的贸易保护主义者利益集团所推动的。

让我们转到农场主这个生产者集团第二大成员上来吧，这是本分析所要重点关注的对象。许多分析家预言，如果转基因作物的耕种需要更大的经济规模，则欧盟的农场主利益集团将会激烈地反对引进这项技术。[①] 它们认为，只有大型的工业化农场才能从农业生物技术中受益。而欧盟的农场，平均而言，比美国的农场小得多，而且缺乏工业化装备，因此将主要感受到的是劣势。从这个论证，分析家们乃至于很多政策制定者，特别是在美国，将会由此跳跃到一个结论，欧盟对农业生物技术的限制性政策，无非是农场主贸易保护主义者集团，与环保和消费集团之间的"邪恶同盟"（unholy alliance）而已。但没有多少证据能够证明这个看法。

20 世纪 90 年代中期，一些欧盟农场主利益集团的代表，如欧洲农场主协会（European Farmers Coordination），曾就转基因作物问题表示过关切。但欧洲大多数农场主没有积极参与促成限制性政策的请愿和施压活动。进口转基因产品和欧洲农产品之间没有直接的经济竞争，应该是导致出现这种状况的主要原因。进出口数据也证明了这一点。

自 20 世纪 90 年代中期以来，从美国进口的大豆和谷物数量一直在下降，在某种程度上看，有可能是因为限制性政策所造成的（也可参见

---

① 参见 Lynch 和 Vogel（2000），Cadot（2001b）等。这一论点假定第一代转基因作物的供给扩张导致农业领域更集中。较早采用该技术的人喜欢成本的降低，后来者面临着供给转变价格影响的风险（供给增多导致作物价格降低）和高成本风险（由于技术淘汰）。这导致较大的农场和大批产品转向最新技术（这里指农业生物技术）。这种因素或其他原因对加速美国转基因作物的采用起了多大程度的作用仍有争议（USDA，2001）。

第六章）。美国在欧盟谷物进口中所占的份额从 1995 年的 86%，下降到 2000 年的不到 10%。美国出口到欧盟的大豆，从过去的 26 亿美元左右，下降到 2000 年的不到 10 亿美元。然而同时期，欧盟从其他非欧盟国家进口谷物及大豆的数量却在增加。[①] 欧盟的谷物基本可以自给自足，而大豆的生产量却比消费量低 10%。由于欧盟消费的大部分谷物和大豆是用来作为动物饲料的，因此，若进口非转基因大豆，或者在更小的可能性上进口非转基因谷物，其实都会给欧盟农民增加额外的成本。换言之，欧盟的农业生物技术管制，不但没能改善欧盟农民面对美国同行时的竞争地位，相反，更削弱了他们的竞争地位。

欧盟农场主利益集团对农业生物技术限制性政策更加有力的支持，始自 20 世纪 90 年代晚期，开始主要是出于对欧洲食品市场动乱的关注。这是由疯牛病和其他食品安全危机、普遍的食品过剩及相关问题[②]，以及欧洲农业结构的大规模集中化和重组所导致的一场动乱。在这种社会环境下，支持更严格的农业生物技术政策，并在某些情况下，农场主们对非政府组织反对农业生物技术活动的明确支持，应该被看做是要求政策当局通过更严格的政策，以达到回应消费者关注、稳定市场所做出努力的组成部分。[③] 欧盟农民中的反农业生物技术观念，一直被孟山都公司和其他生物技术企业的市场战略所软化——特别是，它们从许多种子公司采购，以及对于"终结者基因"（terminator gene）的矛盾心理——两者都显示了公司幽灵般地对欧洲食品供应的支配。欧洲农民的恐惧被挤压在生物技术和种子公司（它们可提高农民的进口成本）与食品制造和零售商（它们可降低农民的门槛价格）所造成的垄断价格之间。最后，欧盟农民转向反对转基因作物，还有另外一个根源，就是美国在贸易冲突中，对欧盟农产品所进行的贸易制裁，针对激素超标每年都要征收 1 亿多美元的关税。

欧盟农民对于农业生物技术负面观念的不断增长，也由于欧盟一些

85

---

①　参见 www. acga. org；www. appsl. fao. org。例如 1996—1999 年，欧盟大豆出口从 1430 万吨增长到 1660 万吨。同期，欧盟玉米出口从 960 万吨增长到 1100 万吨。

②　第一代转基因作物还不能持续高产，但将来的新品种或许会。

③　参见 Vos（2000）。

成员国所发生的农田偶尔被转基因种子污染的案例而强化。[①] 非政府组织和农民控告政府没能把住检验关，导致进口了转基因种子。更普遍地说，这与疯牛病危机类似，诸如此类的情况进一步加强了消费者和农民的一种感觉，即政府在食品安全问题上已经失控。在大多数案例中，转基因污染作物最终被销毁，农民也得到了他们所信赖政府的补偿——对于种子进口控制问题的含蓄致歉。

虽然欧盟农民反对农业生物技术，迄今看来并非因为贸易保护主义的动机，但某些分析家仍然预期，一旦转基因产品在国际市场上，在更大的范围内（包括转基因小麦、水稻、水果和肉类）对欧盟农民产生更直接的竞争效应时，则保护主义的动机就会变得更强烈。

让我们设想一下，假若生物技术企业和种子培育者利用新的转基因作物变异方法，获得比传统变异方式（如小麦和玉米）更高的产出，从而迅速成长起来的情况，欧盟农民这时就会面临一个两难境况。他们可以压迫欧盟给予这个作物变异以许可，这一选择将会对捍卫欧盟农民在国际和国内的竞争地位有所助益，但却冒着与消费者和非政府组织发生对立的风险。增加供应将使价格下跌，这会加速欧洲农业的集中化过程，也会引起欧盟各国负面的政治反弹。或者，作为另一种选择，他们还可以迫使欧盟不接受这个新变异种子（或更一般地讲，转基因作物），从而迎合了欧盟多数消费者和非政府组织。但这样就会让欧盟农民丧失获得廉价进口作物的机会，导致其在全球范围内竞争地位的削弱。并且，还会增加同美国和其他允许农业生物技术国家之间的贸易摩擦。以上分析说明，由于消费者的厌恶、非政府组织的反对，以及欧洲农产品市场的供过于求等问题，欧盟农民将倾向于后一种选项的选择。

欧洲农民于是走上了一个更加强烈反对生物技术的既定轨道。如果以某种未来的观点看，即竞争观压倒消费者信任观和食品安全观的话，则更严格的标签制度也解决不了欧盟农民的问题。在那种情况下，农民将会进行更强烈的政治游说，以寻求对转基因作物和食品更加严厉的

---

① 参见，如《金融时报》2000 年 5 月 29 日；《环境日报》2000 年 5 月 29 日；《纽约时报》2000 年 5 月 19 日。

限制。

在当前的社会环境中，欧盟对于农民的奖励性农业政策有矛盾的效果。一方面，欧盟委员会已经提议对某些转基因作物给予许可，并且倾向于认为农业生物技术是一个潜在的、能增加欧盟农民全球竞争力的有效途径。但另一方面，通过转基因作物增加农业产出（因此降低价格），却会增加对于现行共同农业政策（common agricultural policy，CAP）的额外压力。按照鼓励产出的共同政策，若农民的产出增加，则会依据实际的产出给予农民一定的补贴，也就是补贴与农业产出捆绑在一起。但由于欧盟的东扩，增加了大量的农业部门，这势必会使本已困难重重的共同政策预算更加的不堪重负。这个问题也许会使欧盟的政策制定者们滋生出一种不愿推进接纳转基因作物的动机。另外，正在进行中的欧盟农业政策的改革，将对农业补贴进行修改，特别是对有机种植，将从集约化农业走向粗放化。这个趋势有可能使欧盟农民对于接受（诸如转基因作物）这样有增产潜力的技术，产生出额外的阻力。

此处要进行分析的第三个生产者利益集团成员，即食品加工商和销售商（下游生产者）。在欧盟，食品加工商和销售商一开始时，曾试图反对强制性标签制度，它们关注的是由此带来的成本问题，以及贴上转基因标签后，迫使消费者远离这种食品的可能性。但自 1996 年之后，它们调整了自己的立场，转而加入到环境保护和消费者集团中来。[①] 当大部分下游生产者在原则上还没有反对转基因产品的时候，它们就已经屈服于市场的压力，转而接受了对转基因产品进行隔离、追踪和标签等要求。[②]

下游生产者对于消费者和非政府组织诉求的这种反应，是被欧盟食品销售商的高度集中化，以及欧盟农民及粮食保有部门的低集中度所共同推动而产生的。这里显示了欧盟和美国工业结构之间一个关键性的差

---

① 参见 www.eurocommerce.be。Millstone（2000）指出，只有当强制标签法崭露头角，生产者才会更系统地通过对相关团体的关注来考虑消费者的议论。当他们发现消费者在可选择的情况下一定会选择非转基因食品时，他们就会转向供给非转基因产品，而非带有标签的转基因产品。食品生产和零售政策见 www.greenpeace.org。也可参见 Gaskell 和 Bauer（2001）。

② 不同类型的生产者之间因利益变化而引发争论，Nettleton（1999）对此有所反映。

异。[①] 这个差异可以帮助了解，为什么生物技术的支持者是在欧盟，而不是美国，具有如此之弱的集体动员能力。

现有的市场集中度指数表明，1996 年，当关于生物技术食品的争论刚开始时，欧盟最顶层的前 20 家销售商控制着大约 40%—60% 的欧盟市场。[②] 还有几个欧盟国家，其市场集中度更是高达 60%—80%，一两个企业形成垄断的局面，过去是（现在也仍然是）主要支配模式。这些数据还表明，美国的食品销售商市场集中度当时处于比较低的程度。

欧盟的零售市场高度集中在少数几个企业手中，特别是，它们通过一个总部设在布鲁塞尔的欧洲商会、欧洲零售和仓储商协会，建立了一个高效的组织体系，这就使欧盟的下游生产者能够很容易与消费者团体和非政府组织接上头。

此外，欧盟农场、种子和粮食仓储业的低集中度，也促进了下游产业对于强制标签制度的支持。这是因为，各个加工商、仓储商和零售商能够有效地控制着一个数量巨大，但相互分离的供应链条。[③] 相反，在美国，高度集中化和垂直集约的农场、种子、油料种子仓储、粮食加工等行业，导致了对于转基因作物的迅速接受。美国的磨面和油料种子处理等高集中度农产品系统，加上强制标签制度的缺失，使美国的下游生产者很难进行非转基因产品的生产。将转基因与非转基因产品之间进行分离而对供应链加以重组，相比欧盟而言，在美国十分困难，因为美国的大部分产业链，目前都已经被转基因产品"污染"了。

若欧盟的下游生产者所采取的战略是，摇摆于转基因和非转基因的差异化产品线之间、接受强制标签制而半路上又退出反农业生物技术的队伍，则这种战略很快就会带来问题。在非政府组织的巨大压力下而进行了标签的转基因食品，逐渐从市场上消失了，但数以千计的各种含着转基因有机成分的产品，依然留在欧盟市场上，并且没有进行强制标签。虽然到 2000 年年底，欧盟几乎所有的零售商和食品加工企业都宣称，它

---

① 参见 Foster (2002)。

② 参见 www. europa. eu. int/comm/competition/publications/studies/bpifrs/chap07. pdf；www. ers. usda. gov/briefing/foodmarketstructures；Dobson 等（2000）。

③ 参见 McNichol 和 Bensedrine（2001）。

们的产品是非转基因的。①

首先要调整的是那些担心有价值的品牌的大型食品加工企业。1997年，从一开始就反对给转基因标签的瑞士雀巢公司，在没有任何外在的法律要求下，开始主动的对其转基因产品进行标签。以荷兰和英国为基础的联合利华公司，在1998年也如法炮制。当时，雀巢是世界上最大的食品加工商，联合利华则是该领域第三大公司。这两家公司按照消费者的知情权进行了标签调整，但重点是强调转基因食品不会造成任何健康风险。2000年8月，瑞士诺华公司宣布，在其全球范围内生产的食品中，从此将不再使用任何转基因原料成分。该公司还在2000年10月将其农产品业务部门分离出去（即现在的先正达）。许多其他食品加工商也纷纷步了这几家公司的后尘。

类似于生物技术企业，食品加工商行为的变化，也是欧盟各个成员国内部政策改变的结果，而各国政策之间的差异正在日益拉大。这种差异对大型食品加工商的规模优势构成了威胁。例如，欧盟在食品和饮料工业中最重要的组织，食品和饮料工业联合会（CIAA）就曾关注到这个问题，并做出了反应。食品加工商由此更倾向于严格但全欧盟统一的标签制度，以及开放且标准多样化的审批认证规则。②

零售商因为同样的原因而遵循着同样的既定轨道。③ 在非政府组织和消费者的压力下，他们对强制标签制敞开了怀抱，甚至在很多情形下，有过之而无不及，包括彻底放弃转基因产品的销售。④ 为适应欧盟范围内制定统一标签制度的缓慢进程，他们拟定了一个联合标准来减少消费者和生产者中间的不确定性，同时建立一个公平的游戏平台，降低跨境贸易的交易税收成本。⑤

1999年以来，在非政府组织和食品制造商及销售商之间，出现了一

88

---

① 参见 Millstone（2000）。

② 参见 www. ciaa. be；www. transgen. de；www. rafi. org。

③ 参见，如《金融时报》1998年1月8日和3月18日；《华尔街日报》1999年5月11日；www. transgen. de。

④ 食品加工商和零售商标签政策清单见：www. greenpeace. org/~geneng/reports/food/food004. htm。

⑤ 参见，如 www. eurocommerce. be。

种公开的相互作用模式，各生产企业以自主的方式给各种转基因产品进行标签认定，标准由生产者协会讨论制定，最终参照欧盟 1997 年 5 月的管制规则。这方面的案例有转基因番茄和雀巢的"巴特菲糖"（butterfinger）。非政府组织于是孤立出诸如雀巢公司巴特菲糖这样的标签产品，让公众进行抵制。作为回应，制造商和零售商撤下了这些产品。换句话说，生产者对于标签制的支持，引出一个"第二十二条军规"（Catch-22，进退维谷）的结果：如果生产者给转基因产品进行标签，则将引起非政府组织的攻击，最后不得不从市场撤销该产品；如果它们不对产品进行标签，则将冒着被非政府组织揭露出来，以及按照欧盟或本国管制规则被法律处罚的风险。这种作用模式最后的结果，就是欧盟市场上贴有转基因标签的产品数量急剧地下降。[①] 总体而言，如果没有强制性标签制度，消费者对转基因产品的需求就不会彻底消失。[②]

随着非政府组织和公共管理当局不断对食品加工商和零售商的产品进行检验，他们不断发现其中有未标明的转基因成分，甚至未经许可的转基因有机成分。食品加工商和零售商持续面临着更大的公共压力。这得益于检验方法精确性的不断提高，以及其成本的不断降低。[③] 只要在食品中发现了转基因有机物成分，哪怕低于欧盟所规定的最低标准，大多数销售商也会立刻将其下架，特别是那些之前宣称自己不销售转基因产品的商家，更会如此。就在欧盟因此对于外来生产者的产品（美国农业出口商、生物技术企业等）管理成本大大下降之时，由于更加严格化的对农业生物技术的管制，由此所带来的对欧盟内部生产者的管理成本却大大增加了。

这些成本随着转基因产品的不同而变化。在欧盟，与加工商和销售商有关联的问题主要来自大豆进口。由于气候的原因，欧盟的产出只占全球大豆供应的 1% 左右，每年需要进口 1400 万吨大豆，其中包括超过1000 万吨的大豆粉和其他大豆制品。欧盟自己生产的全部大豆数量大约在 1600 万吨左右，产地主要在法国和意大利。绝大部分欧盟的进口来自

---

① 参见 www. transgen. de；www. greenpeace. org。
② 参见 Millstone（2000）。
③ 参见 Millstone（2000）。

美国、阿根廷和巴西，而前两者是转基因大豆的主要生产者国。①

欧盟的加工商和销售商较少碰到问题的是转基因玉米。欧盟目前只有四种经过许可的转基因玉米品种，② 或者说，在欧盟一些国家中，由于 Bt 玉米是禁止的，因此没有 Bt 玉米出现，这反而使转基因玉米的隔离和认证比较困难和昂贵。欧盟从美国进口的玉米锐减，欧盟内部其他国家的非转基因玉米供应十分充足。因此对于非转基因玉米的种植奖励就变得很低，而同时，对非转基因大豆的奖励则按照 6%—17% 来支付。由于国际市场上过去几年大豆和玉米的价格非常低廉，进口大豆和玉米对于欧盟消费者的总附加费用影响一直相当的低下。③

尽管有这些关于大豆进口（相当小的）问题的存在，加工商和销售商看来也是不会改变它们的立场，即在未来的几年中考虑在欧盟内为转基因产品重建一个市场。④ 它们的主要问题是通过生物工程技术的办法来生产酶、维生素和食品添加剂等。这些基因工程配料通常以某种方式和一定的含量，体现在欧盟市场的成千上万食品制品当中，但目前还没有作为正式许可和强制标签的对象。⑤ 如果所有这些产品都要求按照欧盟的法律进行正式审批许可、强制标签和身份鉴存的话，欧盟的食品供应将会遭遇大中断。1999 年以来，加工商和销售商所采取的战略，主要是从货架上移走转基因产品，而不是对它们进行标签，很多这类案例的成本都

---

① 非转基因大豆的额外收益说明其全球需求大于供给。当大型加工商和零售商发现很容易动用它们的市场控制力量购买非转基因大豆时，较小的零售商经常在销售无标签的被转基因大豆污染的制成品。疯牛病危机和欧盟动物蛋白饲料禁令，加剧了这一问题，因为对大豆饲料的需求急剧增加。对动物蛋白饲料的禁令，意味着大约 130 万吨动物蛋白需同等数量的植物蛋白来替代。这相当于 370 万吨大豆，或者 620 万吨向日葵，或 680 万吨油菜子。非转基因大豆的日益不足，使加工商和零售商在这一问题上产生对农民施压的动机：因为非转基因大豆的额外收益直接源于加工商和零售商的利润，刺激农民增加对非转基因大豆的供给（并缩减其额外收益），对于这些生产者具有直接的好处。一旦加工商或零售商转型为非转基因产品，出于声誉的考量，它们就可能不改变自己的政策。参见 www. transgen. de；www. asa. org。

② 截至 2002 年 12 月，有 11 种转基因作物品种在美国得到许可，而欧洲仅有 4 种。

③ 参见 www. transgen. de；www. asa. org。也可参见第六章。2002 年欧盟进口了 10 万吨左右的非转基因大豆，多数是与美国的订约，进口了近 150 万吨磨碎的非转基因大豆粉，多数来自巴西。

④ 自 2000 年以来，欧盟许多大型加工商和零售商，通过增加非转基因饲料喂养动物的肉类供给，进一步地走向抵制转基因食品。

⑤ www. transgen. de 上有一个关于欧盟市场转基因添加剂成分的数据库。

极其昂贵。毫无疑问，那些宣称自己的产品没有转基因问题的生产者，应该已经履行了自己的诺言，但只是在符合欧盟现行的管制规则之下而已。各国政府、欧盟当局和非政府组织，按照其各自的立场，迄今为止，并未强迫加工商和零售商接受任何食品中所包含的转基因成分必须进行认证和标签制度。但这个微妙的平衡，无论如何都是难以维持下去的。

90

美国的政策

美国的认证许可制度已经相当稳固，并由一个广泛而坚强的农业生物技术拥趸者联盟所支撑着。这个联盟包括：大多数原料供应商、加工商、零售商及农场主。而站在环境保护和消费者利益集团一方，寻求限制性管制的力量则相对较弱。之所以如此，主要是因为大量的消费者已经接受了转基因产品，而且也比较信赖政策制定当局。此外，与欧盟相比，更集中化的政策制定机制，也使美国当局得以回避非政府组织的压力。这些规则能得以维持下去的另一个条件（与欧盟相比），是销售领域的高度分散化的同时，农场、种子和谷物加工、食品加工领域的高度集中化。这种产业结构，使得隔离和标签制度的成本增加，因而难以推行，这也导致生产者和农场主竭力阻挠（或限制）消费者对于限制性管制规则的要求。

环境和消费者利益集团

1975 年的阿斯洛玛会议之后[①]，于 1980 年前后，重组牛生长激素（rBST，一种能够增加奶牛产奶量的激素）上市，第一次转基因作物的田间试验也于 1987 年在美国加州开始进行，生物技术问题开始进入美国公众的视野，并引起广泛关注。通过科学风险和法律上的评价，所出现的公众议论得到了成功的化解。并且，法律评价实际上已从法律方面防范了对于生物技术产业的任何挑战。到 20 世纪 90 年代中期，美国公众甚至失去了从环境方面对生物技术相关问题进行讨论的兴趣。[②] 只是到了 20 世纪 90 年代末，美国的一些非政府组织才重新回到这个论题上来，

---

① 1975 年 2 月，140 名科学家，主要是生物学家，还有一些律师、物理学家和记者，在美国加利福尼亚州蒙特雷附近的阿斯洛玛会议中心集会，讨论 DNA 重组研究的安全性。

② 参见 Gaskell 和 Bauer（2001：98），Krimsky 和 Wrubel（1996）。

开始进行一些游说活动,以从更大的范围内寻求对转基因食品强制添加标签,并要求在审批过程中对其进行更严格的环境和健康风险评估。①转折点出现于 1997 年的克隆羊事件,以及 1999 年所公布的一个信息:Bt 玉米不但能杀死某些害虫,也能杀死帝王蝴蝶。后一个消息很快就变成了转基因作物具有环境风险的标志。其他的风向性指标,还包括杰若米·利夫金斯(Jeremy Rifkins)的著作:《生物工程世纪》(*The Biotech Century*,1998),以及对美国农业部的一项有关批准转基因食品作为绿色食品分类提案的反对。自 1999 年之后,也可以观察到美国媒体对于欧洲有关农业生物技术争议情况的大量报道。②

然而,与欧洲相比,大部分美国非政府组织基本上不反对农业生物技术。例如,美国最大的消费者利益集团,消费者联盟(Consumers Union),虽然赞成强制性的标签制度,但对转基因食品的安全性并没有提出多大的质疑。③ 美国的环境保护基金会(Environmental Defense Fund)、焦点问题科学家联盟(Union of Concerned Scientists)和科学与公共利益中心(Center for Science in Public Interest)等组织采取了类似的立场,即基本上不反对农业生物技术。④ 它们就农业生物技术的过敏反应、标签和特殊的环境效应问题,集中批评了美国食品与药物管理局的标签制度,并要求实行强制性的标签制。大多数非政府组织的行动诉求,仅在于从科学争议的基础上游说政策制定者,从法律上怀葛诸如美国食品与药物管理局这样的政策制定机构,或者一些具体的生物技术企业。对于该技术持反对意见的,主要是那些较小的和更理性的非政府组织。⑤

---

① 参见 Pollack 和 Shaffer (2001),Young (2001)。

② 参见 Moore (2000a, b),Gaskell 和 Bauer (2001)。

③ 参见 www. consumersunion. org;Moore (2000a,b);www. fda. gov/oc/biotech/default. htm。

④ 参见 www. environmentaldefense. org/home. cfm;www. ucsusa. org/index. html;www. cspinet. org;Moore (2000a, b)。美国消费者组织采取了相似的立场,如消费者选择理事会(Consumer's Choice Council)和美国消费者联盟(Consumer Federation of America)。参见 www. consemerscouncil. org 和 www. consemerfed. org。

⑤ 参见,如来自经济趋势研究基金会(Foundation of Economic Trends)的杰里米·里夫金(Jeremy Rifkin)。

下面要提供的证据说明，公众对于农业生物技术的支持，以及生产者和政府部门之间广泛而牢固的联盟，使得美国环境和消费者集团不愿意组织反对该技术的活动。公众的风险意识和非政府组织之间的互动效应难以进行评估[①]，恐怕只有当非政府组织看到明显的潜在公共义愤存在，或者公众的厌恶已经高涨时，它们才有积极投入反对农业生物技术运动的意愿。而这两者在美国都不存在。

表 4-2 说明，比之欧洲，美国的消费者更加正面地看待转基因食品。其他有关消费者是否愿意付出额外款项来购买非转基因产品意愿的研究，比表 4-2 更精确地捕捉到消费者的偏好，也证实了这个估计。例如，朱塔·罗森（Jutta Roosen）发现，2000 年，法国、德国和英国的消费者分别愿意多付 9.3 美元、7.7 美元和 6.3 美元，来购买非转基因玉米喂养的牛肉，而美国消费者仅仅只愿意多付出 3.3 美元。[②] 其他一些这里没展示的资料也证实，美国公众对农业生物技术的支持度一直保持着比较高的水平。[③] 很有意思的是，欧盟和美国相比，其各地的消费者对农业生物技术的态度非常不同，欧洲人并非普遍厌恶这项新技术（特别是医学生物技术），而北美人则普遍支持这个技术。[④] 这也表明，时常听到的，正因为流行于欧洲的技术恐惧症，才导致了欧盟对农业生物技术严格限制的论调，明显是错误的。

表 4-2　美国和欧盟消费者观念比较（1999 年）

	美国	欧盟
应该鼓励转基因食品（正负平衡点为 2.5）	2.7	2.1
即使有益，转基因食品从根本上看也是非自然的/%	49	69
如果转基因食品出差错将是全球性的灾难/%	40	57
转基因食品的风险是可接受的/%	39	21
转基因食品将给大部分人带来好处/%	65	28

资料来源：Gaskell 和 Bauer（2001：108—109）

---

① 参见，如社会科学家还没办法判定公众对强制标签的支持，是先于还是跟随非政府组织的类似运动。

② 于德国基尔大学与该作者的交流。

③ 参见 www. pewagbiotech. org；www. gmabrands. com；Priest（2001）；Hoban（1998，2000）；FDA（2000）；www. ificinfo. health. org；*Natue Biotechnology* 2000，18：939—942；www. centerforfoodsafety；Gaskell 和 Bauer（2001：307—318）。

④ 参见 Gaskell 和 Bauer（2001：52—79，96—115）。

这些调查无非是特殊时间和特殊地点的一幅幅快照，不但表明美国消费者在这个问题上的观点并不很确定，同时也说明其结果有赖于问卷的提问方式。[①] 某些调查结果还提示了美国公众对于农业生物技术的支持度低于表 4-2 的结果，而其他的调查甚至表明消费者对于标签制也相当不看好。[②] 然而，即使是对目前大量调查数据[③]的保守对比，也能说明美国消费者看待农业生物技术的态度，要比欧盟的消费者更加正面一些。

如同在欧盟的情况一样，对于公众观念的影响来源也是众说纷纭。有些分析家认为，这是由于公利意识的程度差异所致。有一个假设说，低水平的公利意识，会使得消费者较为缺乏对于该技术的批判意识，但这是难以令人信服的。当一些调查结果说明，美国的消费者比欧盟消费者更少意识到并批判转基因食品时，其他一些调查则证明，大西洋两岸在对该技术的公利意识方面没有多大差异。[④] 同样，要想证明是正面或负面的新闻报道，以及非政府组织的抗议活动左右了公众观念，还是正好相反，其实都很困难。[⑤] 关于由来已久的文化差异问题讨论，也试图表明正是文化上的差异，才构成了对于食品"自然属性"的不同理解，以及对于环境结果的不同关注。

---

① 例如，科学与公共利益中心（CSPI）在 2001 年春天的一项调查里，公众被问到"你愿意购买标明作物来源的何种水果和蔬菜？"结果是：40％选"喷洒杀虫剂"，43％选"转基因"，37％选"植物激素处理的"，44％选"杂交玉米"，26％选"以上均不"，8％选"不知道"。在同一个调查中，消费者被问到，"如果在两盒麦片中选择，一个盒子上的标签说明它包含转基因成分，你会选哪个？还是你无所谓？"答复是：8％选"购买标明包含转基因成分的产品"，52％选"标明不含转基因成分的产品"，38％无所谓，3％不知道。参见 www. cspinet. org/new/poll_gefood. html。

② 消费者被问到，"如果你可以在食品标签中增加一条信息，如在麦片盒子上，你愿意加下面哪个？"答案是：8％选择"含进口小麦"、17％选"含转基因小麦"，31％选"含微量杀虫剂"，7％选"含微量食品加工机器的润滑油"，6％选"还加了别的什么特殊成分？"，16％选"无需新信息"，15％选不知道。此外，消费者似乎不愿为农业生物技术产品的标签超额支付。他们被问到，"标明转基因成分会增加食品成本，如果标签增加了你家庭的食品开支，你愿意为此多支付的额度是多少？"答案是：7％选"每年超过 250 美元"，5％选"每年 250 美元"，16％选"每年 50 美元"，17％选"每年 10 美元"，44％选"0"，11％选不知道。参见 www. cspinet. org/new/poll_gefoods. html。

③ 参见，如 *Natue Biotechnology* 2000，18：935—942。

④ 参见 Hoban（2000，1998）；Kalaitzandonakes 和 Marks（1999）；www. ificinfo. health. org；*Natue Biotechnology* 2000，18：935—942。

⑤ 参见 Gaskell 和 Bauer（2001），Bauer 和 Gaskell（2002）。

欧盟和美国之间一个最明显的差异，因此也构成跨大西洋消费者之间在差异问题上最令人信服的一个解释，就是消费者对于生物技术信息来源的信任度。美国消费者比较信任美国医学会（American Medical Association）、美国食品与药物管理局、学院派科学家、注册营养学专家及农场主；而欧盟人则更信任消费者组织和环保者组织，以及医学专业团体。[①] 美国消费者没有经历过 20 世纪 90 年代的那些食品安全丑闻，因此能够一直维持着对决策者和科学家的信任。相反，欧盟的消费者经历了一次大规模的食品安全危机，特别是疯牛病和比利时二噁英丑闻，这些危机大大损害了欧盟决策层和科学家的信用。在美国，最近有关星联玉米和普罗迪基因公司事件（参见第二章）的论争，对于美国公众支持农业生物技术的态度，并未能产生致命的冲击。[②]

正如前文所提及的，美国的非政府组织一直把其注意力主要集中于标签问题，但调查结果显示，美国消费者对于强制性标签制持有某种矛盾的看法。到 20 世纪 90 年代末期，这些情况开始影响到美国的政策制定和生产者行为。我将在这个基础上探讨管制规则方面的话题，并在后面进一步考察（生产者影响）市场方面的情况。

直到 20 世纪 90 年代末期，美国在生物技术方面的政策，几乎完全是由科学界、产业界和三个对此负有责任的美国政府部门（农业部、食品与药物管理局和环保署）一手操办而成。例如，非政府组织从未能实质性地参与到美国食品与药物管理局的农业生物技术审核与标签制的制定过程中去，它们要求强制性标签和更严格风险评估的活动，只是当星联玉米事件出现之后（参见第二章），在 2000 年 9 月，才有了一点进展。

大批环保和消费者领域的非政府组织，如绿色和平、地球之友、绿色消费者协会（Organic Consumer Association）、转基因食品警报（Genetically Engineered Food Alert）、杀虫剂行动网络（Pesticide Action Network）、可持续发展（Sustain）、食品安全中心（Center for

---

① 参见 Hoban（1994）；Eurobarometer（1996，1999）；Enriquez 和 Goldberg（2000）；Gaskell 和 Bauer（2001）。

② 参见 Hoban（2000）；www.cspi.org。

Food Safety），还有其他许多组织，抓住了这次机会。① 大部分组织严厉批评了美国食品与药物局于 2001 年 1 月提交的有关自愿标签和公告的政策提案，它们要求对全部转基因食品和食品添加剂进行更严格的食品安全和毒性检测，并要求食品与药物管理局终止它们称之为"既不标签，也不安检"的政策。类似地，非政府组织也批评了美国环保署发布的有关防止转基因作物交叉授粉条例的缺陷，以及该署对生物技术现实风险的评估。

就其规模和强度而言，这次非政府组织的活动与欧洲相差甚远，对制定管制规则的影响极其有限。美国食品与药物局 2001 年的提案，已经把管制规则牢牢定位在自由审批、产品导向和自愿标签的基点上。意识到会有一些公众支持标签制，美国食品与药物局就采取了一种自愿的、市场驱动的、且略微严格的标签制度，使其能够顺利通畅的运行。显然，除非公众对农业生物技术的接受度和对政策制定当局的信任感都发生戏剧性的下降，否则美国的管制规则就不会朝着更严格化的方向变化。迄今为止，美国非政府组织寻求限制性管制规则的努力，在与美国立法体系或投票权的角力中一直都不成功。因为美国农业生物技术的政策制定体系，在联邦水平上是一个高度集中化的体系，非政府组织很难能像欧盟的同行那样参与进去。② 通过法律行动来推动政策改变的尝试也失败了。因此，美国转基因作物和食品的前景，看来多半要由市场而不是政策来决定了。最终的结果，取决于加工商、销售商和农场主们对于（美国和海外）消费者压力、应负责任等方面的反应，以及农场主对该技术在促进生产力发展方面表现的反应。

最后，饶有兴味的是，面对风起云涌的欧盟非政府组织反对转基因食品的运动，仍然对于美国非政府组织发起此类运动的能力并没有发生多大的影响。创造或增进溢出效应的一些努力，如通过跨大西洋消费者

94

---

① 参见，如 *Biodemocracy News*（2001）；www. organicconsumers. org；《华盛顿邮报》，2000 年 10 月 26 日；《纽约时报》，2000 年 7 月 19 日。时至 1998 年，一个非政府组织联合会控诉美国食品与药物局未能竭尽其管理职责。2000 年 3 月，超过 50 家消费者和环境组织团体向美国食品与药物局提起法律诉讼，要求对强制标签进行市场预调研和环境测评，但都未能成功。

② 我会在第五章继续探究这一点。

对话（transatlantic consumer dialogue），或其他类似方式的跨大西洋消费者和环保者组织之间的互动，迄今而言也都不太成功。[①] 这再次证明了那个看法，即非政府组织无法制造公共义愤，但可因势利导、顺势而为。非政府组织特别需要一种体制化的结构，以便将政治活动转化为政策调整。低度的公共义愤和反向的体制化结构（从非政府组织的立场看如此）最终说明了为什么非政府组织没有能力左右美国的农业生物技术政策。

生产者利益集团

与欧洲的情况相反，美国生产者已经有能力形成并维持一个包括原料供应商、食品加工商、零售商和农场主的有凝聚力、组织良好的农业生物技术支持者联盟，而大型农业生物技术企业充当了该联盟的领导者。它们与政策制定者在决策过程中的合作之密切，甚至形成了可被称之为"董事会议室"（boardroom）议定生物技术政策的决策机制。[②] 仅仅是从20世纪90年代后期开始，这个体系从某种程度上才变得更开放一些，能够被美国国会、环境与消费者组织施加影响。我仍将分三种类型，即产品供应商、农场主、食品加工与零售商，来讨论生产者利益集团的情形。

依托着大规模的政府基金、功能完善的风投市场、优势的专利权，以及工业和高校之间的强劲合作，美国生物技术产业已经发展为全球同行业之最。[③] 如第二章所述，美国孟山都公司控制了世界80%—90%的转基因种子市场。为了收回其巨额的研发投入，美国生物技术行业迫切需要对于该技术友好型的管制规则。

在美国，绝大多数产品供应商被整合在一个单一的联盟——生物技术工业组织（BIO）之中。[④] 此外，在管制规则制定过程中，大型生物技术企业也可作为一个独立体参与进来。[⑤] BIO和它的成员坚持许可性规

---

① 不同观点可参见 Young（2001）。

② 参见 Gormley（1986），Holla（1995：414—415），Moore（2000a, b）。

③ 参见 *Agribusiness Examiner* 2001，Supplement，Issuel，January 15。

④ 参见 www. bio. org。此外，美国种业贸易联合会（ASTA）是种植生物技术企业的代表。

⑤ 参见 Moore（2000a, b）；www. bio. org。

则，坚决反对强制标签。^① 所以，它们和食品与药物管理局的管制规则是一致的。^②

成员间的共同利益、坚实的科技能力、强大的财政基础，以及来自大型生物技术企业（如孟山都、先锋、阿斯利康、诺华）的支持，使BIO具备了很高的集体行动能力。^③ BIO还和食品与药物管理局，以及美国政府其他管制机构保持着紧密的关系。相当多的BIO职员是前政府官员，很多观察家就曾指出这是个政策的"旋转门"，其成员可以往来于决策当局和生物技术企业之间。^④ 从产业化的角度，尤其是从经济竞争和为回收研发成本而必须快速商业化的压力看，生物技术行业必须尽快找到打通美国生物技术管制部门的途径。为了增强消费者对转基因产品的接受度，以及防范欧洲在此方面的"溢出"效应，七大生物技术企业和BIO共同组建了"生物技术信息委员会"（The Council for Biotechnology Information）。每年大约投资5000万美元，3—5年后还可能上升到2.5亿美元，用以争取公众对生物技术食品的支持。^⑤

这种原料供应者与管制决策者之间的共生关系，对应于政治学家所定义的"董事会议室"决策方式。^⑥ 该决策方式是工业界最容易对决策者施加影响的方式。事实上，作为农业生物技术的拥趸者，美国前食品与药物管理局官员亨利·米勒（Henry Miler）就曾说过："在这个领域，美国政府机构所做的，无非就是大型农业企业要求并告知它们该做的事。"^⑦

对转基因食品的负面公共认知，欧洲最甚，美国也有少量存在，但迄今为止，这些负面认知只能在一些枝末细节上影响到产品供应商之间的凝聚力。最为明显的影响是，经过对各种变化因素的综合考虑，若干大公司（如诺华、阿斯利康、法玛西亚和安万特）剥离或者独立了其农

---

① 产品供应商甚至也批评非转基因产品自愿进行标签，因为这意味着该产品是高质量的。

② 参见 www. bio. org。

③ BIO 成员名单见：http：//www. bio. org/aboutbio/biomembers. asp。

④ 参见，如 Moore（2000a, b）。

⑤ 参见 www. bio. org；www. whybiotech. com。

⑥ 参见 Gormley（1986）。

⑦ 参见纽约时报，2001 年 1 月 25 日。

业生物技术部门。这一发展使得从事农业生物技术的企业与从事医药科技的企业利益有所分化，后者开始指责前者（孟山都是典型代表）对整个生物技术市场的消极影响。[①]

　　有关转基因作物种植的数据（见第二章、第三章）表明，美国农民以迅速的步伐采用了这项新技术，尽管采用的数量有限，但很显然，都是些重要的农作物，如大豆、玉米和棉花等。对于他们为什么会如此做的原因，仍然存在着争论。总体上看，转基因作物的收益主要包括：产量增加、成本降低、管理便捷，以及较少使用杀虫剂等。但是在第二章所述的农艺学证据（即有关利润的数据）也引发了一些疑问，质疑集中在转基因作物是否对美国农民更有利的说法上。在对高产量、高利润都缺乏判决性证据的情况下，分析家们更经常提到的，只是更便利的害虫管理和谷物处理系统的垂直整合等受益因素。

　　现有数据显示，大中型农场比其他小农场更快地接受了转基因作物。[②] 相反，处于成长期的有机食品市场，才是小农场的主要选择。因而，我们预期，或许较大农场的管理者更偏好许可权管制，并反对强制标签。我们也能预计，他们对制定为转基因产品打开世界市场的美国贸易政策，应该持支持态度。小型家庭农场（如绿色农场）主们，在选择接受或不接受转基因作物这种技术上较为迟缓，他们很可能从严格的农业生物技术管制中获益更多，因为这种管制只是增加了较大生产者的成本。我们因而可以预期，小型农场主们会偏好严格的农业生物技术许可管制和强制标签制。这种利益的不同，是由行业结构的不同所决定的，最为显著的案例来自占转基因作物最大部分的玉米和大豆。

　　实际证据与这些假设基本吻合。作为美国最大农场组织的"美国农场联盟"（AFBF），由大型农业生产者控制，它全力支持食品与药物管理

---

　　① 参见，如 *Economist*，November 18，2000；November 14，2000。2000 年，在伯里尔（Burrill）的企业索引中，医药生物企业数上升了 50%，而其中的农业生物技术企业数则下降了10% 多（*Economist*，2000，November 4；*Business Week*，November 6，2000）。

　　② 在美国农业部的一份报告中，费尔南德斯—科内霍（Fernandez-Cornejo）和麦克布莱德（McBride）指出，抗除草剂大豆的采用与农场的规模大小无关，但转基因玉米则与此有关。参见 USDA（2002），Economic Research Service *Adoption of Bioengineered Crops*/AER-810，May 2002。又见 Baker（1999）；www.rafi.org；www.isaaa.org；Carpenter 和 Gianessi（2001）。

局的许可和标签政策。① 而另一个致力于家庭农场合作的草根组织——
"全国家庭农场联盟"（NFFC），其成员则普遍反对农业的垂直整合。该
组织也一直批评美国农业生物技术许可政策，并要求强制标签制度。②

美国大豆协会（ASA）和美国玉米种植者协会（NCGA）是出口导向
型生产者的代表，它们在转基因作物上投入了更大的本钱。③ 因为转基
因大豆和玉米生产者，比 AFBF、ASA、NCGA 的其他倾向于采用农业生
物技术的成员，更加依赖出口。甚至，ASA 对消费者接受度和其他国家
管制规则的关注，也明显大于 NCGA，因为美国大豆生产者对于出口市
场的依赖程度，更甚于玉米生产者。1996 年，当农业生物技术管制刚开
始的时候，37％的美国产大豆或大豆制品用于出口，与之相比，玉米则
只有 19％。④ 然而，这两个协会都是宽松许可政策的强力支持者、强制
标签的坚定反对者。⑤ 创建了美国作物出口市场的美国谷物委员会（US-
GC）也采取了相似的姿态。⑥ 而代表小家庭农场的美国玉米种植者联合
会（ACGA），相对于 ASA 和 NCGA，所持立场是建议对转基因产品施行
更严格的许可政策和强制标签。⑦ 1999 年，由于转基因食品和种子的需
求减少，同时也基于转基因作物的其他不利因素，ACGA 倡议小农场选
择种植非转基因作物。⑧

利益分化不但源自产业结构的不同，更是由于美国农业联盟体系的
分裂格局所致，这就限制了农民的集体行动能力。有超过 200 个的利益
集团（综合性的农产品协会、单一的农产品协会、专业性的协会等）卷
入了美国农业政策问题，这些集团分别关注着不同的主题。而美国的农

---

① 参见 www. afbf. org。

② 参见 www. nffc. net/bio1. htm；www. nffc. org。

③ 参见 Moore（2000a，b）。

④ 参见 http：//www. ers. usda. gov。

⑤ 参见，如 www. ncga. com。

⑥ 参见 www. grain. org。

⑦ 美国玉米种植者联合会（ACGA）同诸如食品安全中心、消费者联盟、地球之友和农
业与贸易研究所等消费者和环保组织，一起签署了 1999 年给美国食品与药物管理局的信件，该
信件由 49 名国会议员发起，要求实行强制性标签制度（参见 http：//www. acga. org；
www. thecampaign. org）。

⑧ 参见 www. acga. org。

业生物技术的管制规则，仅符合代表较大的出口导向型农场主集团的利益。这并非是由于它们的集体行动能力更强，而是因为这些集团和生物技术企业、食品工业协会组织形成了联盟。面向国内市场进行生产的较小型农场主，倾向于更严格的许可管制和强制标签。他们的意见，只是在近来与环境和消费者团体联合后，才开始产生影响。[①]

这群农民的利益，及其对美国农业生物技术政策的诉求，从 20 世纪 90 年代中期以来就很稳定。这些农民中的多数靠微利生存，他们的诉求能否更长期地持续下去，很大程度上取决于转基因作物能否持续对农民带来利益。如第二章所述，这种利益实质上是很难预期的，因为目前关于转基因作物对农业收益影响的评估，仍存在很大争议。这种局面，对未来转基因的多样性或许更加有益。另外，农业收益的评估没有考虑到消费者的接受度，而这个接受度在不同时期、不同国家、针对不同作物，都在不断变化着。1995—2002 年，欧盟、日本和其他国家的反对转基因食品消费者都在持续增加，美国之外，是对转基因食品更严格的许可和标签管制。其结果使得非转基因玉米和大豆的需求增加，美国大豆和玉米的出口遭受到更加严格的管制。[②]

消费者接受度的变化和国外管制对美国农业利润带来的影响，由于以下几种情形而远未得到缓和。最明显的是，由于隔离和身份鉴存的高额成本，以及政府的大额补贴（这降低了商业风险），使出口导向型的美国农场主们对于公共风险认知和国外管制的变化反应迟钝。转基因大豆和转基因棉花种植面积在 2002 年继续扩大，而转基因玉米种植面积（在那些消费者和管制回应更为负面的地方）持平或者减少。消费者在不同国家、针对不同作物的反应差异，以及美国为缓和消费者的反应对农场收入带来影响的政策设计，将增加转基因作物在美国农场利润中的差异化。在这种情况下，原料供应者和食品与药物管理局站出来充当了力挺农业生物技术联盟领导者的角色。该联盟在凝聚力方面仅有的风险，就在于食品加工商和零售商。

98

---

① 参见 Moore（2000a，b）。

② 参见 http：//apps.fao.org 和 http：//www.ers.usda.gov。

直到 20 世纪 90 年代晚期，美国食品加工商和零售商很少碰到反对转基因食品的消费者，这些转基因食品于 90 年代中期开始大量出现在美国市场。他们从第一代转基因食品中获益不多，因为对该代产品的投入大于产出。但他们中的多数仍期待着后续的转基因食品，特别是那些能提高营养品质的产品[①]，能为其带来更大的利润。然而，到 90 年代后期，从较小型到较大型企业、在供应有机和非有机食品的企业之间，食品加工者和零售商中出现了一定程度上的利益分化。

为数众多的大型加工商和零售商支持美国现有的许可和标签政策，声称强制标签会给它们的产品和商标带来麻烦，而且可能会产生额外的成本。美国两个最大的食品加工行业联盟，美国食品杂货生产协会（GMA）和国家食品加工联合会（NFPA），是这一利益最具影响力的代表。GMA 代表主要品牌加工商，NFPA 则代表那些水果、蔬菜、肉食、鱼类、特殊食品和饮料的加工包装企业。[②] 反之，支持更严格许可和标签管制的，是那些较小、较单一，尤其是有机食品市场中的食品加工商和零售商。它们频繁与消费者非政府组织，如消费者联合会、食品安全中心、生物完整联盟进行合作，共同致力于院外游说活动。

当那些较小的，尤其是涉足有机食品市场的生产者，设法利用消费者正在增长的对转基因食品的关注，来营销其非转基因食品的同时，GMA 和 NFPA 则自 90 年代后期开始，通过加强对政策制定者的游说和各种公共活动[③]，来设法扭转这一趋势。例如，支持转基因食品的加工商和零售商共同创建了一个"更佳食品联盟"（Alliance for Better Foods，ABF），通过该联盟，它们至今已经为公共关系活动和竞选活动投资了数千万美元。[④] 它们的努力集中于防止强制标签制度。的确，它们似乎已经从欧洲和日本的情况认识到标签对消费者行为有明显的影响。2001 年 5 月，名为"公共利益科学中心"（CSPI）的一家消费者组织，

---

① 未来一代的转基因食品将具备，如致敏性减少、低脂肪、新鲜而口感好的特点。某些生物食品还可能提供医疗效果，如疫苗或抗癌症物质（www. bio. org）。

② 参见 www. gma. org；www. nfpa. org。

③ 参见 Moore（2000a，b）；*Washington Post*，August 15，1999；www. sustain. org/biotech/news。

④ 参见 www. abf. org。

在所进行的一份调查中发现，即便是在消费者选择强制性标签的意愿相当低的情况下，如果贴上标签，消费者在购买转基因食品时就会犹豫。[①]

上述努力，在某种程度上，因为支持农业生物技术联盟的几大食品加工和零售商自身存在的一些缺陷而被弱化。[②] 例如，1999 年春，绿色和平组织写信给婴儿食品的几个主要生产厂家，询问其是否已经采取了措施，以确保其生产的食品中没有使用转基因成分。作为回应，嘉宝 (Gerber) 和亨氏 (Heinz) 两大婴儿食品生产商，从此开启了其无转基因成分产品的生产。[③] 其他，如麦当劳、麦肯食品 (McCain Foods)、菲多利 (Frito-Lay)、爱慕思宠物食品 (IAMS)、全食市场 (Whole Foods Market)、野麦片市场 (Wild Oats Markets)、西格兰 (Seagram) 等一大批食品企业，也宣称它们将在美国市场减少或停止转基因食品的销售，以此来回应非政府组织的抗议活动。[④] 星联玉米事件引发了企业运营战略的又一波调整。例如，采购了全美大约 30% 的玉米、大豆和小麦的阿彻丹尼尔斯米德兰公司 (Archer Daniels Midland) 宣布，它希望美国农民和谷物处理商应该开始隔离并分别储藏转基因与非转基因作物。其他企业，如康家 (ConAgra)、ADM、嘉吉 (Cargill) 等公司，也做出了类似声明。[⑤] 一些分析人士据此认为，星联玉米事件是转基因作物的"终结之始"。[⑥]

然而证据太过于含糊了，远不足以得出这样的清晰结论。首先，这些声明和公告在多大程度上被实际执行了，仍然不清楚。其次，对上述调查数据的谨慎解读表明，美国消费者原则上得到了更多选择的权利，也知道他们的食物中含有什么，但他们并没有从根本上对当前并不包括强制标签的管制体制不满。公众对政府管制机构的信任，以及对于转基因食品的支持态度，看起来并没有因为星联玉米事件和普罗迪基因公司

[①] 参见 www. cspi. org。

[②] 参见 www. greenpeace. org/～geneng/。

[③] 参见 *Wall Street Journal*，July 30，1999。

[④] 参见 *New York Times*，2000，June 3。

[⑤] 参见 Fortune，February 19，2001；www. cropchoice. com；www. innovasure. com；www. greenpeace. org。

[⑥] 参见，如 *BioDemorcracy News*，January 31，2001。

丑闻而遭受太大的影响。这两件事情的结果表明，在强大国家权力法律体系的支撑下，美国管制当局无论如何都能够在短时间内有效解决问题。只要消费者的反对立场不走得更远，NGO 团体要求强制标签的活动不进一步激烈，食品加工商和零售商就不大可能朝着强制标签和去转基因产品方向迈进。

一般而言，可获得的证据表明，（较之欧盟）美国零售业较低的经济集中度、下游生产者中间存在的较大利益分化、将单个企业凝聚到全行业统一立场（如欧洲商会）的一体化结构的缺失，这些因素已经使下游生产者更能抵抗来自消费者的（相当低的）压力。下游生产者的这种抵抗能力，也被农场、谷物和油籽处理及食品加工等环节存在的较高集中度所增强。这些下游环节又基本上未对所经营的各类商品进行分隔管理，这就使得若重组供应链，对转基因和非转基因产品进行隔离的成本将变得更加昂贵。① *100*

结论

本章阐述了欧洲环境和消费者团体，在反农业生物技术的集体行动能力上高于美国同行。这种差异，可以追踪到大西洋两岸消费者对农业生物技术的接受度差异，以及对管制机构的信任差异（公共义愤）。有关农业生物技术的非政府组织运动，其广度和内容方面的差异，也反映了两岸该类团体在集体行动能力上的差异。在欧洲，农业生物技术的反对派，在塑造市场反应和生产者行为上比美国成功。由于分散化和多层级的政策制定程序，使得公共义愤有了更多介入管制规则制定过程的途径（方式），从而也使得欧洲农业生物技术的反对派利益集团，能够对该管制规则的制定施加更多的影响。而在美国，对农业生物技术较低度的公共义愤、集中化的管制体制，成为阻碍农业生物技术反对者利益集团的不利因素。在第五章，我将展开讨论欧盟和美国体制化方面的差异。

上面讨论的证据也表明，支持农业生物技术的生产者，其集体行动

---

① 参见 USDA（2001）和 Corporate Watch（2000）。

能力在欧盟和美国也有着实质性的差异。有意思的是，传统的寻租理论（贸易保护主义）着重强调，"推力"效应比"拉力"效应起到了更重要的作用。公众义愤和非政府组织的活动分化了欧洲的生产者，从而减弱了它们的政治影响力。但欧洲支持生物技术的生产者联盟之所以被弱化，其实主要不是由于一些生产者（产品供应商、农民）对贸易保护主义的"借势"所致，而是由于更容易屈服于非政府组织市场压力的那些生产者（尤其是零售商和食品加工者），已经被推动着转向支持更严格的管制政策所致。相反，在美国，具有凝聚力、组织良好的支持生物技术生产者联盟，由于较低的公众义愤和较弱的非政府组织反对活动而占了上风。

分析家进一步证明，大西洋两岸除了在公共风险认知和非政府组织行为上的差异之外，产业结构的不同也发挥了实质性作用，以此可以解释为什么支持生物技术的生产者联盟在欧盟非常虚弱，而在美国则相反。按照这个观点，零售商、食品加工商、谷物处理商都是关键性的角色。由于欧盟的零售业无论是在经济上还是组织上，都有较高的集中度，这些欧盟的下游生产者发现自己比美国的同行们更易于达成一致，并调整自己的商业战略以应对消费者和非政府组织的要求。而同时，美国的农场、谷物和油籽处理、食品加工等环节，要比它们的欧洲同行更加集中化。而且它们基本不对各类商品进行分隔，这就造成美国下游生产者要想重组其供给链，并隔离转基因和非转基因产品时的代价更大。美国农业、食品加工业和零售系统这种固化的结构，使得美国采取了支持农业生物技术的政策立场，这让走入低谷的、迄今世界上最大的转基因种子供应商孟山都公司生存了下来，也让农业生物技术部门从生命科学工业领域中普遍分离出来（如从诺华、陶氏和杜邦公司等）。

第五章

管制规则上的联邦制

在第四章中进行过的有关利益集团（"自下而上"）的透视，认为非
政府组织和企业对于市场与管制规则制定过程的影响，是管制规则的主
要动力。这一观点大大地忽略了政府间的相互作用及其对管制规则制定
的效应。本章将填补这一空白。这里采用的"规则上的联邦制"路径，
是把农业生物技术政策看做欧盟各成员国以及美国各州这样的政治次单
元，在联邦政治系统的框架内相互作用的结果，而这些政治次单元在某
种程度上也可以自主运作。在联邦系统框架中的次政治单元，是否能够
通过单方面实施更严厉或更温和的农业生物技术管制规则，从而推动整
个系统的管制力度上下变化，是解释的焦点所在。这一解释的理论基础，
在下面一节中进行了提纲挈领的阐述。对于欧盟和美国农业生物技术政
策制定的分析表明，在欧盟，我们观察到一种确切的"棘齿效应"，而这
种效应在美国则不存在。这些把欧盟和美国农业生物技术政策拉向不同
方向的差异，可能会继续存在，而且会对其他国家及其农业生物技术，
产生一系列负面的影响。这些不良后果将在结论部分加以阐明。

阐释 "自上而下" 的管制规则分歧

此处所列举的论点，结合了有关管制规则和联邦制方面的政治经济

学文献中的几种主张。① 有些学者声称，管制产品质量比管制生产过程，更易导致不同司法管辖之间的管制差异。原因之一，是产品管制更易实施，而且能更直接满足贸易保护主义的目的，也就是说，有利于保护本地生产者抵御国外生产者的竞争。过程管制只对贸易流程产生间接的影响，它主要影响生产成本、公司间竞争和投资流程，不易用于贸易保护主义的目的。例如，食品包装管制规则对限制某些食品的进口更有效，而对控制农场工作条件的影响较弱。

而且，在大多地区和全球贸易系统中，生产过程的差异除个别例外（如狱工和奴隶劳动力），其余都被看做是合法的可比优势。以生产过程为基础的贸易限制，不仅在 WTO 框架下，而且在大多数地区性贸易协议中，也多是非法的。与之相反的是，在很多情况下，如为了保护环境和公众健康，国际贸易协议却允许对进口产品实行限制的管制规则。

换言之，国际贸易管制规则在主要动机上，与产品和生产过程管制规则的考虑是相当一致的。国际法为各国施加生产过程管制的贸易限制，只提供了很小的余地，而各国这样做的动机通常也不强。国际法在约束产品管制的贸易限制方面较弱，但各国却有较强的经济动机，利用这种管制来保护本国的生产者免遭外来竞争者的威胁。

在诸如欧盟和美国这样的完全一体化产品市场中，农业及其他各类产品，可以在欧盟成员国和美国各州这样的次单元之间合法自由地流通，而产品管制和过程管制之间的差异，就会构成很大问题。各个次单元之间在生产过程管制规则上的差异，如关于员工保护、空气质量标准或公司税收制度等方面的差异，都会导致生产成本乃至竞争力的差异，这些差异在某些政府和公司看来也可能是不合法的。但正如上面提到过的，这些影响对贸易流通的作用是非直接的，而且是长期的。次单元也不愿意在全系统范围内去处理这些差异（如通过协调管制规则），因为它们害怕打破潘多拉盒子：在构成合法比较优势的管制差异，与造成非法市场

---

① 参见，如 Rehbinder 和 Stewart（1985），Scharpf（1996，1997），Murphy（1995），Vogel（1995），Oye 和 Maxwell（1996），Kelemen（2000，2001），Bernauer（2000），Genschel（2000），Hix（1999），以及 Esty 和 Geradin（2001）。

扭曲的管制差异之间，并没有一个客观的界限。[①]

在经济一体化的联邦体系中的各国之间，产品管制规则的差异，似乎要比过程管制规则上的差异，带来更大的问题。产品管制的多样性，不会自动带来有效的联邦管制规则（即和谐化）。因为意见的不统一（即不断的管制差异）会导致市场的割裂，而这是次单元所竭力避免的，因此，一体化市场和联邦系统常常会结合起来限制各次单元之间的冲突。

在有些情况下，有关管制规则差异的冲突，可以通过相互承认加以解决，即在同一联邦系统中，每个次单元都准许任何其他次单元合法产品的过境流通（参见第六章）。在另外一些情况下，管制规则是在联邦层面上加以协调解决的。如果每个次单元都赞成相同的规则，商品当然可以自由流通。协调取代相互承认，主要发生在这样一些政策领域，即管制规则严格的次单元，不愿意接受来自管制较松散国家的产品。例如，一些国家出于环境和经济竞争力的原因，要求本地生产的汽车带有催化器，因而就不愿意接受没有这个要求的国家的汽车。

原则上讲，产品管制的协调可呈现出不同程度的严厉性，只要联邦系统中的各次单元国能达成共识就可以。决定产品管制协调严厉程度的三个主要变量如下：

(1) 就某一特定管制问题，联邦系统内各次单元国的自主程度；

(2) 管制规则严格国家的选民，能够容忍对管制规则松散国用较低的标准进行协调的程度；

(3) 由于未达成共识而造成经济损失的程度。

据此，上述三点的程度越高，产品管制规则协调的严厉程度就会越高。注意，这一论点同环境政策文献中的一个流行观点相悖，该观点认为权力下放会使管制规则更加松散。[②] 由低标准到高标准协调的动力学原理如图 5-1 所示。

---

① Scharpf (1996) 提出了一项博弈性理论解释，为何欧盟国家拥有强有力的动机去协调产品管制，而不是过程管制。与此相关的是，解释的焦点集中在联邦政治系统中的竞次问题（参见 Revesz，1992）。过程管制规则的协调，主要发生在清晰的外部性问题上，如跨界污染。

② 参见 Esty 和 Geradin (2001)。

反对农业生物技术国家

	严厉的管制规则	松散的管制规则
支持农业生物技术国家　严厉的管制规则	4 （I） 3	1 （III） 1
松散的管制规则	3 （II） 2	2 （IV） 4

图 5-1　向上协调

105　　在这样一个模式化的局面里，反对农业生物技术的国家和支持农业生物技术的国家同处一个联邦系统中，而这个系统又维持着农产品的完全一体化市场。每个国家至少在某种程度上具有充分的建立自己农业生物技术管制规则的自主权。也就是联邦政府没有施加统一管制的充分权威。为简化讨论，我们假设每个国家都可以采取或紧或松的管制规则。支持农业生物技术的国家，偏好宽松的农业生物技术管制，而反对农业生物技术的国家，则倾向于严格的管制。每个国家的利益从 1（最差）排列到 4（最好）。支持农业生物技术的国家的利益，体现在图中各象限的左下角，反对农业生物技术国家的利益位于右上角。

　　让我们假设，更严格的农业生物技术管制不会产生贸易保护性收益，而有的国家的确关注着该技术对公众健康和环境的影响。这种假设，由于来自欧盟的证据（第四章）而显得很有可能。然后，这两类国家都希望有彼此协调的管制规则，而不是相异的管制规则，但如果它们各自独立制定规则，则其协调的严格程度将会不同。支持农业生物技术的国家，大都希望严格程度较低的协调（即两国都采用较松散的管制），而反对农业生物技术的国家，则会希望严格程度较高的协调（两国都采用较严格的管制）。

　　因为两类国家同处在一个统一市场中，所以它们不能独自制定管制规则。如果各自追求它们最偏好的政策，那么这个共同的农业市场就会瓦解。如果这种情况发生，我们可以预料将会造成很大的经济损失——鉴于欧盟与美国之间的农业和食品贸易量之大，这种假设的可能性很大。

在图中的第二象限，支持农业生物技术的国家得到的利益指数是 2，而不是 4。这类国家可以在自己的市场中生产和出售转基因食品，而不能把这类产品出口到另一类国家，因为它们不允许这样的产品进入它们的市场。这样农产品从别国出口到这些反对农业生物技术的国家将会受阻。但是，它们可以坚持自己所偏好的政策，并继续向别国出口它们的非转基因产品。因此它们的利益指数将是 3。第 III 种情况对双方都极不具备吸引力，因为双方都没有按自己最偏好的政策制定规则，贸易也因此受阻。

这样一来，我们来考虑一下象限 I 和 IV 的结果。这里我们可以假设，反对农业生物技术国家的一般选民和消费者都强烈赞成严格的管制。如果支持农业生物技术的国家坚持宽松的管制，则反对农业生物技术的国家由于选民（即消费者）的压力，会采取严厉的管制规则，因而共同市场就会面临瓦解的危险（结果 II），但是即便如此，也不愿意接受由高标准到低标准的协调（结果 IV）。反对农业生物技术的国家，一旦选择严格的管制规则并且明确对另一个国家表明它不会放弃自己的立场，则那个支持农业生物技术的国家就会有很强的向上调整其规则的动机，因为它从结果 I 中比结果 II 中获利更多。[①] 其虽不能从结果 I 中获取最大利益，但它也愿意协调，而不愿达不成共识。下面一节表明，图 5-1 中说明的动力学原理在欧盟是清晰可见的，而在美国则不尽然。

106

比较欧盟和美国的管制政策

支撑利益集团解释（参见第四章）的证据，没有对欧盟各国和美国各州加以区分。这种简化的处理虽使解释更容易进行，但它丢失了各权限单元在利益和政策上有所变化的内涵。迅速回顾一下这一变化就能说明这一点。表 5-1 展示了 1996—1999 年（迄今为止可获得的数据）欧盟各国对农业生物技术的公众支持强弱变化的程度，如奥地利、卢森堡和希腊的消费者，对这一技术持很强的批评态度；而西班牙、葡萄牙、荷

---

① 我假设出口获利高于遵守严格管制规则的代价。

107 兰和芬兰的消费者，则抱有更积极的态度。此处未列举的其他数据显示，当希腊、卢森堡、比利时、法国和英国的公众对此技术的负面观念与日俱增时，荷兰和芬兰的公众却对此技术一直保持着正面的接受度。

表 5-1　1996—1999 年，2002 年欧盟各国消费者对农业生物技术的接受程度

	转基因作物	转基因食品
奥地利	−2（−1）	−2（−1）
比利时	+1	−1
丹麦	−1	−2（−1）
芬兰	+1	+1
法国	−1	−1（−2）
德国	+1	−1
希腊	−1	−2
爱尔兰	−1（+1）	−1（+1）
意大利	+1（−1）	−1
卢森堡	−2（−1）	−2
荷兰	+1	−1
葡萄牙	+2（+1）	−1（+1）
西班牙	+2	+1
瑞典	−1	−2（−1）
英国	−1（+1）	−1

注：各国的态度排列由（−2）最否定到（+2）最肯定。2002 年的数值如果同 1996—1999年的不同，则列在小括号里。参见 Gaskell 等（2003）

资料来源：自然生物技术，18 Sept. 2000：938；Gaskell 和 Bauer（2001：58）

表 5-2　1996—1999 年，欧盟各国的公众、媒体和政策意见

	促进提倡	←·······→	限制
公众意见	芬兰	德国	奥地利
	荷兰	英国	希腊
	意大利		瑞典
	葡萄牙		丹麦
	（美国、加拿大）		法国
			（瑞士）
媒体报道	德国、意大利	芬兰	奥地利
	（美国、加拿大）	荷兰	瑞典、英国
		法国	丹麦、希腊
			葡萄牙（瑞士）
政策关注	德国	葡萄牙	奥地利
	芬兰		法国
	荷兰		瑞典、英国
	（美国、加拿大、瑞士）		希腊
			丹麦、意大利

资料来源：Gaskell 和 Bauer（2001：121）

为提供一个农业生物技术身处其中的更广阔"公众氛围"（public sphere）画面，贾斯凯尔和伯纳尔（Gaskell and Bauer，2001）对公众意见、媒体覆盖和政策倾向进行了对比。表5-2 显示了欧盟各国间实质性差异状况。

1996—1999 年，芬兰、荷兰和德国在三个"公众氛围"因素方面，都比奥地利、丹麦、法国、希腊、瑞士和英国更倾向于农业生物技术。没有列举这三个因素的国家包括葡萄牙、意大利和瑞典。1996—1999年，依据对媒体报道的分析来测量其争议程度，在英国、德国、意大利和奥地利，争议度有所降低；而在希腊、法国、葡萄牙、丹麦和芬兰等国，争议度则有所增加。

这些发现，很大程度上同 1998 年欧盟暂缓审批新转基因作物时，各国所采取的政策立场一致（英国除外，它反对延缓）。丹麦、法国、希腊、意大利和卢森堡强烈支持暂缓审批。而比利时、瑞典、奥地利、葡萄牙、荷兰、芬兰和德国，则采取了某种更温和的立场。英国和荷兰还明确反对正式的暂缓令。[①]

遗憾的是，现有关于农业生物技术的消费者接受度调查数据，不足以让我们对美国各州的差异进行系统地评估。现有的资料也难以对美国各州间政策和媒体报道的差异进行比较。因此，我们不敢肯定美国各州间的差异是否同欧盟各国间的差异相当。但是，这个资料地缺失绝非巧合。它反映了社会科学家当中的一种假设，就是有关性别和教育水平等之间的差异，比美国各州之间的差异更重要。[②] 这也反映了一个现实，那就是农业生物技术管制规则的制定权牢牢掌握在联邦政府手里，并且很少与各州进行互动（下面有阐述）。美国各州的立法机构、政府和消费者在农业生物技术政策立场上的差异，对联邦政府层面上这个领域里的政策制定不具重要意义。而在欧盟，这些差异则很关键，因此社会科学家们才会争相搜集相关数据。

原则上，欧盟各国间的差异（虽然在某种实证的意义上无法观察到，

108

---

① 参见 Bauer 和 Gaskell（2002）。

② 2002 年 2 月 Pew 基金会的一项调查，其中包括了单独的有关加利福尼亚的情况，似乎证明了这个说法。参见 http：//pewagribiotech.org。

但也包括了美国各州间的差异），会导致各具自己管辖权的次单元之间趋向较宽松标准的竞争。这样一来，采用最宽松管制规则的次单元，就会把大家都拉向最低标准。但是，我们也看到在有些情况下，由于次单元国实行较严格的管制规则，又会把大家的标准都拉高。下面的分析说明了欧盟的后一种倾向。相比之下，美国农业生物技术的政策制定体制，使得系统对此压力基本上没有反应。

欧盟内部的棘齿效应

在图 5-1 中阐明的动力学原理，很贴切地对应了欧盟所发生的实际情况。一方面，欧盟各国遵循着超国家的原则，承诺农产品的自由流通。另一方面，它们在一些相关的政策领域，如环境和公众健康的规则制定，又保持着相当的自主性。特别地，单个的欧盟成员国还一直在许多领域都捍卫着一项权利，即建立比全欧盟妥协标准更严格的管制规则的权利，或免于遵守相互承认原则的权利。可以预见，这种自主性对是否遵从产品管制而引发的冲突，比生产过程管制带来的冲突更大。欧盟法院（ECJ）常常支持偏离欧盟标准的某一国家的规则。[①] 该法院的裁决往往使人想起了 WTO 类似案例的裁定（参见第六章）。只要更严格的国家管制规则对欧盟不同国家进口的产品没有歧视，没有保护国内产品，排斥国外产品，只要能从科学的角度说明其合理性（至少从预防性原则上讲），欧盟法院就会支持这些国家的规则，尽管它们有限制贸易的作用。[②]

在欧盟有关农业生物技术议题的政策决策中，已经能够感受到对成员国自主性的限制。欧盟农业生物技术管制规则的权威当局分为三家机构：理事会（一个各国代表可以互动交流的关键性欧盟机构）、欧盟委员会和欧洲议会（后两者是超国家的欧盟机构）。理事会专门负责提出新规则议案。而要使所提议案生效，就必须获得欧盟委员会和议会对多数表决通过。在欧盟委员会中，投票按国家大小有权重之分（如德国占 10 票，卢森堡占 2 票）。在 2002 年后期（欧盟成员国预定 2004 年春天由 15

---

① 参见，如 Kelemen（2000，2001）。
② 参见 McCormick（2001）以及 Bernauer 和 Ruloff（1999）。

个扩大到 25 个国家之前)，提案通过的多数票要求 62 票，26 票就可以达到少数否决的票数 (总票数是 87 票)。在议会里是通过到会并参加投票的议会成员的多数票来决定的 (总票数 626 票)。①

如果我们把各国政策和以上描述过的决策规则综合起来考虑的话，就不难发现，不管是主张严格的农业生物技术标准还是宽松的标准，不存在什么多数派。德国、意大利和荷兰 (更倾向有利于促进贸易的宽松管制) 占有 28 个席位。法国、希腊、奥地利和丹麦 (主张限制农业生物技术的国家) 占 26 个席位。如果我们把主张限制农业生物技术的英国加上，那么后者就有希望占到 36 个席位。换句话说，两个集团都占有足够的席位来阻碍政策的变化。即使欧盟国家不能施加比协调后的农业生物技术管制规则更严厉的规则，想要使现存的标准变得更宽松，所需要的 62 个席位也是很难获得的。另外，反对农业生物技术的国家要纠集足够多的从严席位也非易事。由于农业生物技术问题的争议性很强，欧盟国家也需实行多数人意见的规则，以避免执行过程中出现的问题，因为在执行决议的时候，曾被驳回的国家会踟蹰不前。在这种情况下，出现僵局的可能性更高。

各国的相对自主权加上国内压力，欧盟委员会的偏好以及联合决策程序 (欧洲理事会和议会的过半数要求)，就可以解释为什么会有棘齿效应 (层层加码使管制规则变得更紧)，而不是僵持。当欧盟的决策机构处在僵持局面时，欧盟中偏向更严厉管制的单个成员国就会引进本国的政策，或以此相要挟，因而增加了规则制定的歧义成分。在欧盟的管制规则悬而未决的情况下，零售商和食品加工商为降低市场的不确定性而为自己建立的规则 (如标签标准)，也加大了这种歧义性。在食品领域中，欧盟是一个高度一体化的市场，这种产品管制规则方面的歧义化可以很快很直接地感觉到。

管制严厉的欧盟国家在国内公众意见、媒体关注和反农业生物技术

110

---

① 为了直接切入我的论点，我在某种程度上简化描述了欧盟采用新管制规则的"共同决定"程序。另外需要注意的是，在管制的实施中，欧盟委员会和各成员国 (不包括欧盟议会) 之间的权威性呈现出复杂的划分。例如，正如第三章所述，审批转基因产品的管制规则赋予了欧盟委员会以实际的权威，然而在实践中，成员国在这个领域却经常推翻该委员会的决定。

利益团体的驱动和游说下，拒绝采用更松散的管制规则。即使当一个或几个欧盟国家单方面施加了更严厉的管制，违反了欧盟统一规则，欧盟委员会、支持农业生物技术的政府以及农业生物技术公司都不会把这些国家起诉到欧盟法院（ECJ）。[①] 即使把它们送上法院，该院也远不会宣布这些有争议性的管制规则无效。另外，被发现有违规的国家，也会想尽办法拒绝服从法庭的裁决。[②]

欧盟委员会通常会向来自反对农业生物技术国家的压力做出让步。总的来说，它更愿意采取更宽容的农业生物技术政策。但当欧盟内部市场面临干扰时，欧盟委员会就同意更严格及协调后的标准，以避免（平均水平上的）更宽松但有歧义的规则。许多食品加工商和零售商，尤其是那些在多个欧盟国家里的经营者，也有同样的偏好。一些分析家也声称欧盟委员会支持了更高的标准，因为协调妥协后的标准把权威转到了超国家的层面上，尤其是欧盟委员会的层面。最后，议会大多数出席并投票的成员，也必须支持由欧盟委员会提出的放松或加严农业生物技术管制规则的提议，因此，它一般支持了更严格的消费者标准。[③]

欧盟委员会和欧洲议会立场的形成，也体现了另外一些考虑。欧盟协议要求超国家的决策者们遵循最高的消费者标准、环境保护，以及预防性原则。鉴于公众对欧洲融合所持的广泛怀疑态度，以及对规则制定当局的较低信任度，使得欧盟决策者们不会产生半点动机去降低防护标

---

① 不是基于系统的风险评估，而是基于《指针 90/220》的安全提示条款，法国和奥地利单方面的转基因谷物禁令，就此明显可能成为法律行动的目标。在另一些例子中，意大利禁止被欧盟允许的转基因谷物进口，理由是这些食物不够充分安全。欧盟科学委员会声称，意大利提供的证据不足以判定禁止进口。但是该委员会和其他欧盟成员国并未要求将此案另行（如通过欧盟法院）裁决。

② 欧盟委员会和法院（ECJ）的强制裁决能力十分有限，对欧盟成员国进行过强制执行的只有过极少案例。

③ 对议会中的投票行为进行预测要比理事会更加困难。实际上，如果我们假定所有的议员（626）都在场而且都投票，并且所有议员完全站在其政府的立场上投票（这个假定相当冒险），我们就可以进行一个类似于对理事会一样的计算。德国、意大利、芬兰和荷兰共有 233 票投给更宽松的政策；而法国、希腊、奥地利、瑞典和丹麦（农业生物技术管制最严厉的国家）共掌握 171 票。如果算上英国，则支持严格农业生物技术管制的票数就会增加到 258 票，占了总体 314 票中的多数。如果这种计算基本接近于现实状况的话，则说明任何一方都难以占到上风。

准，即使该标准在科学上被证明没有任何风险，但只要看上去就会令人感觉到有风险也不行。

这些欧盟农业生物技术决策的动力导致了"棘齿"倾向。因为各个国家以及食品工业界都采用着自己的规则，欧盟内决策的这种僵持局面，导致了规则制定上的歧义性。而这种歧义性又引发了欧盟层面上最低妥协标准的产生。而单方面施加（或工业界的自我规范）比现存最低标准更严格的管制规则，结果就会促使欧盟各国把其相关的基础标准，提高到接近更严格国家的标准，如此等等。下面的两个例子，可以说明这种棘齿效应。

第一个案例：从 20 世纪 90 年代中期开始，一些欧盟国家在欧盟没有全面立法的情况下，单方面引入了转基因食品的强制性标签制度，而另一些国家则采取了更宽松的管制规则。例如，丹麦就要求所有转基因食品都必须公布成分，而英国却没有对相应的产品进行标签管理。在另一些情况下，尽管欧盟层面已经对若干产品发放了许可，有的国家还是单方面禁止了这些被许可转基因玉米和大豆的市场买卖。例如，奥地利、意大利和卢森堡就援引《指针 90/220》中的安全防护条款，从而禁止了 Bt 玉米输入到自己国家。在另一个例子中，还是欧盟已经许可的 Bt 玉米，法国政府却第一个开始禁止种植。到 1998 年，法国政府才许可种植 Bt 玉米，但由于绿色和平组织和其他非政府组织的反对，又恢复了禁令。不管是欧盟委员会，还是赞成农业生物技术的政府，抑或是私营企业，都没有对这些单方面施加的管制规则正式在法庭上进行挑战。结果是，规则制定上不断增加的歧义性，转化成了全欧盟范围内的规则强化妥协，最终导致了更严格的标准。

第二个案例：希腊在欧盟批准更严格的许可条件和标签制度期间，号召其他国家签署一个声明以冻结新转基因产品的批准，结果像滚雪球一样，导致了全欧盟通过任何新产品许可的全面暂停。情况就这么发生了，大概一半的欧盟成员国，都在没有欧盟决定的情况下单方面实施了这样的暂缓。按法理讲，欧盟委员会是能够不顾一些成员国的反对而通过某一提案的，而实际上，自 1998 年以来，欧盟委员会在此问题上的权威性已被其成员国所颠覆。

111

美国集中化的宽松管制

在美国，某单个州若想采取比联邦农业生物技术政策更严厉的管制规则，肯定会受到严格的限制。首先，决策通通出自联邦层面，而且把持在少数几个机构手中。规则的颁布和实施者是：食品与药物管理局、美国农业部和美国环保署，其中食品与药物管理局占主导地位。[①] 相比之下，欧盟的规则是采用分散和多层面的制定程序。[②] 提案由欧盟委员会提出，且必须由理事会和议会的多数人表决通过。在美国，相应的程序是，由食品与药物管理局、美国农业部、美国环保署或美国总统提出议案，经过一个由各州州长（或该州环境或农业部长）组成机构的多数人通过，另外还须得到国会的通过。换句话说，该决策在美国比在欧盟更集中化。[③]

其次，尽管农业生物技术管制规则都是在联邦层面上制定的，美国各州也会有一些法律的或实际上的权限，来单方面颁布或执行比联邦标准更高的标准。过去，在很多有关环境问题的政策领域，这种情况已经发生过。[④] 实际上，有几个州，如达科他、蒙大拿、俄勒冈、明尼苏达和加利福尼亚州，其立法机构就提出过限制农业生物技术的提案。最突出的提案，其目的就是要禁止某一特定的转基因谷物，引进转基因食品的强制标签制度。但到目前为止，还没有任何对转基因谷物实行实质性限制，或对转基因食品进行强制性标签的提议被采纳。比如，2002 年年底，俄勒冈就以 70% 的优势投票，否决了一项转基因食品强制标签的动议[⑤]。佛蒙特州的三项有关标签和暂缓审批的提案也无疾而终。最近的一次调查显示，2001—2002 年，美国共有 39 个州提交了 158 项有关农业

_112_

---

① 20 世纪 80 年代早期和中期，管制政策多少有点变得支离破碎，但是白宫制止了这种趋势，参见第三章。

② 综合欧洲政治科学文献，通常定义欧盟的政治体系为一种"多层级治理"（multi-level governance，参见 Hix, 1999）。

③ 在环境和消费者政策的其他许多领域，美国的决策也比欧盟集中化（如 Rose-Ackerman, 1994）。

④ 参见 Oates（1997）。

⑤ 参见 www. agbioworld. org.

生物技术的议案，有 45 项被采纳。其中 2/3 的法案，是针对转基因抗议者的蓄意破坏，而提出的处罚措施，其他法案是有关责任事务。没有一项实施强制性标签，或限制转基因谷物的种植和买卖的法案得到通过。[①]

诸如此类的法案，如果将来某个时候基于某种考虑而被采纳的话，那么它一定会在法律上受到挑战。对此议题，在法律观念上还存在着分歧。有的律师坚持认为，若各州单方面施加限制的话，就会与美国宪法中的州际通商条款相悖。这项条款赋予国会管制州际商业活动的权力，也禁止各州以保障本州经济利益为名，建立自己的管制规则，从而增加州外生产商的负担。另一些律师认为，如果对农业生物技术的限制措施巧加设计，就不会违反宪法中的相关条款。

在其他有关环境和消费者保护的判例中，法庭的裁决也能提供一些参考，尽管很有限。任何有歧视性或有辖区外影响力的州内法规，通常都会被判无效。还有，州际商贸的负担，不得大于本地的获益，而且不允许通过任何其他贸易限制性手段，来提升合法的本地利益。

原则上讲，如果某个州实施的农业生物技术限制，对州内和州外的生产者（如种子供应商）带来了相似的负担，而且没有以其他不正当的方式照顾州内的利益，那么，这些限制将会受到法庭的保护。如果州内法规中那些带有歧视性的条款，被证明本地的获利对其经济发展、公众健康和生态保护等都有重要意义，而且无其他办法能够达到此目的，则也可以得到法庭的支持。合法的本地利益，可能包括保护当地农民不受交叉授粉的危害，或其他形式的转基因有机体污染。还包括相关的责任问题，保护环境不受基因漂移的影响，保护农民和本州的粮食处理工业不受出口损失的危害。尤其在新的转基因作物会永久性改变环境，或减弱农民竞争力的时候，对它们的限制就会得以合法化。对农业生物技术的限制措施，如果不跨越州境发生作用（越界效应），它们也可能会顶住法庭上的挑战而得以存活。这种情况说明，州法规只能局限于限制本州内的转基因作物种植，及其种子和作物的买卖。其他种类的手段，诸如禁止转基因食品的销售、强制性标签要求等，都很难站得住脚，因为它

113

---

① 参见 www.pewagbiotech.org。

们直接影响了其他州的农民和转基因产品供应商。例如，1996 年，佛蒙特州的 BST（一种刺激母牛产奶量的激素）标签强制令就被法庭搁浅。[①]

美国各州在农业生物技术管制规则上的自主性，其法律限度还没有得到实质性的检验。但从以上讨论看，似乎在此领域比欧盟各成员国的自主性低一些。美国只有极少数几个州，曾尝试过对农业生物技术进行限制，就体现了这一点。[②] 可能的原因是：公众（"自下而上"）支持限制的压力不大、相对团结一致的生产者利益集团和大工业呼吁抵制这样的管制（参见第四章）。

在俄勒冈州的强制性标签投票案例，和其他一些在州的层面上实施对农业生物技术限制的企图，隐约说明前面提到的因素都起着重要作用。例如在俄勒冈州，强制性标签的否决案被许多分析家归因于三点：生物技术工业领域的强烈呼吁、公众对转基因食品进行限制的意愿相当低、对各州单方面在此领域进行立法的政治和法律可行性质疑。

是美国管制规则的联邦制特征，还是其他什么因素，使美国的农业生物技术管制系统锁定在当前这种宽松状态，在目前阶段还无法做出判定。出于同样的原因，我们也无法知晓美国管制规则的联邦制，到底能在多大程度上，使美国当前的农业生物技术管制规则，抵制住不断增强的、来自一些重要州的自下而上的压力。另一些学者，对美国若干州层次上尝试实施限制转基因食品的失败原因，进行了系统的分析。希望这些系统的研究，能在不远的将来对填补此方面的空白作出贡献。

但是，让我们假设一下，若在美国的一些州里，公众要求对农业生物技术进行限制的压力增强，这些州也真的实施了一些限制，而且这些限制措施也得到了法庭的支持。当然目前这种情形还不大可能出现，但即使在这种情况下，"棘齿"效应也远比在欧盟出现得更慢。正如上面提到的，美国的农业生物技术管制权集中在联邦层面上，各州政府没有什么正规渠道来通过多数票决策机制，使联邦规则变得更严格。最可能的

---

① 参见 Moeller（2001）；Rose-Ackerman（1994）。

② 如上文所提及，欧盟各成员国在生物农业技术管制方面的权威限度，还没有经过欧盟法院的考验。这种情形反映了成员国在规则的权威上比欧盟整体更加强势，如果其规则被否决，也不会让步。

情形是，一些大州最先引入了一些限制，这些限制对其他州的农产品出口者产生了负面的影响。如果他们在法庭上难以战胜这些较严格的限制的话，这些州的农民，或许随后就是他们的政府，为了他们的出口市场而产生迎合更高标准的动机。最后，这种"棘齿"效应就会在全美蔓延，从而最终促使联邦机构收紧其农业生物技术管制规则。最好的例子，就是美国的汽车排放标准案例。[①] 但我们离这种情形还很远。

结论

第四章和第五章的分析已经表明，利益集团动力机制和规则联邦制特征的结合，增强了欧盟对农业生物技术的限制性管制规则。而这些力量在美国则要弱得多，因此导致了其管制规则的宽松化。那么，欧盟和美国之间的这种规则两极分化现象会持续下去吗？证据所显示的答案是肯定的。

各种因素的综合，如公众对转基因食品的低接受度、对规则制定者的低信任度、来自非政府组织的压力、农民们不断增长的对于转基因作物的抵制、加工者和零售商从有标签转基因食品市场撤离的强烈愿望，以及欧盟的政策制定体制惯性，都使在欧盟逆转不利于农业生物技术的趋势成为不可能。反过来说，强制性标签虽然能解决消费者关心的信息不对称问题，但解决不了消费者所关注的整个社会的风险规避问题，也解决不了道德和伦理问题。另外，强制标签也不能解决农业生产能力过剩，以及欧洲农民在全球范围内的竞争能力不足问题。因此，强制标签只是欧洲走向对转基因作物和食品采取更严格限制道路上的一个阶段性步骤而已。

在欧盟内部，农业生物技术反对派利益集团的主导地位，得到了欧洲管制规则联邦制特点的支撑。欧盟的决策结构，甚至允许农业生物技术的少数反对派也能阻挠放宽现有限制的种种企图。还有诸多因素的结合，如非集中化和多层次的决策体制、欧盟各国在规则制定上的实质性

_115_

---

① 参见 Vogel（1995）。

自主权、保护欧盟内部市场的意识等，都保证了农业生物技术管制规则通过多数决策的方式向上"棘齿"。

如果说欧盟不会向美国集中化的宽松农业生物技术管制模式靠拢，那么美国会不会向欧盟的模式靠拢？证据显示不会。自20世纪90年代末开始，公众对转基因食品的关注逐渐增强，尤其是星联玉米的争议，使得支持农业生物技术的联盟出现了裂痕。几家大生物技术公司撤销了它们的农业生物技术分支部门，致力于医药和农业生物技术的企业，彼此之间也产生了利益上的分歧。有些食品加工商和销售商也转向非转基因产品与自愿标签制度。这一情形的发展，削弱了支持农业生物技术的运动。星联玉米和普罗迪基因公司事件争议，以及技术费用的争端也导致了农民与转基因产品供应者的矛盾。但是这些裂痕还很小，不足以对美国支持农业生产技术的生产者联盟的凝聚力和政治影响力形成严重威胁。鉴于不稳定的转基因作物出口机会，美国农民和转基因产品供应者之间潜在的矛盾，大多淹没在政府对农民的补贴里。这些补贴在2002年得到大规模的扩充，给种植大豆和玉米的大型农场主带来了巨额收益，其中许多农场都种植了转基因品种。补贴的增加，导致转基因作物种植商业风险的降低，如此一来，也增强了采用农业生物技术的动机。另外，正如第四章里所阐述的一样，工业结构的固化（从经济和组织角度上看，最值得注意的是零售部门的低度集中化，种植、谷物处理和食品加工等部门的高度集中化），使得美国的生产者们比欧盟的更难以调整生产，以满足消费者和非政府组织对转基因产品进行隔离与标签的要求。

除了下层利益集团要求对农业生物技术实行更严厉地管制（"自下而上"）的压力之外，美国规则上的联邦制特征，起到了反对更严格农业生物技术政策的作用。上述分析说明，即使一种不太可能的情况出现了，即消费者要求更严厉管制的压力增大，美国各州在农业生物技术规则制定上的低自主权，加上联邦层面的集中化决策机制，都会使美国各州单方面试图施加更严厉限制性政策的"传染"（contagion）效应减速降温。

持续的规则两极化，不仅对世界两个最大的经济体带来了问题，同时也影响到其他国家，而且以多种方式阻碍着农业生物技术的进一步发展。

首先，它限制了其他国家政策上的选择性，尤其是那些经济上依赖欧盟或美国，或两者同时都依赖的国家。对某些国家而言，除了与其占支配地位的邻国保持一致的政策外，似乎没有其他选择。瑞士、挪威和欧洲中东部国家就是向欧盟看齐的，加拿大则紧随美国。而另一些国家，因为对欧盟或美国的经济依赖不是那么强，可以有点自己的回旋余地，但这种依赖程度又有点大，使其无法完全自主决策。许多国家，如中国、巴西、印度、墨西哥和俄罗斯等，因而采用了严格程度介于欧盟和美国模式之间的管制规则。农业生物技术政策对这些国家来说，还是新生事物，而且波动性很大。

目前欧盟和美国正在激烈竞争，都试图对这些国家的管制政策施加自己的影响，极尽诱惑、强迫和哄骗之能事。但最终这些国家将会趋向那一边，目前还难以确定。但无论如何，管制规则的两极分化，使得这些国家很难做出抉择，它们要考虑各自国家的经济、生态或人道主义等多方面的需求，以此确定是否要促进或是限制农业生物技术。

2002 年，当美国对撒哈拉以南非洲地区进行粮食援助而引发争议时，这个问题就显得尤为突出和棘手。援助的粮食中有转基因谷物，因而遭到了一些受助国，尤其是赞比亚的拒绝。美国政府和其他一些赞成农业生物技术的机构，立即指责欧盟和一些非洲国家是勒德分子[①]，是不道德的，因为这种反技术的论调将使发展中国家人民饱受饥荒。它们甚至要求对欧盟进行贸易制裁，声称欧盟基于莫须有的风险理由，强迫非洲国家拒绝美国所援助的食品。农业生物技术的批评者，则从自己的立场出发，指责美国企图为了打开这一技术的新市场，而强行给非洲国家提供转基因食品。

其次，管制规则的两极分化，降低了生物技术的投资回报，进而阻碍了各国对农业生物技术的研究与开发。不仅是欧洲国家和有类似限制的国家，甚至诸如美国、加拿大和阿根廷这样倡导促进农业生物技术的国家，其研发也都受到了阻碍。由于出口市场的高度不确定性，以及对

117

---

① 勒德分子（Luddite）：英国工业革命期间出现的一种人为破坏工厂、反对技术变革的人。今天，勒德分子仍然指那些认为技术进步对社会产生的危害要大于益处的人。——译者注

欧盟反农业生物技术情绪向美国溢出的惧怕，尤其对美国的转基因产品供应商、农民、食品加工商和零售商而言，管制规则的两极化，显然增加了其商业风险。最主要的农业生物技术企业在这一领域的投入已经很大了，但对是否追加投资则犹豫不决。从新转基因品种的商业化和世界范围内农民对转基因作物的采用方面，也可以看到两极分化的负面影响。

再次，管制规则的两极分化，阻碍公众和非政府组织对发展中国家农业生物技术研究和开发的支持，而这些技术可能对缓解粮食短缺问题会有所助益。为了提升其自身的形象和对这项技术的政治支持，一些转基因产品供应商对一些发展中国家免费提供了附有专利的转基因谷物。但是这样的礼物是特定的、有选择性的。产品供应者的商业动机更倾向于 OECD 国家市场，因为那里的购买力要高得多。私营部门和大学研究开发机构之间的紧密结合（常被狭隘的经济利益所驱动），尤其是在美国，在欧盟也一样，也使这种倾向得到了加强。政府及非政府组织的支持也不大可能填补这一缺口。在欧洲和其他地方，政府、非政府组织以及大学，都很不愿意资助发展中国家的农业生物技术研发，主要因为可预期的政治副作用。而许多发展中国家，出于其自身立场的考虑，也拒绝接受这一领域的帮助，因为害怕市场上出现越来越多的对农业生物技术的排斥，从而使其农产品出口遭受到损失。

最后，管制规则上的两极分化，引发了全球贸易系统中的冲突。这一冲突加剧了前面提到的三个问题。这个论题将在下一章中探讨。

第六章

国际贸易冲突

农业生物技术管制规则的两极分化问题，已在第三章到第五章中描述和解释过，正是它造成了世界贸易体系的紧张。本章将探索这种紧张状态是否会、将怎样发展成全面的贸易冲突，以及主要贸易冲突会引起什么样的后果。

在开放的世界经济体系中，某些国家或地区（如欧盟）农业生物技术管制规则的经济和政治意义，不仅仅牵涉采用这些规则的国家，国家间农业生物技术规则的差异对国际贸易流通也有着巨大的影响。如果一个国家不允许转基因食品的销售，那么另一个国家生产的转基因食品就无法出口到这个国家。或者，出口目的地国家要求转基因食品的强制标签，其他国家销往该国的转基因食品就会下降；标签会增加转基因技术使用者的成本和产品价格；消费者会因为健康、环境或道德原因，抵制这类标明为转基因的食品。

基于管制规则差异影响的国际贸易，其成本和收益在各国之间的变化是十分巨大的。这样的变化引起了地区和全球贸易系统中，国与国之间、国家内部各地区之间的普遍冲突。这种性质的冲突，其分布可以从小的争议一直到大规模的贸易战。

在本章中，我会集中解释农业生物技术管制规则两极分化所导致的贸易摩擦升级的可能性。这种紧张状态最初于1997年出现，当时，美国的出口商和生物技术企业抱怨欧盟对准入程序的拖沓与不透明，以及经欧盟同意的各欧盟成员国对转基因产品的禁令。当欧盟 1998—1999 年引入强制标签和暂缓批准新转基因作物的管制规则时，紧张状态加剧了。2003 年 5 月中旬，当这本书出版时，美国在 WTO 争端解决程序下提出正式的协商要求，紧张状态的升级比以往更显得可能了。

119　　首先，我将探讨规则两极分化的利益分配内涵，重点阐述出口收入及其对经济福利更广泛的影响。其次，我将考察当前政策工具的有效性，这些政策工具旨在解决在规则两极分化中经济上的胜利者和失败者之间，尤其是欧盟和美国之间的利益分配冲突问题。这些政策途径包括自发的手段，如标准的相互承认、补偿、农业生物技术管制规则的多方协调，以及单方面"高标贸易"（trading up，出口国迎合进口国更严格的管制规则）。这些政策途径也包括强迫性手段，特别是第三方的仲裁和惩罚性经济措施。

我的结论是，目前试图减轻或消除跨大西洋贸易紧张状态的政策收效甚微。世界的第一和第二大经济体，也是世界上最大的双边贸易关系在此领域内的冲突状态会持续下去。本书的最后一章，会勾勒出可能帮助避免大规模贸易战，以及给农业生物技术在中长期证明自己价值的一个公平机会的政策选项。

处在冲突过程中

不少世界经济的观察家预言过，跨大西洋关于农业生物技术的贸易冲突，其激烈程度会使其他国际贸易系统中一些争端显得无足轻重，如出口补贴问题、反倾销政策、牛肉或香蕉生产中的荷尔蒙使用等。[①] 一些美国高官暗示，这些争端升级的可能性极大，种种这样的言论也激发了类似的预测。

1999 年，斯图尔特·艾森施塔特（Stuart Eizenstat），时任美国副国务卿，他在国会的辩论中说，农业生物技术是我们面临的"唯一最重

---

① 参见，如 Bailey（2002），Philipps（2001）和 Paarlberg（2000a，b）；《国际贸易报道》，1999 年 6 月 30；Patterson（2000）。从对比性预测，参见 Pollack 和 Shaffer（2000）。

大的威胁我们同欧盟进行系统贸易的问题"。他还声称："今后五年里我们几乎百分之百地出口农产品，不是经过基因处理，就是和大量经过基因处理的商品结合在一起。"①

布什在 2001 年开始执政，在此期间，一些政府官员也发表过很相似的言论。2003 年 1 月，美国的贸易代表罗伯特·佐利克（Robert Zoellick）说："欧洲的反科学政策正在蔓延到世界的其他角落…… 因为有些人编造了关于生物技术的危险，生活在非洲的人们不能得到粮食供应，我觉得这是很不道德的。这使得我的工作很难做。"②

2003 年 1 月 27 日，《奥斯丁美国政治家报》则用了更具进攻性的言词："美国正处在一场没人注意到的战争中，这场战争中，前欧洲的盟友们正阻挡着它的进程。这是一场对抗饥饿的战争，却遭到反对美国开发转基因食品的欧盟国家的阻挠…… 欧盟成员国警告其他国家——其中一些国家有不少饥民——不要接受来自美国的转基因食品，否则就会失去外国援助以及它们商品的国外市场。这是无耻的敲诈行径，强迫贫困国家的政府，在维持和欧洲的友好关系与让它们的人们挨饿之间进行艰难的选择。"同样，有美国背景的"全球事务中心"（Center for Global Issues），也指控欧盟以及农业生物技术的批评者们在搞"技术隔离"（technological apartheid）。③

2003 年 5 月中旬，美国政府决定发动 WTO 争端解决程序。作为第一步，美国政府正式提出了协商。这一要求得到了加拿大和阿根廷（其他两个转基因谷物出口国）的支持。当本书出版时，这些咨询程序刚刚开始。虽然美国的抱怨主要集中在欧盟对新产品许可的暂缓批准上，但美国并没有细致地提交这个案子的材料。

关贸总协定（GATT）在 1994 年变成国际贸易组织（WTO），同时也进行了争端解决程序的改革。目前 WTO 规则规定，禁止在贸易争端中强加单方面的贸易制裁。这样的制裁只有在 WTO 做出"有罪判决"

120

---

① 1999 年 106 届国会，在参议院财政委员会会议之前，斯图尔特·艾森施塔特将被任命为财政部部长。

② 参见《纽约时报》，2003 年 1 月 10 日；Gao（2001）。

③ 参见 www.agbioworld.org。

(guilty verdict) 时，被告国拒绝执行，WTO 明确同意原告国提出的惩罚性经济措施，才可以实施这样的制裁。如果美国决定加剧农业生物技术目前的紧张状态，它必将通过 WTO 的争端解决系统加以运作。在WTO 框架以外对欧盟施加制裁，将破坏 WTO 的制度基础，进而对国际贸易系统造成巨大损害，美国是不大可能做出这样的选择的。

然而，即使美国在符合WTO 规则的情况下提升了农业生物技术问题上的紧张状态，这种提升也给WTO 强加了一个负担，一个不可能完成的任务。它会破坏全球贸易自由化的努力，尤其是在农业产品领域里。它也许会牵涉到惩罚性的经济措施和应对措施的提升，使得欧盟、美国和其他国家的农民、转基因产品的供应者、食品加工商、零售商、消费者和纳税人成百亿美元的损失。它也会加剧烈目前已有的对农业生物技术的挑战（参见第二章）。

121 目前关于农业生物技术跨大西洋的贸易摩擦，真的会升级为一场大规模贸易战吗？政治学和经济学方面的研究到目前为止，还没能提供强有力的实证解释，说明什么时候、为什么以及哪些种类的贸易冲突会升级。[①] 这类解释和预测的确很困难，因为升级过程通常是由许多变量决定的，其中不少变量不易测量并整合到解释性模式中。通过搜集大量的统计分析结果和个案研究，本人提出关于农业生物技术分歧的贸易摩擦状态，其升级可能性主要依赖以下因素：

（1）源自农业生物技术，并针对这一技术进行管制的经济成本和收益的国际性分配。

（2）解决管制规则多样性问题的非强迫性政策措施的有效性。这包括相关国家的自愿磋商并接受——特别是，国家间农业生物技术管制规则的相互承认，农业生物技术管制严格的国家付给管制宽松国家的出口收入补偿，和农业生物技术管制的多边协调；它们也包括一些单边的措施，如出口国在出口活动中按照进口国的更严厉管制规则进行调整（高标贸易）。

---

① 参见 Park 和 Umbricht（2001），Hauser（2000），Milner（2002），Bush 和 Reinhardt（2000）以及 Young（2001）。

（3）强迫性政策措施的预期有效性，像在 WTO 争端解决系统中（可能出现的）原告打赢官司的机会有多大，被告方在 WTO 评审会作出裁决之前或被判"有罪"后，被告是否会放弃原主张。[①]

换句话说，如果因为欧盟严厉的农业生物技术管制而导致美国巨大的经济损失，解决这一问题的非强迫性政策措施不奏效，而且通过 WTO 来赢得这场官司的可能性又很大，美国就更有可能向欧盟就此事发动一场贸易大战。本章将一一考察这三种影响。

第一，我将探讨欧盟的管制在多大程度上给美国的农产品出口商带来更高的成本。然后预测一下在不同政策情形下，农业生物技术在国际层面上的经济利益和成本，因而从更广泛的意义上确定谁是赢家，谁是输家。

贸易数据分析显示，美国目前每年大约要损失几亿美元。分析还显示，如果欧盟的规则限制进一步发展，其他国家采用欧盟的标准，而且美国又批准比欧盟更多的新转基因作物，那么这个损失可能会达到一年几十亿美元。

不同管制规则情形下，农业生物技术更广泛福利影响的定量分析结果，大致同我们前边提到的基于贸易数据的发现是一致的。它显示美国农业出口商在欧盟的限制中遭受到了损失。但是，欧盟规则限制带来的总体利益损失的一部分也落到了欧盟自己身上。贸易数据和福利影响的分析，也显示出欧盟农民到目前为止，没有从欧盟农业生物技术限制性规则中得到好处。已有的证据因而也不能支持美国的立场，美国认为欧盟在这一领域的管制，构成了以消费者的名义和环境保护为幌子的农业保护主义。

保护主义和贸易冲突的历史显示，政府一般为其各自国家的总体利益而采取行动，但是会全力服务于一些影响很大的利益集团、公司或产业。这里讨论的结果凸显了这样一点，考虑到美国的整体经济利益，则美国就农业生物技术而升级跨大西洋的贸易摩擦，应该属于不够理智的

---

① 此处定义的 WTO 争端仲裁为强制性的，因为其可做出裁决并施加于被告方（此处针对欧盟案例）。

行为。但是这些结论也显示，如果美国某一特定经济活动体的代价十分集中时，美国政府出面升级争端的可能性也是有的。

第二，我勾勒了处理管制规则两极分化的主要自愿性政策措施的轮廓，及其对经济的影响。为减轻或消除国际贸易中由于不同国家产品标准所带来的负面影响，这些政策工具被广泛使用，但它们对于农业生物技术领域大多没有效果。

对于农业生物技术而言，通常解决标准差异的国际途径是相互承认，但这对欧盟是不可接受的。相互承认，意味着各国对经贸易伙伴权威机构许可的产品开放市场。这种解决办法，将会为在美国（也许还包括其他国家）得到许可，而在欧盟尚未许可的转基因食品打开欧盟市场。从本质上讲，目前欧盟的转基因食品许可规则只适用于欧盟自己的生产商。第四章和第五章的分析已经表明，对此解决办法的反对是很强烈的。另外，对转基因产品的强制性标签要求，有可能使相互承认的欧盟一方差强人意地接受，但对美国而言，则似乎是不可接受的。

出于同样的原因，另外一种解决方法，即由于欧盟过严的限制给美国生产商带来负面影响而做出经济补偿，[①] 实际上也不大可能。这样的补偿，意味着欧洲的纳税人为了欧盟的管制而给美国生产商付出巨额美元，而这些规则在欧盟根本就是合理合法的。

通过谈判和正式协议的方式达成规则妥协，是全球和地区贸易系统常用的另一种政策选择。欧盟大量的使用了这种办法，包括解决内部的农业生物技术问题。这是最有雄心的政策工具，因为它非常直接地通过消除管制两极分化的方式，来消除贸易紧张状态。在跨大西洋的环境中，同妨碍相互承认和补偿的原因一样，协调审批和标签标准的双边努力，迄今都失败了。这就有了两个重要的多边协调尝试：其一是由食品法典委员会（CODEX Alimentarius Commission）组织的，该委员会是一个国际性组织，由联合国粮农组织（FAO）和世界卫生组织（WHO）共同资助；其二是在联合国《生物多样性公约》（*UN Convention on Biodiversity*）框架内

---

① 补偿由涉及的双方或多方国家之间自愿达成协议，协议补偿的方式，包括一方给予另一方资金，或用非本次争议的其他领域减少贸易限制的办法进行补偿。

的《生物安全议定书》(*Biosafety Brotocol*) 下进行的尝试。

对于单边措施而言，贸易摩擦可以通过美国的"高标贸易"① 来降低或消除。这种高标贸易有两种形式。一种形式是美国可以正式收紧它的认证标准和标签制度，这样，根据美国法律生产出来的出口产品，总体上也就符合了欧盟的管制标准（"规则调整"）。这也会为建立一个正式的跨大西洋农业生物技术相互承认系统铺平了道路。另一种形式是单个的美国出口商可以在美国没有更严格管制规则的情况下，自行决定采用与欧盟相符的标准（"市场调节"）。我已经指出过，规则调整的情况曾经出现过，但规模很有限，远不足以充分减轻贸易摩擦状态。分析也表明，市场调节的情况也有发生，但正在走向尽头。

第三，我探讨了强迫性措施，尤其是美国是否能够通过 WTO 的争端解决体系来实现自己的政策目标。分析表明，从法律角度美国能否赢得 WTO 的案子很成问题。即便能赢，欧盟也不会做出什么实质性让步。在 WTO 的裁决面前，欧盟不大会让步，或对美国提交 WTO 通过的惩罚性措施也不会予以默认，如同牛生长激素案例曾经发生过的那样。

到底目前的冲突会不会升级到一场大规模的跨洋贸易大战呢？如果美国的立场得到 WTO 的支持，而欧盟也采取了相应对策，则升级将会表现为从发动 WTO 内的正式争端解决案，到实施针对欧盟的惩罚性经济措施。前文提到的第一种和第二种驱动力证据表明，升级的可能性很大。欧盟管制规则的外部成本，主要集中在很有政治影响力的美国生产商集团身上，而且该成本还在日益增大。减轻跨大洋贸易摩擦状态的自发性措施，除了市场调节略有作用外，到目前为止还没有什么大的效果。

强迫性措施效果的证据有些不确定。针对美国能否在 WTO 赢得农业生物技术的案子，相关的法律观点有所分歧。而且，第四章和第六章的分析也说明，即便在 WTO 的裁决悬而未决的阴影下，或者在其后（不管美国有没有施加惩罚性措施），欧盟都不会做出让步。这一情况应该阻止美国使用超出 WTO 协商程序以外的手段来升级争端。然而，我却认为美

124

---

① 这种情况由 Vogel（1995）提出。

国在 WTO 最终赢得官司的不确定性也不会阻止这样的升级。主要原因就是升级会给美国政府带来短期的利益（如重要选民的政治支持），而由升级带来的成本（如 WTO 体系的动荡、对农业生物技术进一步发展的负面影响等），则是分散的而且很长时间才会浮现出来。在结论中，我将考察有可能影响升级的社会背景条件。

经济上的赢家和输家

在国内和国际层面上，追寻管制规则两极分化所带来的经济后果，是一件很复杂的事情，而且充满了不确定性。政策制定者所引用的估计数字，通常会涉及出口收入损失，该损失是由于出口目的国农业生物技术管制所导致的市场削减和禁止准入造成的。从总体利益的角度来尝试区分规则两极分化的赢家和输家，有赖于全球经济的均衡模式。这些模式根据不同的政策背景，对"全球转基因红利"（global GMO dividend）以及它在各国和各区域的分布情况进行了评估。基于各种不同的欧洲农业生物技术政策背景，它们对探求未来转基因作物的生产、价格、贸易模式和经济福利都非常有用。在本节中，我将评论通过两种路径所进行的同一努力，即更严格管制农业生物技术的国家加诸于该技术采用国的代价评估。

出口收入

125　　　管制差异最明显的经济效应，体现在农产品的进口和出口方面。如果出口国认证了某种转基因作物，但它的贸易伙伴却没有，那么这就给出口国施加了成本，因为没有得到认证的产品是不能出口的。如果贸易伙伴国内的管制规则要求转基因食品贴标签，那就会降低对出口国产品的需求：如果标签为转基因的食品，相对于常规产品，不具有明显的质量或价格优势的话，不愿冒险的消费者就不大可能购买这一产品。如果出口商改为出口非转基因产品，他们也要付出隔离转基因和非基因产品并给产品加上标签的成本。在生产和分配的整个链条中追踪农业生物产品的可溯性要求也会增加成本，而这项要求过几年就会在欧盟实施。正如第二章中所提到的，这些成本很容易降低或压制农业生物技术的生产利益。出口者的生产成本提高，出口就下降，出口收入因而降低。更准确地说，在出口国比进口国的农业生物技术管制更宽松的情况下，出口收入会更低。

美国对欧盟的农产品出口遭受管制差异损害的程度如何呢？下面主要针对玉米和大豆的情况进行评估。这是美国最重要的三种农作物中的两种，也是最受累于欧盟管制规则的两种：2002 年美国大约34％的玉米和75％的大豆都是转基因产品。[①] 如果欧盟采用了和美国一样的农业生物技术管制规则，而且其他影响（如汇率、来自其他国家的供应）因素保持不变，作为一种理想化结果，这一估计应该可以代表美国出口到欧盟的大豆和玉米的价值会是多少。然而，这样的估计是不可能的，作为一种变通，我们可以采用一种更粗糙的分析方法，来看看贸易流通的情况，合理的猜测一下为什么它会随着时间而变化。

图 6-1 显示了美国对欧盟的玉米出口额，从 20 世纪 90 年代中期的4.2 亿美元下降到 2002 年的 3 百万美元。[②] 玉米副产品（欧盟大致消费了 60％美国出口的这些产品）出口的下降虽然没有那么显著，但也很大（从 6.7 亿到 3.7 亿美元）。不种植转基因玉米的阿根廷，取代美国而成为欧盟最主要的玉米供应者。美国在欧盟玉米进口中的份额，从 1995 年的 86％降到 2000 年的不到 10％。图 6-1 显示美国的对欧大豆出口也降低了，从 1996 年高峰时的 26 亿降到 2002 年的 11 亿美元。大豆粉的出口在很低水平上振荡。巴西（不允许生产转基因大豆）和阿根廷（允许生产转基因大豆）成为欧盟的主要供应者。[③]

美国与欧盟之间某种特定商品的贸易流通受很多变量的影响（如

---

① 参见美国农业部，全国农业统计服务，种植面积报告，2001 年；www.isaaa.org；www.whybiotech.com。在评估农业生物技术管制对于贸易影响时出现的一个问题是，在总体贸易流通中转基因产品在其所处的类别中所占比例没有可靠的数据。含有转基因玉米、大豆或其他转基因成分的加工食品贸易流通数据，也无法获得。

② 玉米和大豆的结论基本上保持不变，如果我们从作物出口的数量，而不是它们的价值上来看。

③ 参见 EU（2000a）。

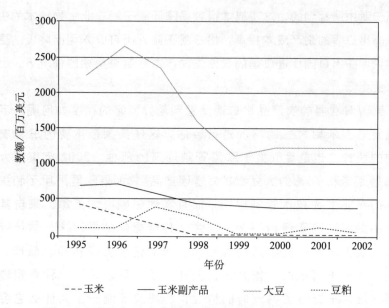

图 6-1　1995—2002 年美国出口到欧盟的玉米、大豆等谷物

资料来源：FATUS（美国对外农业贸易，USDA/ERS，www.usda.gov）数据。2002
年数据为估计值

美元和欧元之间的汇率，来自其他国家农业出口商的竞争）。所以，我
们观察到的美国对欧盟玉米和大豆出口大幅下降，是否是欧盟对农业
生物技术严厉的限制所致，还远不清楚。某些政策制定者单拿美国对
欧盟出口的最高峰和最低谷之间的落差进行对比，并声称这是欧盟贸
易保护主义给美国带来的代价，对这种说法，我们必然要持怀疑的
态度。[①]

　　虽然把欧盟管制规则对美国玉米和大豆出口的影响，同其他影响因
素区别开来，实际上不大可能，但已有的证据表明，美国的玉米出口的
确是受到欧盟严厉准入制度和标签要求的打压。美国管制当局所许可的
若干转基因玉米品种，却没有在欧盟获得许可——如在 2002 年 12 月，
17 个玉米品种在美国得以通过，而在欧盟只批准了 5 种。由于美国谷物
处理系统（grain handling system）是以不隔离的大批量产品方式运作，

127

---

　　① 参见 Cadot 等（2001）。

许多美国生产商因而放弃了对欧洲的出口，而不是为一个相对较小的出口市场去费事地进行商品分类。如前所述，假设欧盟采用了和美国同样的管制规则，并且其他变量不变的情况下，要想确定美国对欧盟出口的准确数字也是很困难的。但是，（从丧失出口机会的角度上看）美国玉米出口商每年的损失代价或许在 2—4 亿美元。

美国对欧盟大豆出口量的下降，更难以归结到欧盟的管制规则上去。美国的大豆生产主要依赖一个品种，即抗草甘膦大豆，而这个品种也得到了欧盟的认可。其他在美国通过而未得到欧盟通过的品种，其种植规模都很小，而且是通过独立的谷物处理系列来处理的。因此，把美国对欧盟大豆出口数量的下降，归罪于产品许可标准的不同，这本身就是没有道理的。消费者带有敌意的反应和由于隔离与标签要求所带来的更高生产成本，在一定程度上促使美国大豆出口下滑，这些情况的可能性更大。同玉米的情形类似，大豆每年大约有几亿美元的出口损失，这个看法似乎也说得过去。但是，这种影响的准确定量几乎不可能，因为来自南美大豆供应者的竞争和美元的坚挺，也促进了欧盟从美国进口大豆的下滑。[①]

这种出口收入损失的估算，还要从更广泛的角度来考虑。我们假定美国 2001 年玉米和大豆出口商的成本是 6 亿美元（以我看来，这是一个很保守的估计），那么这一成本会占到当年美国对欧盟农业总出口额的 10%。[②] 这可不是什么小数目，如果考虑到那些含玉米和大豆成分的加工食品还没有包括在内的话，这就更不是一个小数目了。这类产品的出口几乎肯定会受累于欧盟的限制。[③]

---

① 尽管美国出口到欧盟的大豆下降，但欧盟从巴西和阿根廷进口的大豆（包括玉米）猛增（表6-1）。阿根廷大豆产量的大约 3/4 是转基因产品。巴西不允许转基因大豆生产，但高达 20% 的巴西大豆出口可能受到了非法进口转基因大豆种子的污染。欧盟从巴西进口大豆仍然居高不下（占欧盟大豆的进口约 40%）。这一证据表明，欧盟在减少从美国进口大豆方面，价格比农业生物技术管制规则发挥了更大的作用。参见欧盟（2000）；www. ers. usda. gov/briefing/ Europern Union/trade. htm；www. acga. org；www. appsl. fao. org；www. connectotel. com /gm-food。

② 2001 年，美国对欧盟的农业出口为 64 亿美元，而欧盟对美国的出口为 79 亿美元。美国出口的主要产品是大豆、烟草和动物饲料，欧盟出口的主要是葡萄酒和啤酒。

③ 结论类似但分析更复杂，参见 Cadot 等（2001）。

最让美国出口商担心的是，由于欧洲的农业生物技术管制不断变严，而导致美国对欧洲的玉米和大豆出口全面崩溃局面，尤其像所有转基因食品和饲料的可追踪性要求、转基因动物饲料[1]的强制性标签要求和（转基因成分）低于1%的标签限度要求这样一些规则。2001年，美国对欧盟的大豆和玉米出口占到美国对欧盟农业出口总额的1/4。这些数据不包括含有玉米和大豆成分的加工食品，其数量不明，但可能相当可观。[2]

美国对欧盟的大豆和玉米出口全面崩溃的情形并非无稽之谈。欧洲目前的一些计划，可能会在2003年或2004年实施，其中包括对转基因食品和饲料提出更高的标签与可追踪性要求（美国对欧盟大部分玉米和大豆出口被用于饲料），预计非转基因产品中的转基因成分容忍度会在0.5%—1%。要符合这些要求，美国生产商就得大量投资进行产品的隔离和身份鉴定。如果欧盟把标签的要求扩展到喂养转基因饲料的畜牧产品上（如禽和肉），那对美国出口商就会产生更不利的影响。

最悲观的情况，是美国的生产者会发现放弃对欧盟出口的成本，比迎合欧盟管制规则而重新调整美国谷物处理系统结构的成本还低。还有，出口获得欧盟许可转基因谷物的美国商家，会发现那里的加工商、零售商和消费者都不喜欢购买（加标签的）转基因产品。在这种情况下，由市场驱动的美国产品差异化就会很缓慢，而且，产品差异化只是停留在国际水平上（贸易流通的再调整），而不会在美国出口系统内部出现。[3]

最乐观的状况是美国对欧盟的玉米和大豆出口会进一步萎缩，而不是完全崩溃。在这种情形下，美国出口的生产成本会因欧盟更严格的管制而升高，相对于其他不生产转基因谷物国家的农产品，美国产品的竞争力下降。然而，美国出口商生产成本的上升，目前还不会完全抵消美国生产者具有的竞争优势。在这种更乐观的情况下，欧洲加工商、零售

---

① 例如，用于动物饲料的玉米蛋白，欧盟是美国最重要的出口市场，未要求执行强制性标签。

② 参见 USDA（2001）。

③ 参见 USDA（2001）。

商和消费者，对转基因食品和饲料的需求不会减少到零。

不管是悲观还是更乐观的情形要想最终变为现实，很大程度上取决于标签和（转基因）身份鉴存实际上成本的高低，取决于取代转基因产品的可能性。对标签和（转基因产品）身份鉴存成本的估计差异很大。最近欧盟的一个估价称（转基因产品）身份鉴存占到产品农场出门成本 (farm-gate costs) 的 6%—17%，谷物的品种和其他一系列因素都会造成成本差异。另一个估计就更高。①对目前转基因谷物贸易的农业研究表明，它的生产获利在 0%—10%（见第二章）。如果这些估价是正确的，而且标签和身份鉴存成本大多都落在转基因谷物的生产商身上，那么美国对欧盟的玉米和大豆出口可能会崩溃。

如果转基因谷物的生产能力大幅提高，标签和身份鉴存的成本降低，对美国农民的补贴增加，则这种趋势就能被逆转。②如此一来，跨大西洋的贸易问题就会在市场的范围内得到解决。我在下面市场调节一节和结论中会重提这一点。生产力的提高是可能的但不是确定无疑的。至于标签和身份鉴存的成本，有的分析家认为可能最后比预想的要低很多。诚然，对美国农民和谷物经营者的调查显示，如果市场压力不减，有超过20%的回应者似乎愿意将谷物分类。③ 这些生产商显然是这样设想的，标签和身份鉴存的成本不会剥夺它们拥有的所有竞争优势。但是面对那些选择完全无转基因生产的国家，大部分的美国农民会面临竞争劣势。原因很显然，一个没有转基因谷物国家的谷物处理系统，要比一个需要区分转基因和非转基因谷物系统运作起来容易得多。④ 简而言之，美国玉米和大豆对欧盟出口的前景令人担忧。

美国玉米和大豆对欧盟出口如何发展，还取决于如果美国的生产商

① 参见 EU（2000a）；www. isaaa. org。

② 另一个基于市场的选择是质量更优越的转基因玉米和大豆，但目前市场上还没有这种产品。

③ 参见，如 Reuters, *Business Brief*，January 13，2000。

④ 美国玉米生产重新恢复到非转基因品种的概率相当小。Miranoeki 等（1999）计算过，如果美国整个食品加工业改用非转基因玉米，只能吸收 1998 年美国玉米产量的 8%。如果甜味剂和乙醇（玉米副产品）的生产也改用非转基因玉米的话，该比例可以上升到 20%。非转基因玉米的市场份额上限估计为 37%。但我们不知道大豆的相应情形如何。

不愿意迎合欧盟的农业生物技术管制，欧盟是否能以大致相同的成本（用其他方式）取代来自美国的进口。取代美国的进口越难，欧盟就越会在进口美国转基因产品问题上做出让步。

对于玉米而言，欧盟可以百分之百的自给自足，这样，除非美国的转基因玉米生产赢利大幅提高，标签和身份鉴存成本远比预期的低，而且欧盟消费者对该产品的接受程度提高，否则美国的出口是不大可能恢复的。然而，这些可能性都不太可能在近期实现。目前，进口到欧盟的玉米大部分是玉米副产品，如玉米浆饲料和玉米胚饼。这些产品很容易通过欧盟自身产量的提高或从非转基因生产国进口来获取。

至于大豆，情况有所不同（表 6-1）。欧盟的自给率是大豆 10％、大豆粉 5％、豆油 20％。然而，因为作为食品的消费量每年只有大约一百万吨，非大豆或非转基因大豆的替代品似乎很容易找到，而且代价也不会很高。供应者包括巴西和美国，巴西主要生产非转基因产品，而在美国，产品分类正在实施，虽然规模尚小，但在增长。相比之下，阿根廷则没有有效的产品分类系统。因为阿根廷和巴西的大豆生产商对欧盟市场的依赖性很强（40％—50％的大豆产品销往欧盟），欧盟要求它们进行有效的产品分类，应该还有相当大的余地。

欧盟最大的挑战，在于当新的饲料标签制得以实施时，如果禽肉生产商都大规模选用非转基因饲料，欧盟是否能保障非转基因大豆的供应。目前，没有任何实证性记录表明在多大程度上其他产品可以取代转基因大豆。我们也不知道对非转基因大豆的需求，会如何根据价格的增长而变化。过去，总体上对大豆的需求是富有弹性的。[①] 但是我们不知道，如果欧盟对非转基因大豆的需求大幅度增加会发生什么。如果转基因和非转基因饲料在能量及蛋白质上的丰富度有差别，而且农民们使用更昂贵的国产油菜子粉、大麦、小麦和其他产品取代一些大豆进口，至少在短期内，欧盟的畜牧生产成本可能会稍有提高。这意味着美国对欧盟的转基因大豆出口前景，比转基因玉米的出口略好一些，原因是欧盟以相似价格找到转基因大豆的替代品似乎更难。

---

① 参见 EU（2000a）。

表 6-1　欧盟大豆和大豆粉的进口（均以大豆粉的对等量计算，大豆的出粉率等于 79%）

		1995 年	1996 年	1997 年	1998 年	1999 年
欧盟进口总量	百万吨	25.5	22.2	20.8	24.8	23.5
美国	百万吨	8.5	7.1	7.2	7.0	4.9
	占总量的百分比	33.1	32.1	34.7	28.2	20.9
巴西	百万吨	10.0	8.9	8.6	10.2	9.8
	占总量的百分比	39.4	40.2	41.5	41.2	41.5
阿根廷	百万吨	5.8	5.2	4.0	6.1	8.0
	占总量的百分比	22.8	23.4	19.1	24.6	34.0
其他国家	百万吨	1.2	0.9	1.0	1.5	0.9
	占总量的百分比	4.7	4.2	4.7	6.0	3.6

资料来源：欧盟（2000）。数据截至 1999 年。估计 2001 年欧盟进口了 1600 万吨大豆（主要是从美国和巴西）和 1700 万吨豆粉（主要从阿根廷和美国）。在这些进口的总量中，美国的比重在进一步下降。在豆粉进口中，阿根廷占 55%，巴西占 38%，而美国只占 6%。在大豆进口中，巴西和美国各占 41%，阿根廷占 13%

　　这里讨论过的证据表明，欧洲的农民并没有从欧盟严厉的农业生物技术管制规则中获益，因此，那种频频出现的关于欧盟严厉管制规则属于贸易保护主义性质的传言，也是站不住脚的。虽然从美国进口的大豆和玉米减少了，但这些产品从其他国家进口的量却增加了，欧盟的玉米和大豆进口总量也增加了。由于欧盟对农业生物技术的管制，反而使得采用大豆蛋白饲料的欧盟农民，为此付出了更为高昂的生产代价。

　　欧盟停止审批新的转基因作物品种，的确给现存转基因谷物的出口收入带来了影响，其大小难以精确计算，但这一做法给美国农民带来的 *131* 代价更难估计。欧盟对新转基因作物品种的暂缓审批和禁止种植转基因作物的政策，对美国农业生物技术公司的影响也一样难以估计。在美国，越来越多的转基因农作物品种得到批准，而欧盟自 1998 年以来，还没有批准任何新的转基因品种。[①] 这就减少了美国对欧洲的转基因产品出口机会，虽然这些产品或许还有一定的竞争优势。因其出口前景不确定，也会使得美国采用新转基因产品的进程有所减缓（如新的转基因大豆品种）。有证据表明，因为欧盟和其他国家不认可，美国的生产商也不愿意采用新的大豆和玉米品种。类似情形也可在其他国家发现，如由于欧盟还没有批准，阿根廷的农民就不愿意种植抗草甘膦玉米。

――――――――――

① 自 1998 年以来，13 个转基因作物申请被搁置（参见 EU，2000b）。

对农业生物技术的反对，也迫使农业生物技术公司减缓了其新产品市场营销的速度。如 1999 年，孟山都公司宣布，它不会把所谓终结者基因商业化，这是一种能让种子不发育的技术。转基因小麦和大米的商业化也被搁置。[①]

最后，美国所担忧的欧洲对其他国家的溢出效应，不是没有根据的。2001 年，美国玉米的国际市场主要在欧洲以外。占美国玉米出口最大部分（总量 45 亿美元中的 30 亿美元）的是日本、墨西哥、中国台湾、埃及和韩国。在这个市场中，包括日本和韩国等几个关键国家和地区，都已引入了强制性标签制度。其他出口目的地国家也都有此计划。这些国家中的大部分禁止转基因玉米的种植。比较而言，欧盟在美国大豆出口中所占的份额相当大。美国大豆出口总量为 54 亿美元，中国内地、墨西哥、日本、荷兰和中国台湾占了其中的 33 亿美元。

限制性规则是否会，以及多大程度上会从欧盟蔓延到其他国家，目前还不很清楚（见第三章）。但无论如何，当 2000 年星联玉米问题出现后，美国就尝到了将来可能会发生什么的滋味。在那次事件中，日本减少了从美国进口玉米的五成，而韩国是美国出口市场的第二大买家，则暂时完全停止了从美国进口玉米。在另外一些情况下，中国对来自美国的转基因大豆进口实行了限制，印度冻结了美国玉米和大豆输入，而赞比亚则禁止美国玉米入境。

对国家经济福利的影响

最近，有经济学家借助世界经济总体均衡模式，即所谓"全球贸易分析方案"（GTAP）模型，对管制规则差异的影响进行了评估。这个模型捕捉了国家和地区内部及外部，通过双边贸易流通而形成的所有产品市场间的联系。[②]

此处所详尽引用的安德森和尼尔森的研究[③]，反映了 1995 年全球经济和贸易流通状况，并汇总了 16 个地区和 17 个主要农业部门以及相关

① 参见 *BioDemocracy News*，January 31，2001；www. transgen. de；www. agbioworld. org。

② 参见 Hertel（1997）以及 McDougall 等（1998）。

③ 参见 Anderson 和 Nielsen（2000）；Nielsen 和 Anderson（2000a，b）。

的加工产业。两位作者对三种场景进行了 GTAP 模型分析：①部分地区[①]选用转基因玉米和大豆，生产力增长预计在 5%[②]，西欧允许进口但不允许在国内生产转基因玉米和大豆。②部分地区选用转基因玉米和大豆，但西欧禁止这些转基因产品进口。③部分地区选用转基因玉米和大豆，西欧不禁止这些转基因产品的进口，但西欧国家的消费者倾向抵制转基因玉米和大豆。[③]

在这一评估中，如果西欧选择禁止转基因玉米和大豆的进口，那么，在第一种场景下，预估大约每年 100 亿美元的全球福利赢利的 2/3 将不复存在（假设欧洲的消费者对转基因食品不感兴趣）。这一损失大多都落在西欧人自己头上，而北美和拉丁美洲的转基因谷物出口商损失较小。

表 6-2 总结了三种场景的重要结果。它说明，不管西欧允许还是禁止这些转基因谷物的进口，北美都从转基因玉米和大豆的选用上获得充分的利益。这些利益主要是从技术变革效应（生产力的增进）得来的。假设西欧在所有三种场景下都禁止内部生产转基因谷物，而允许转基因谷物的进口，则北美在第一种场景下的获利最多，接下来是第三种场景，其中，允许进口，但有部分消费者不喜欢转基因产品。安德森和尼尔森的估计，暗示了在第二种场景下相对于在第一种场景下西欧遭受的实质性经济损失（禁止内部生产以及转基因谷物向西欧输入）。大约每年 63 亿美元，或人均每年 15 美元的代价，主要是配置效率问题所致。就是用更昂贵、成本效益更低的内部非转基因谷物，尤其是含油种子来取代转基因谷物进口的需要。相反，西欧得益于第一种场景，在很小的程度上可以归因于进口价格较低，很大程度上是因为更多来自国外的竞争，竞

---

①　在所有的三个场景中，以下国家和地区已采用了转基因玉米与大豆（即允许国内生产）：北美、墨西哥、拉美南方共同体地区、印度、中国、除了日本和东亚新兴工业化国家外的其他东亚国家、南非。而西欧、日本、撒哈拉以南非洲（除过南非）和其他国家没有采用该技术。

②　对模型中的这个假定和其他假定，参见 Anderson 和 Nielsen（2000a）。

③　在该模型的建模中，最终消费者和中间商需求的偏好变化，将作为导致所有进口原粮和油籽下降 25% 的外源性原因。其中假定，所进口的玉米和大豆是否是转基因作物，存在着信息不完备的问题。这种场景说明了欧盟强制禁止本地转基因作物生产的行为是应该的和可信的（在消费者眼里）。这种强制及其发出的信号假定为零成本。消费者因反对转基因食品，就会购买本地产品。

争把内部的资源从欧盟农业中受到高强度补贴的部门中夺走。

133　是否针对欧盟进行生物技术贸易争端升级，美国的决定如果只是出于国家福利的考虑，如果上面的估计比较准确，而且政策制定者也认同这样的估计，那么美国发动跨洋贸易战的可能性不大。根据上边的估计，西欧对转基因谷物进口的禁止，使北美付出大约每年 3 亿美元的代价，比起总的情况（每人每年大约 1 美元），这只是个小数目。最大的输家好像还是欧盟自己。考虑到西欧对农业的补贴总量（每年每个农民超过1.7 万美元），每人 15 美元的损失有些大，但没那么引人注目。

表 6-2　采用转基因玉米和大豆的经济福利影响　（单位：百万美元/年）

	情况一：欧盟允许进口		情况二：欧盟禁止进口		情况三：欧盟进口降低	
	北美	西欧	北美	西欧	北美	西欧
总体福利影响	2624	2010	2299	−4334	2554	715
分配效率影响	−137	1755	27	−4601	−100	393
贸易条件影响	−1008	253	−1372	257	−1092	319
技术变革影响	3746	0	3641	0	3726	0

资料来源：Anderson 和 Nielsen（2000）

然而，从那场旷日持久且激烈异常的关于牛生长激素的跨洋贸易争端中，我们了解到，即使很小的有关管制规则的经济影响，也会引发贸易冲突。在那次争端中，美国生产商的出口损失大约为每年 1.2 亿美元。[1] 而目前美国的代价估计为每年几亿美元，而且未来还会快速增长[2]，从这个方面考虑，美国发动跨洋农业生物技术贸易战的可能性似乎还是很大的。

很显然，贸易限制性管制规则的经济影响力大小，与发生贸易战之间没有直接的相关性。[3] 除了其他一些因素，这一关联还取决于在现有和升级状态下，代价和收益的分布情况。贸易政策和保护主义方面的研

---

[1]　参见 Caduff（2002）。

[2]　参阅上一节有关出口收入的分析。

[3]　国内福利影响的评估在任何情况下都是有用的，不论这种影响是否能够解释贸易战的可能性。至少，从美国整体的角度考虑，它可以用来判断是否就农业生物技术管制规则问题而升级贸易争端，会符合其经济利益。

究①表明，如果在这样一种状态中，即（潜在）原告国的经济损失集中在有政治影响力的集团身上（因此其升级的收益也大），而且（原告国）冲突升级的代价是分散化的，那么贸易冲突升级的可能性就更大。

在农业生物技术领域里，显然就是这种情况。如第四章、第五章以及本章"出口收入"一节所示，当前的现状是，经济损失主要落在了以出口为导向的美国农民和转基因产品供应者身上。他们的组织性很强，政治上有影响力。另外，冲突升级的代价也会广泛地分散化。美国针对欧盟实施惩罚性经济行动，欧盟必然会还以报复措施，受欧盟应对措施所影响的一大批人，就是代价的承担者。冲突升级的代价，还应包括未来农业生物技术应用方面的减缩，因为贸易战会延缓研究与开发，以及新转基因品种的采用。贸易战还会进一步削弱 WTO 推进全球农业市场自由化的努力效果。承担贸易战代价的经济行动者集团是如此之大，意味着每个经济行动者所承担的代价就很小。如此这般的代价—收益分布状况，使得出口导向的转基因谷物种植者和产品供应者，比美国那些反对冲突升级的社会团体，更有可能成功地游说美国政府，把潜在的贸易争端升级。

从 GTAP 模型得到的其他结果，总体上支持了关于出口收入的分析结果和美国政策过程的分析结果（第四章和第五章）。这些结果显示，欧洲农业生物技术政策对国内生产、出口和进口的影响是实质性的。虽然对北美的总体福利影响不大（如上文所述），但对美国农业生产者的影响是相当大的。举两个极端的例子：如果西欧允许转基因谷物的进口，那么美国的油料种子生产会增长 3.6%，反之，则下降 10.2%。北美加工前的谷物出口在第一种情况下增长 8.5%，但在第二情况下只增长 0.3%。如果这些预测结果符合现实情况，那么美国以出口为导向的转基因谷物生产者，就有强大的经济动力，去游说西欧放宽其农业生物技术的管制规则。

最后，欧洲的从严管制规则，反过来会对北美以外的国家有影响，尤其是发展中国家。虽然西欧能轻而易举地承担起几十亿美元的福利损

---

① 参见 Milner（2002）。

失（优厚的收入和富足的食物），但是发展中国家却要依赖农业生产所得来增加它们的实际收入，降低基本食物的价格，并且提升它们的食品营养价值。

因为没有可靠的数据，我只得再度依赖从安德森和尼尔森的 GTAP 模型所得到的估计数据。例如在非洲，这些估计数据表明，撒哈拉以南非洲地区不采用转基因技术，可能得益于欧洲对转基因谷物进口的禁令（第二种情况）。这些利益主要来自较低的进口价格和更优越的贸易条件。然而，能否得到这些利益取决于这些国家是否能以低成本迎合欧洲的规则，否则它们的非转基因产品就不能出口到欧洲。但迎合（欧洲的）代价并没有包括在这个模型中。

这里讨论的估计数据，只不过是一些基于经验的猜测而已。而且此模型中的一些推断很具冒险性。例如，这个模型推断，农业生物技术的采用会给所有采用这一技术的国家带来 5% 的生产力增长。考虑到第二章所示的玉米和大豆的农业经济证据，这一推断或许太乐观了。据此模型，运用这一技术不会对环境和健康产生外在影响。考虑到环境影响（如针对交叉授粉的责任追究），也使这一推断显得过于乐观。给种子供应商的费用、分类和标签的费用也没有包括在此模型中。就像第二章中所提到的，这些费用相当高，也许抵消了农业生产力所得。西欧禁止转基因谷物进口的实施，也被假设成是无成本的，但这显然也是不可能的。

在第一种和第二种情况下，认定消费者对转基因食品无动于衷的推断，恐怕是最成问题的。第三章到第五章对欧洲农业生物技术政策的分析，使得这一推断更是疑点重重。如果消费者钟情于非转基因食品，这会远远地抵消第二种情况中的福利损失。关于消费者是否愿意出高价购买非基因食品，对此的调查结果说明，相对于美国消费者，欧洲的消费者更愿意付出高价。对比刚刚公布的研究结果，欧盟更严厉的限制政策，可能有很高的经济效率。最后，上面的估计只涉及两种谷物，重点阐述了转基因产品量的方面（输入特征），而没有涉及质的方面，而且忽略了欧盟农业生物技术研究和开发的其他可选政策的长期影响，以及技术溢出，尤其是在发展中国家技术溢出的长期影响。

尽管有这些缺陷，以上的估计至少说明农业生物技术管制规则在不同国家间的差异，能够对实施规则的国家和它们的贸易伙伴都产生实质性的经济影响。如果能结合上边的批判性意见对这一模型进行修正，我们或许可以看到美国的福利所得会低得多，而且欧盟规则会给美国福利带来更大的影响。比起尼尔森和安德森的估计，欧洲的福利损失会小得多。最后，以上的估计只适用于转基因玉米和大豆两个品种。如果其他贸易量很大的品种，如小麦或大米也加入分析，那么就意味着西欧限制性规则对转基因谷物出口商和生物技术公司的影响，很快就会由每年的几亿美元，增加到每年几十亿美元。

136

综上所述，有关经济福利影响的分析，支持出口收入的研究发现。欧盟的管制限制给北美生产商带来了每年几个亿的代价。如果规则的分歧持续下去，在未来几年这些代价还将大幅攀升。然而贸易政策的历史表明，是某一个国家特定产业的成本和收益，而不是整个国家或全球的成本和收益，对政策制定起着关键性作用。美国的转基因产品出口商，不会在乎欧洲的福利是否因为规则的两极分化，而遭受了比美国福利损失大十倍的损失之类的问题。对于美国针对欧盟所采取的贸易行动，只要它们能获得所期望的核心利益，并且能分散掉这一行动的成本，它们就有强大的经济动力去打破欧盟的市场限制。在有关农业生物技术管制规则差异的跨洋争论中，那些激进的政治言辞只不过是些花言巧语而已。农业生物技术的采用国和限制国之间的管制差异在加大，经济得失状况在加速变化，贸易冲突的可能性也在加大。

自主政策选择

尽管有来自国际市场的压力，国家之间还是存在着实质性的差异，尤其是当涉及环境、健康和安全方面的规则时，还存在着大量的技术标准。[1] 随着各国越来越多地融入地区及全球贸易系统中，这种差异更加

---

[1] 参见，如 Berger 和 Dore（1996），Bernauer（2000）和 OECD（1994，1999）。一些分析家声称，降低关税和配额的国际协商已经刺激各国建立了更多（无形中）避免本地生产者进行国际竞争的国内规则。政府引入此类规则的动机在于，它难以被国外生产者、政府以及消费者（对其而言，保护主义性质的规则意味着更高的价格）辨认和挑战。

凸显出来。在许多领域中，规则差异都是些小麻烦，而不是什么大问题（如在电视、录像机、手机和电力供应系统中的差异）。但是在有的领域里，特别是那些差异对贸易产生大规模负面影响的领域里，国际争端就出现了。在本节和下一节中，我会讨论一组一般性的政策工具，它们已被用来调和、减缓或消除许多政策领域的国际差异，其中也包括农业生物技术规则。这一节的重点在于讨论自主性途径（相互承认、补偿、协调，以及单边规则和市场调节）。下一节研究强制性政策（第三方仲裁）。① 焦点放在解说每个途径在解决农业生物技术领域规则分歧的有效性问题上。

相互承认

137　　最广泛用于处理国际性规则差异的政策工具，就是一系列国家达成协议互相承认各自的规则。也就是说，处于这种关系的每个国家，同意对协议中的其他国家合法生产和营销的产品赋予其市场准入。这种途径在欧盟各国间很普遍，已成为欧盟内部市场运作的主要方式之一。

　　相互承认之所以有吸引力，至少有两个原因。首先，在很多情况下，它比逐个的技术标准协调更容易协商和实施。相关的国家相互通报其各自的规则，每个国家自主决定是否能在其自己的市场中接纳符合生产国规则的产品（即使这些规则与本国的不同）。各方建立起一系列规则来调整该系统，以适应参与国规则发生的变化。其次，相互承认的第二个优势是可以提高经济效率。它允许各国规则模式间（至少是有限）的竞争，因此推动了规则模式朝着受消费者和生产者欢迎的方向发展。

　　但批评者认为，它会导致规则的就低迎合，最糟糕的情形就是"趋向底部的竞赛"（race to the bottom）。根据这些批评者的说法，最令人担忧的是在一些敏感政策领域，如社会规则（像消费者和环境保护一类政策）的就低融合。政治学家已经发现，由于竞争，在某些情况下的确有些规则的严格度降低了。国际海运的"方便旗"（flag of conven-

---

① 国际贸易总应对规则多样性的政策讨论，参见 Kahler（1996），Nivola（1997），Sykes（1995）和 OECD（1994，1999）。

ience）问题就是最臭名昭著的案例。① 在另外的情况下，规则模式的相互承认和协商性竞争，平均而言，还是增强了一些特定国家规则的严厉性。我会在下边讨论"高标贸易"过程时再谈到这一点。

运用到农业生物技术上，相互承认就意味着特定的一些国家（如美国和欧盟，所有的 OECD 国家，WTO 成员方），同意其他国家的转基因产品管制规则。例如，美国会同意进口根据欧盟规则在欧盟国家生产和营销的转基因与非转基因产品。欧盟也接受根据美国规则生产和营销的美国转基因与非转基因产品。

大西洋两岸的消费者，可以自己决定是否愿意消费在特殊规则系统下生产出来的转基因或非转基因食品。这就要求强制性的标签制度应采取这样的形式，即能使消费者就有关是否购买转基因食品和食品的来源等进行知情选择。正如第三章到第五章所示，美国和欧盟的消费者目前都不能自由进行选择。没有强制性标签制度，美国消费者无法区分转基因和非转基因食品。欧洲想购买转基因食品的消费者，在他们的商店里也找不到这类食品。

这个论点，用消费者的偏好作为标准，以此来衡量规则系统的经济效率。这既是说，如果消费者可以自由地在转基因或非转基因产品之间进行选择，规则系统间的竞争就会产生高效的结果（从消费者的角度上讲）。用帕累托标准（Pareto criterion）来衡量，在这一系统中，没有哪个消费者的情况变得更糟，而且至少有些人的情况变得更好了——这要求规则成本低于消费者肯为非转基因食品付出的额外费用。反对标签的人驳斥这一论点，声称没有基于科学标准的标签（如体现健康和营养价值方面的产品质量）有误导性。在他们看来，加注标签会减缓技术进步，技术进步本来可以使所有消费者的情况更好。

但是，如果建立起一套相互承认的国际性系统，其中也包括了有效的标签制度，则随着时间的推移，国家规则也会遵循着供求关系而进行调整。举例来说，如果欧洲的消费者对转基因食品不关心，而且美国较宽松的管制规则，以及来自农业生物技术的生产赢利，使得由美国进口

138

---

① 方便旗：商船为逃避税收而在别国注册并挂该国旗帜。——译者注

的转基因食品更廉价，那么欧洲人就会消费更多美国生产的转基因食品。过一段时间，欧洲的农民或许也会开始呼吁放松欧盟的农业生物技术管制，以享受同他们的美国竞争者同样的生产赢利。欧洲的审批规则就会向美国的模式靠拢。相反，如果美国对（加标签的）非转基因食品需求增加，美国人消费了更多这类产品，美国的生产者可能会向政府呼吁调整规则，向欧洲模式靠拢。这样，它们就可以令人可信地告知消费者，美国的产品和进口的欧洲产品"同样安全"。

换言之，管制规则和市场结果，最终应该出自一个相互承认的系统，其中的标签制度是经过国际性协调的结果，并且从原则上讲是开放的。这个系统也是动态的过程，既可以朝美国目前转基因食品管制规则的方向发展，也可以向欧洲的管制模式发展。

139   在农业生物技术领域，建立起一个能够良好运行的相互承认系统，是一项艰巨的任务。这要求已经实施限制性农业生物技术规则的国家，进行强有力的政策变革。如欧盟应该给予那些已经在美国获准，但未在欧盟得到许可的转基因产品市场准入。但第三章到第五章的分析表明，这样的政策变革极难实现。

欧洲的消费者和环境保护组织，以及许多支持严厉管制的政策制定者，肯定会百般抵制。这些农业生物技术的批评者宣称，健康和环境风险不能，而且一定不能屈从于消费者主权（consumer sovereignty，即消费者自由选择转基因或非转基因产品的权利）。在他们看来，允许转基因产品的进口，同时禁止转基因谷物在国内的生产，也会对现有的欧盟规则不利。从他们的角度看，这很荒谬，甚至危险。

欧洲农民会抵制相互承认的原因：如果转基因谷物能够促进生产增长，那么，适用于欧盟内部生产而不适用于进口食品的农业生物技术管制，就将使他们处于不利的竞争地位。他们也会反对政策变更，因为转基因产品的进口，会使消费者对欧盟食品供应安全的信心产生不利影响。

在此情况下，欧盟和其成员国的政策制定者们发现，很难对公众解释相互承认的合理合法性。的确，他们将不得不解释，为什么对内部转基因谷物施加严厉的限制是必要的。这种做法可以从所谓的预防性原则找到理由，而预防性原则又是出于对公众健康和环境的考虑。与此同时，还得解释为什么所有在美国批准的转基因产品都可以在欧盟自由出售。这种政策变更，极有可能摧毁目前欧盟在农业生物技术政策方面脆弱的平衡，导致其成员国单方面施加超过欧盟标准限制的行动蔓延开来。

另外，如上所述，一个能良好运行的农业生物技术领域相互承认国际系统，应该要求强制性标签制度。标签上可以这样说明："本产品含有下列××国生产、由美国（或欧盟的）××法许可的转基因成分。"只有这样，消费者才能自由地在转基因和非转基因产品之间进行选择。也只有这样，从消费者角度看，市场力量才能决定出更可取的规则模式。另外，要让欧洲人能够差强人意地接受，相互承认的系统也必须在强制性标签的基础上运作。

农业生物技术管制松散的国家（尤其是美国），其规则制定者和生产者，对以协调标签标准为基础的相互承认制度也会持反对意见。从他们的角度出发，最理想的政策是不要求标签的相互承认制度。这样的政策，会瓦解农业生物技术管制较严格国家施加的进口限制，使转基因食品和饲料生产者能充分发挥其现有生产能力。该政策将不允许消费者通过回避转基因产品，或付出额外代价购买非转基因产品的方式，来歧视转基因产品。

从农业生物技术管制松散国家的生产者和规则制定者的角度看，附带着国际化协调标签制度的相互承认，由于存在着标签成本、转基因产品价格劣势和消费者反感等因素，会抵消从转基因产品中可能得到的生产赢利。另外，这样的系统或许也会在中长期内导致美国实行强制标签制度。美国的规则制定者发现很难向公众解释，为什么在国际层面而不是在国内层面上，让消费者在转基因和非转基因产品之间进行自由选择是必要的。有关美国消费者偏好的调查显示，当转基因或非转基因标签贴到产品上时，他们倾向于选择非转基因产品。

换言之，附有国际化协调标签制度的相互承认系统，会破坏美国和欧盟现存农业生物技术管制系统的合理性。[①] 这样的系统，要让双方都接受是很难理解的事情。

---

① 从理论和实践上，在多个政策领域中对于政府管制规则的卓越分析，参见 Moss（2002）。

补偿

这种政策选择相当于一种庭外调解办法，一方的行为给另一方带来高成本代价，因而前者同意给后者以一定数量的补偿，以避免争端的升级（包括一场正式的诉讼）。虽然这种解决方法没有完全避免强迫行为，但只要被告国情愿提供补偿，就仍属于自发性质。狭义的自发性补偿（即付现金），在国际贸易关系中很少见。非正规和不太明显的补偿形式更为普遍（如在贸易争执发生地以外地区的关税减免）。

关于农业生物技术管制规则的跨大西洋争端，举个例子，欧洲可以根据一个双方同意的公式，计算出由于欧盟限制所导致美国出口的损失，并给美国农民提供补偿。也可以采取在其他领域（如钢铁、汽、葡萄酒等）减少贸易限制的办法（如关税）。在处理跨大西洋牛生长激素贸易冲突案例中，就屡次提出过这样的解决办法。[①]

141　　但这种解决办法对于农业生物技术的案例恐怕不可行，原因有几个。很难看到这样的情况发生，欧盟的政策制定者，成功地劝说欧洲纳税人为了欧盟的管制规则的原因而向美国农民（或许还有美国生物技术公司）提供数亿美元的补偿，虽然这些规则在他们看来是合理合法的。

即便欧盟的政策制定者们准备去补偿，他们也会遇到财政困难。欧盟的农业预算已然是捉襟见肘，而这种补偿所需资金本当出自此预算。当欧盟扩大中欧和东欧农业补贴的受益国范围时，这种局限就会更加明显。目前，该预算的纯贡献国对欧盟继续增加该预算已经持反对态度，这个信号表明，其他欧盟成员国也不大可能会去填补这个资金缺口。

上边的分析显示，欧盟的管制规则给美国带来的代价达到了几亿美元，而且还可能会继续增加到几十亿美元。随着补偿数量的增加，对补偿的政治抵触也会增强。

美国遭受损失的程度的确很难估计。但补偿的数量，原则上讲，在保证其他影响不变的情况下，假设美国没有施加限制性农业生物技术管制，就可以通过特定时期内美国出口到欧盟产品的价值计算出来。从技

---

①　参见 Caduff（2002）。

术角度看，这种计算永远不会精确。但政治就是妥协，各国最终也会就某种算法达成协议。但是，美国出口商和生物技术公司所受损失准确数量的不确定性，也会损害这种解决办法（即补偿）的合理性。

最后，以消除其他美国农业或非农业产品贸易障碍为补偿方式，来动员对补偿政策的政治支持，欧盟还是可能遭遇到极大困难。因为这种解决方法，既不能让欧盟反对农业生物技术的农民和消费者满意，也不能使美国的农民和农业生物技术公司满意。

（规则）协调

对规则进行协调，是另一种自主性选择，在地区和全球贸易系统中也很常见。从本质上讲，欧盟的内部市场依赖于一种机制，依靠它，欧盟内部无法通过相互承认克服的贸易和投资障碍，却能通过规则协调的办法加以解决。当所有国家就某一商品相互交易时，如果都采用同样的规则，贸易流通显然不会受到规则差异的扭曲。此时，该特定商品的市场交易，就会完全受控于供求关系。也正是由于这个原因，欧盟才协调了农业生物技术的许可和标签制度。 *142*

原则上，国际贸易中规则分歧两极化的消极后果，可以通过农业生物技术的全面协调化，或一个混合系统来减轻，这个混合系统包括了协调化的标签制，和相互承认的转基因产品审批规则。[①]

审批规则和标签规则的完全国际化协调，几乎是难以想象的。这样的解决方案，起码需要国际统一的科学风险评估和审批程序、一个大家都认可并定期更新的获准转基因产品清单（也就是说，一套集中化审批程序）、国际统一的标签标准，甚至还有国际化的身份鉴存和责任追究法则。如第三章到第五章所分析的，如何让欧洲的政策制定者接受在美国当前规则模式基础上进行这样的协调，或沿着欧盟现行路线进行协调，而让美国的规则制定者加以接受，都是很难想象的。

混合模式的机会倒是大一些。2000 年，欧盟—美国生物技术咨询论坛（EU-US Biotechnology Consultative Forum）发布的一个报告，包含

---

① 参见 Buckingham 和 Phillips（2001）。

了可以朝相互承认和标签制度混合模式方向发展的想法。但是，这个报告基本上没有得到布什政府的认可。我会在下一节和最后一章重新探讨这一问题。

几次旨在推动某种程度的欧盟—美国双边协调的尝试都失败了。这些尝试包括：跨大西洋生物技术经济规划工作组（Transatlantic Economic Program's Biotechnology Working Group）、美国—欧盟高层集团（US-EU Senior Level Group）以及欧盟—美国生物技术咨询论坛。出于同样目的，OECD 的新食品和新饲料安全专项小组（OECD's Task Force for the Safety of Novel Food and Feeds）、OECD 的规则缺陷协调工作组（OECD's Working Group on Harmonization of Regulation Oversight）、联合国粮农组织（FAO）、世界卫生组织（WHO）、联合国环境规划署（UN Environment Program）和其他一些地方的多种非正式的尝试，都没能消除正在滋长的贸易冲突。世界贸易组织 WTO，其主要努力方向是消除关税和贸易的非关税壁垒，在协调环境和公共健康标准方面没有任何经验，因而也不能够弥合差距。[1]

这一政策领域中两个最有希望的多边协调努力也陷入了僵局，而且在今后的几年里难有转机。其一是由食品法典委员会发起的努力，其二是围绕联合国生物多样性公约所进行的努力。

143　　食品法典委员会是联合国粮农组织和国际卫生组织的一个附属机构，多年致力于协调农业转基因产品的审批和标签规则。[2] 它每两年召集一

---

① 参见 Young（2001）。原则上，世贸组织的 SPS 和 TBT 协定，实际上可以为农业生物技术管制规则的国际协调提供一个框架，这些协定不包含正式的协调努力，但鼓励其他诸如论坛之类的协商（特别是食品法典委员会、国际动物检疫办公室和联合国粮农组织的国际植物保护公约）。在农业生物技术的案例中，食品法典委员会的标准基本适用。而且，SPS 和 TBT 协定是适用于贸易冲突国际仲裁的标准。这两个协定后面还要再讨论。它们对各国健康、环境和安全方面法规的影响已经被弱化了（Victor，2000）。其他协调农业生物技术标准的国际努力包括，联合国粮农组织的《植物遗传资源的国际行动计划》，它在 20 世纪 90 年代初产生了一个生物技术操作守则的草案；还包括 1992 年 OECD 对生物技术安全的考虑，以及 OECD 对农业生物技术管制协调的总体构想（www.biotrack.org）；粮农组织致力于渔业和木材的工作，以及联合国环境署对于生物技术安全性的国际技术指导等。WTO 曾经致力于组建一个生物技术方面的工作组，但没有成功。

② 食品法典委员会标准的建立过程，其中包含了 3000 多项标准的设立，对此的深度分析可参见 Victor（1998）和 www.fao.org。

次，期间还会召集几次部分委员会议。食品法典委员会的标准、方针和建议都是自愿性的，就是说在国际法中没有法律上的约束力。但自1994年起，WTO采纳了食品法典委员会的标准可作为国际贸易争端中的参考依据。[①] 分析人士指出，这使得被提议的食品法典委员会标准更具争议性，而且减缓了建立新标准的步伐。[②]

1999年6月，食品法典委员会建立了一个跨政府间的特别任务小组，来制定转基因食品的标准，特别集中于对其的风险评估。特别任务小组要在2003年中期提交一个报告。鉴于目前跨大西洋的贸易争端状况，该报告想要完成一个定义明确、具有可操作性的风险分析、具有可实施性的安全评估方针，以及有关标签和可追踪性含义的建设性意见，看来都是不大可能的。[③]

农业生物技术的支持者，以及那些管制规则宽松的国家曾经提议，检测只能建立在"实质性等价"概念的基础上，这一概念是由WTO提出并传播开来的。科学家按照这个方法，来确定转基因产品是否以及在哪些方面不同于对应的常规产品。由此得到的信息，可以用来判断转基因产品的安全性。对于不等价的转基因产品，建议接受进一步的检测。迄今为止，就实质性等价原则是否应成为一个协调安全性检测系统的基石问题，目前还没有达成一致意见。就一些具体的检测程序、审批附加标准和风险管理程序等问题，也还没有统一认识。

农业生物技术的批评者和管制较严格的国家，害怕食品法典委员会对实质性等价办法的支持，会使其奉行的严格标签（及审批）规则更易受到来自WTO挑战的攻击。尤其是强制要求所有转基因产品都必须贴标签（包括那些虽然实质性等价，但出于安全考虑仍需贴标签的产品[④]），这一做法必受攻击无疑。WTO把食品法典委员会的标准作为争端解决程序的标杆。批评者们于是担心，一旦正式的贸易争端发生，WTO不会保护高于全

---

① 参见，如 Micklitz（2000）。

② 参见 Victor（2000）。

③ 食品法典委员会在此领域工作的情况，可查看定期更新的 www.codexalimentarius.net；www.ictsd.org；www.fao.org。

④ 这些考虑可能涉及道德、宗教或饮食性质方面，或可能源于消费者需要的"知情权"。

球标准（食品法典委员会标准）的国家（或者，在欧盟的情况下，地区性的）标准。另外，他们声称，单凭实质性等价原则，就会在对无意识的副作用和长期影响没有充分测试的情况下，迅速推行转基因产品的商业化。[①]

144 食品法典委员会的另一个分支机构是食品标签委员会，其一直在为引入转基因产品强制性标签制的国家，寻求建立国际性方针，但由于多年来欧美之间的对立立场，而未能取得任何进展。美国提出的方针是，只有当转基因食品同它相对应的常规食品，在组成、营养价值和设计用途方面存在很大差别时，才允许强制性标签。这个立场反映了美国食品与药物管理局的政策。欧盟的提议则包括了全部的转基因产品，而且还把可追踪性要求也包括进来。美国拒绝了这样的提议。

1992 年，联合国生物多样性大会上提出的《卡塔赫纳生物安全议定书》，在 2000 年 1 月签署通过，并将在 2003 年 9 月开始生效。用于管制可能对生物多样性有负面影响的生命有机体跨境活动、处置、转移和使用问题。[②] 这些生命有机体包括种子、放生的鱼类或生物修复用的微生物。议定书主要讨论了转基因产品贸易对环境的影响，也考虑到公共卫生的诸方面。本议定书不适用于药用转基因产品和转基因有机体的控制性安全使用。

要想使议定书易于实施，必须建立一个基于互联网的清算所，帮助交换转基因有机体的科学、技术、环境和法律信息。在事先通告协议（AIA）程序下，转基因有机体的出口商在装运前必须得到进口者的同意。以食品、饲料和加工为目的的大宗转基因有机体货物运输，如玉米和大豆，不需经过 AIA 程序。但这些商品必须提供证明材料，材料中必须标明运输货物中可能包含转基因有机体，但无意释放到自然环境中。进口者必须将当地审批的情况告知清算所。这一协议建立了一个得出国际贸易中转基因商品身份确认更细致的程序。欧盟提出，在议定书关于大宗谷物商品运输的证明材料中加入可追踪性规则。对此，直到 2003 年 5 月，还未达成任何协议。议定书还承诺帮助发展中国家建立生物技术的有效管制系统。

生物安全议定书看来也不会减轻规则分歧对国际贸易的影响。美国既

---

① 参见 Millstone 等（1999）。

② 参见 www. biodiv. org 和 www. iisd. ca. /linkages/. 对该议定书细节的分析，参见 Falkner（2000，2002）和 Bail 等（2002）。

不是联合国生物多样性公约的成员国（加入生物安全议定书的先决条件），也不打算在不远的将来认可生物多样性公约（自然也不认可议定书）。相比之下，欧盟已经认可了公约和议定书，而且已经通过了实施法则。

所谓迈阿密集团（包括美国、阿根廷、澳大利亚、加拿大、智利和乌拉圭），于1999年2月，曾经阻止过生物安全议定书获得通过的第一次尝试，原因是该议定书反对在协议中包含大宗转基因商品（如大豆和玉米）。在2000年达成的协议包含了大宗商品的"柔和"条款，但不会在短时间内得以实施。大宗商品只服从于清算所程序，而不是事先通告协议（AIA）程序。AIA程序只适用于种子类货物。尽管这些争议性条款有所淡化，但迈阿密集团也不会在不远的将来认可这个议定书。它们对协议中的其他条款也有本质性的异议，比如那些允许各国根据预防性原则限制和禁止转基因产品进口的条款。议定书也的确没有细致地阐述清楚预防性原则在风险评估中的作用和定义。因此，限制转基因产品的国家会在多大程度上对预防性原则借题发挥并不清楚。[①] 许多分析人士相信，生物安全议定书会加大农业生物技术在政治和市场反应上的持续分歧，因此也会强化转基因和非转基因产品在隔离和标签方面的双重化市场（two-tier market）趋势。像这样的议定书对转基因产品的前景是喜是忧，尚不清楚。

一些观察家推测，生物安全议定书使一场跨大西洋世贸组织内部全面贸易战的可能性变得更大了，因为其预防性原则鼓励欧盟奉行更严格的农业生物技术管制。另一些人则认为该议定书使贸易战的可能性变小，因为它使欧盟的立场合法化，因而能阻止美国将争端升级。[②] 无法预料这两种作用哪个能最终占上风。然而，下一节显示由美国在WTO内部发动的争端升级，不大可能解决有关规则的两极分化问题。

单方面的"高标贸易"：规则协调和市场调节

相互承认、补偿和协调，如上所述，基本上是双边或多边性质的，

① 相关条款的陈述为："在考虑改造过的活性有机体进口问题时，归因于缺乏足够相关科学信息和知识，所导致的科学上的不确定性，不得阻止该一方做出适当的决定。"

② Anderson 和 Nielsen（2000）采取前一种立场，而 Falkner（2000）则赞成后者。

也就是说它们需要一些特定的国家有明确的一致意见。对自发性途径的回顾完成后，我现在要讨论一下"高标贸易"的两种形式。就美国的情况而言，它们都涉及单方面消除贸易摩擦的努力。高标贸易意味着美国正式调整其国内规则，或者在没有新的国内规则的情况下，美国的生产者调整它们的生产方法和产品质量，这样，美国的产品就更容易为其贸易伙伴，尤其是欧盟所接纳。[①]

146

美国能在什么程度上投入高标贸易？这种努力在多大程度上减轻了与欧盟的贸易摩擦？美国还有什么其他单边手段来消除贸易摩擦状态吗？

正如第三章到第五章所提到的，美国所有的正式规则调整，一直都是在最低限度上进行的。而且，在多大程度上，这些可观察到的调整是由国内或国际贸易方面的因素所推动，这一点也不清楚。在联邦层面上，美国农业部、美国环保署、美国食品与药物管理局，都积极参与了对其各自规则和政策的重新评估。这些重新评估和接下来的政策改革都略微提高了透明度，尤其是在审批程序上。这些重新评估和政策改革，引入了商业化之前附加的风险评估和强制性通告（但不是审批要求），还带来了对转基因食品自愿性标签的指导方针。

从总体角度看，这些调整都是边缘性的。所有进一步规则改革的尝试，大部分都是通过法律提案提交到美国国会，但都没有成功。考虑到这些法律提案大多数是由民主党人所提交，还有布什政府对新规则从意识上怀有敌意的现实看来，这些提案不大可能在今后几年中取得成功。在州的层面上发动规则改革的努力也最终没有成功。[②] 州级立法和投票活动集中在强制标签制度、强制性环境评估、转基因谷物种植的暂缓、责任法则，以及转基因食品在公立学校的禁止等方面。[③] 例如，一项在俄勒冈州有关强制性标签制的公投活动，就遭到了否决。

虽然美国规则系统对国外不断严厉化的规则变动没有任何显著的反

---

① 参见 Vogel（1995）以及 Bernauer 和 Meins（2002）。

② 参见 www.thecampaign.org；www.centerforfooodsafety.org；www.biotchinfo.net。

③ 这些法律建议在美国有 14 个州签署，其内容包括：要求强制标签制、将转基因产品作为食品添加剂处理（这需要更广泛的风险评估）、由美国食品与药物局颁发强制性市场准入，以及更多的研究和透明度（www.thecampaign.org；Young，2001）。

应，但美国的出口商却做了相对可观的调整，以适应欧盟和其他国家的规则变动与消费者偏好。有的美国加工商建立了身份鉴存系统（IP system），能够把未经欧盟批准的转基因作物品种从出口生产链中排除出去。美国的大豆生产商也同生物技术公司和农民一起做着同样的事情，并且限制未经欧盟批准的转基因大豆品种的耕种。美国农业部支持这些活动，并协助建立检验程序和质量控制机制。转基因小麦的商业化受到抑制，很大程度是美国小麦产业坚持此类的转基因谷物应该隔离并服从于身份鉴存系统（IP system）——和大豆一样，美国小麦生产的大部分都用于出口。至于甜菜，美国糖业加工商就曾要求农民不要种植转基因甜菜，就是怕失去出口市场。美国商品协会、美国农业部和美国国务院都建立了一些程序，通过这些程序，系统地向美国农民通报出口市场中有关规则和消费者偏好的信息，以及美国谷物经营者和加工商在这方面的要求。美国食品加工商也进行了部分调整，即完全消除转基因成分，或自我限制欧盟许可转基因成分的添加量。有的美国加工商还把它们生产的一部分转移到欧盟去进行，以迎合欧盟的规则。[①]

第三章到第六章的分析表明，高标贸易在未来的一段时间中只会保持很有限的规模。它将主要以单边市场调节的方式出现。由农民、加工商和商品协会等实施的调整显然更容易做到，一个原因是其规模较小，另一个原因是这些经济活动体有着直接和强烈的适应动机。但是，美国的市场调节会受几个因素的局限，特别是美国对欧洲的农业出口只占其农业出口总量的 10%—15% 这一现实。此外，美国这样规模的农业出口，比起国内消费而言微不足道。只要美国农业生物技术规则保持宽松，且美国消费者对非转基因食品的要求不高，那么通过市场调节进行的高标贸易就会很有限。美国的生产商就会有继续保持产品非隔离制和非身份鉴存系统的强烈动机，而且只有在重压之下才会引入身份鉴存系统。平行保留两个操作系统会增加额外成本，尤其是面对完全选择非转基因谷物的国家。由此而来的生产成本差别和对国际竞争力的相关影响，会继续成为国际贸易系统中紧张状态的根源。

---

① 参见 www.ncga.com；www.asa.com；www.bio.org；Young（2001）。

我们也许能看到由于消费者运动的影响从欧洲波及美国，而导致美国州级出现了一些有限的规则调整。然而，就像我们在第四章到第五章提到的那样，许多因素对规则的调整有很强的约束力，尤其是在联邦层面。似乎只有来一次技术上的突变，才会把美国农业生物技术规则推向欧盟的模式。但根据这一领域的研究与开发状况，发生这种突变的可能性不大。

市场调节会暂时在某种程度上减轻欧美之间的贸易摩擦状态，但无法彻底消除它。随着欧盟管制规则的越来越严厉，欧美对转基因产品的审批标准差异加大，以及美国管制宽松状态持续存在，市场调节对美国生产商来说，就会越来越昂贵。特别值得注意的是，它会要求美国的谷物处理系统进行大规模的结构性调整，以适应出口市场上的规则要求。由于欧盟越发严格的管制规则，如果美国农民把谷物种植限制到欧盟所许可的那些转基因品种上，市场调节就会把美国农民遭受到的损失更多地转移到美国的农业生物技术公司身上。美国农业生物技术部门的组织严谨，政治影响力强，但面临巨大压力，力图通过转基因种子在本国和国外的销售，来恢复其对技术研究与开发的投资。于是，美国政府有可能做出这样的结论：贸易争端升级带来的成本会比维持现状的成本低。

通过全球贸易系统的强制行为

美国在农业生物技术方面对欧盟采取贸易对抗行动的可能性，也受强制性政策措施预期效果的影响。其中最重要的包括：（潜在的）原告方在 WTO 争端解决系统中从法律上获胜的机会，以及被告方在 WTO 审判决定（"在法律框架下"）之前或"有罪"裁决之后放弃原主张的可能性。

强制行为是规则差异问题出现时，国际贸易关系中的一种普通政策工具。其现实性能以多种方式呈现出来，并具有不同的强度和可见度。一般来讲，如果一方不能满足另一方的要求，另一方则以明确或含蓄的方式对对方施加某种代价的威胁，这样的威胁就会发展成强制行为。我只集中讨论两种形式的强制行为，它们常常结合在一起出现：单边惩罚措施（常被称为制裁），和由争端相关国之外或之上权威机构所做出的决定。

对于前者而言，可能性实际上是无限的。比如，美国可以威胁欧盟，对其单方面施加葡萄酒或樱桃进口惩罚性关税，或者可以使任何一个跨大西洋悬而未决的贸易争端升级，如发动正式的 WTO 诉讼程序。

由争端相关国家之外或之上的权威机构做出的决定，也可以被认为是一种强制行为。在 WTO 的框架下，也是此处要重点关注的，其争端处理和上诉受理机构可以做出违背被告国意愿的决定。一旦被告国用尽了其上诉的各种可能性（所有理由），也就输掉了官司。从法理上讲，它就得服从判决。在国家内部范畴，当一个判决被执行时，通常理解意义上的强制行为就会发生。但在国际范畴中，包括在 WTO 内，判决的执行是分散的。也就是说，WTO 发现某个国家有"罪"，并正式许可对被告方实施特定的经济惩罚措施。但惩罚措施的行使权在原告国的手里。[①] 典型的情况是惩罚并不意味着惩罚本身，而是给被告方改变其规则的一个刺激，这样就消除了国内规则对国际贸易的负面影响，并且恢复了对国际法律义务的服从。在生长激素的案例中，WTO 就授权美国，对欧盟进口的货物强制增加每年 1.2 亿美元的惩罚性关税。

在农业生物技术方面，似乎最可能的情况是，美国要求 WTO 决定欧盟的农业生物技术管制规则是否与 WTO 协议中的法律责任兼容。如果发现欧盟有过失，而且 WTO 许可了一组经济上的应对措施，美国就可以对欧盟强行施加这些措施，同时希望这可以让欧盟根据美国的偏好调整其规则。

事实上，2003 年 5 月中旬，美国就其所谓欧盟在转基因谷物的非法暂停审批问题上，向 WTO 提出正式磋商。WTO 规则规定，如果磋商不能使双方在 60 天之内达成统一意见，那么就可以将该案提交到争端仲裁机构。以前的经验表明，争端仲裁机构的处理过程需要 10—18 个月，如果期间有上诉的情况，或原案扩大，处理过程或许会耗费更长时间——比如，如果美国将案子扩大，从审批规则扩展到欧盟标签和可追踪性规则上。如果美国和欧盟在此过程中都不主动放弃任何原来的主张，那么 WTO 最终会在 2004 年年末或 2005 年年初作出裁决。

---

① WTO 本身没有强制执行罚款或其他惩罚性措施的权力和手段。

在本节中，我持这样的主张，美国是否能从法律角度赢得 WTO 的官司还很不清楚。即使能，欧盟也不会撤回原有主张，按美国的要求改变其规则。就像它在牛生长激素的案子上所做的一样，欧盟不大可能默许由美国提出并由 WTO 通过的惩罚性措施。惩罚性措施带来的经济损失（如果同美国生产商的损失大致相等），以及公众对欧盟管制规则的支持，都不允许欧盟的政策制定者接受惩罚。如果美国在 WTO 中将事态升级，而且出现有利于美国的结果，我们可能会看到一系列的惩罚性措施和应对措施。考虑到未来预期的结果，可能会给目前的态势蒙上一层阴影：因为 WTO 的规则没有在这种情况下提供明确的指导性意见，指明谁对谁错，而且因为被告方的政治抵抗力注定很强，WTO 没有能让欧盟农业生物技术管制规则失效的力量。原则上讲，这应该能阻止美国将争端升级。但是，我还是要谈一谈为什么美国仍然会选择升级。

WTO 规则能提供多少法律上的指导

关贸总协定（GATT）建立于 1947 年，之后在数轮的世界贸易谈判中得以进一步发展（最近一轮是乌拉圭回合谈判）。1994 年，世界贸易组织取代了关贸总协定。GATT 和 WTO 的目的是世界贸易的自由化。达到这一目的的关键手段是"最惠国待遇"（most favored nation treatment）和"国民待遇"（national treatment）原则。前一原则保证某个成员国如果对另一个成员国开放了市场，就必须也对其他所有成员国开放（在贸易伙伴中没有任何歧视）。后一原则保证对进口货物和服务与国内生产的货物和服务平等对待（进口货物和国内货物没有差异）。

WTO 成员国仍然会建立一些构成贸易障碍的国内规则（因而对进口货物另眼相看），但只有在特定的情况下才这样做。和农业生物技术关系最紧密的是 GATT/WTO 的 XXb 和 XXg 条款。这些条款允许实行诸如此类的一些规则措施，即如果它们的正当性在于可以保护人类、动物、植物的生命和健康，或保护可衰竭的自然资源等。但这些规则措施还得满足下面将要讨论的其他一些条件。

关于农业生物技术的争端如何会进入 WTO 系统，应该是显而易见的。国家 A 制定了严格的农业生物技术管制规则，这给另一国家 B 的进口带来了负面影响。这个规则在 XX 条款下是正当的。另一个国家则认为这个规则实际上有贸易保护主义的性质，构成了贸易的非关税壁垒，是专断的，不能以环境或公众健康的理由获得其合理性。

关贸总协定和 WTO 处理这类争端的程序，变得越来越复杂且更具强制性。[①] 整个 20 世纪 60 年代，关贸总协定采用的系统，是经争端各方同意建立的由 3—5 人（通常是外交官）组成的仲裁委员会。到 20 世纪 70 年代和 80 年代，这个系统得到"司法化"，在仲裁委员会中由律师和经济学家取代了外交官，一个更稳定的案例法诞生了。然而，系统中仍然残留着一个重要的弱点：争端的任何一方都保留了阻止仲裁委员会建立和采纳仲裁报告的权利。这一弱点在 1994 年得以消除。在新的 WTO 系统中，被告国不可以阻碍争端的解决，解决程序必须遵守严格的时间框架。另外，WTO 还保留了一个受理上诉的执行机构，作为争端解决中最终的仲裁者，并确定了执行仲裁委员会决定的具体措施。

2000 年，第一个农业生物技术案例进入 WTO 系统。泰国对埃及向其罐装金枪鱼进口实施的禁令提出挑战。埃及声称这种金枪鱼是装在转基因豆油里的。泰国提出异议，称禁令没有法律依据，因为关于转基因大豆对健康的危险以及装鱼用的油是否真的是出自转基因大豆都没有科学上的证据。泰国还照会，称对泰国金枪鱼的禁令是歧视性的。经过两国的磋商，最终此案撤销。泰国和埃及争端的案例，不应该理解为一个征兆，即欧盟会在农业生物技术规则的案子上会输掉 WTO 官司。同欧盟的规则相比，埃及的进口禁令很难站得住脚，而且明显违背了 WTO 相互不歧视的原则。但是一些全球贸易系统的分析人士认为，新的而且可能是争议性更强的农业生物技术的案子早晚会进入 WTO 系统中。[②]

正如前边提到的一样，恰逢本书出版之际，美国就在 2003 年 5 月中旬发起了这样一个案子。在加拿大和阿根廷的支持下，美国在两个方面向欧盟的农业生物技术管制规则发动了进攻。第一，美国声称欧盟 1998 年关于新转基因谷物审批的暂缓令是违反 WTO 法则的。它还罗列了一系列

151

---

①　关于 GATT/WTO 基本规则和争端解决程序的分析，参见 www.wto.org，Victor（2000）以及 Bernauer 和 Ruloff（1999）。

②　参见 www.icts.org；www.wto.org。

新的转基因谷物的名单，这些谷物曾被欧洲某国和欧盟层面的审批程序搁浅。第二，美国声称欧盟审批通过的转基因谷物，在奥地利、法国、德国、希腊、意大利和卢森堡等国遭到拒绝是非法的。让许多观察人士感到意外的是，至少在这个时间点上，美国没有对欧盟的标签和可追踪性规则进行攻击。许多分析家预测，即使美国成功地迫使欧盟重新启动审批程序，标签制和可追踪性规则，因为消费者的负面反应以及服从新程序所需的高昂成本，仍将把转基因谷物拒之于欧盟市场之外。

美国政府是否会把争端升级为一场全面的贸易战，大部分经济学家对此的预见是基于对经济成本和利益的分析[①]，而律师们则更关心美国是否会打赢一场争端官司的法律问题。在本节和下一节，我认为法律评估本身不足以预测 WTO 农业生物技术案的结果。原因有二：其一，美国能否打赢官司还不清楚；其二，WTO 机构在这种情况下的做法会有战略性考虑。第一点将在本节解释，第二点在下节说明。

那些得出结论认为美国会打赢官司的人（主要是那些支持采取法律行动的人），声称比美国农业生物技术规则更严格化的管制，违反了WTO 技术性贸易壁垒协议（TBT Agreement）以及卫生和植物检疫协议（SPS Agreement）。[②]

TBT 协议签署于 1979 年，在乌拉圭回合谈判中其范畴得以扩展，所有的 WTO 成员方都需遵守它的规定。这个协议适用于所有农业食品部门的规则，有关动植物、人的生命及健康规则除外，后者归 SPS 协议管辖。在这里很重要的一点是，TBT 协议适用于农产品包装、营销和标签的所有管制规则和标准。该协议基于三个总的原则：①规则一定不能对国内和国外的产品进行非正义的歧视；②规则必须完成一个合法的目标，而且以贸易限制最低化的方式来实现此目标；③鼓励各国依从国际标准，而且这种依从会受到好评。TBT 委员会对所有的 WTO 成员方（但不对公司和非政府组织）开放，它是那些引进新的超出国际标准规则的国家发布通知的清算所。大多由规则引起的问题，通常都在两年一度的 TBT

152

---

① 参见 Anderson 和 Nielsen（2000）。

② 卫生措施是为了保护人类和动物的健康。植物检疫措施是为了保护植物。这些协议条文的描述，参见 www.wto.org，OECD（1999：52—57）和 Victor（2000）。

委员会上解决。① 但 WTO 争端仲裁委员会的运作仍然例外。

法律行动的支持者主张，就 TBT 协议而言，欧盟的农业生物技术管制规则，尤其是标签规则至少在三个方面经不起考验：①在防止消费者受蒙骗和保护公众健康方面不能得到合理解释（就是说，没有合法的目标）；②自愿性标签就可以达到同样的目标（满足消费者得到更多信息的要求）；③这些规则无论对国内不同转基因食品和饲料产品，还是对农业和医药生物技术，都没有保持一致的严厉性。②

法律行动的支持者还声称，欧盟的规则也违反了 SPS 协议。这个协议的管辖对象是食物安全和动植物健康标准。SPS 协议允许各国制定自己的标准，只要这些标准从科学角度上看有理有据，只要它们对保护人类、动植物的生命或健康是必要的③，而且只要在相同或类似的情况下不武断和非正义地歧视他国。像 TBT 协议一样，SPS 协议也鼓励采用相应的国际标准。符合国际标准的国内规则近乎自动地被认为是同 WTO 的法律责任相兼容。如果国家标准超出国际标准，它们就必须以科学风险评估为基础，并一定不能有歧视性，或者在可比情况下，通过不同层次的 SPS 保护措施，制造某种名义伪装下的贸易障碍。可以建立更严格的标准，条件是它们是暂时的，而且有一个及时提供缺失信息的程序——这一规定可以理解为允许预防性原则的应用。最后，某国家为预想达到的目标所采取的措施，一定不得超出 SPS 保护所需采取的贸易限制的程度。④ 对所有 WTO 成员方开放的 SPS 委员会，为各国提供了一个交换信息和通过谈判及咨询解决问题的论坛。⑤ 如果在这个层面上问题不能得以解决，就会启用 WTO 的争端解决程序。⑥

赞成跨洋贸易争端升级者认为，欧盟的农业生物技术规则违背了 SPS 协议的大部分规定。在他们看来，欧盟的审批和标签标准，无法用

153

---

① 参见，如 www. ictsd. org。

② 参见 Keller 和 Heckman（2000）。

③ 实行更严格标准的国家，应当能够证明替代措施会更低效和（或）更昂贵。

④ 这些对于 SPS 协议的豁免，以及设置来减少其适用的原则，在其第 5 条款中定义。

⑤ 参见 www. ictsd. org。TBT 和 SPS 协议还建立了国家通告程序。此程序意味着更大的透明度，使各国能够及早解决潜在的贸易限制问题。

⑥ 关于 SPS 协议的详细描述，参见 Victor（1998，2000）。

现有的科学证据证明其合理性。自愿性标签制和简易化审批规则，也能达到保护公众健康和环境的相同目标。另外，农业生物技术的支持者还认为，欧盟的管制规则对出口转基因产品的国家有歧视。

那些声称美国不会打赢欧盟农业技术政策 WTO 争端官司的人指出，尤其是针对强制性标签制的挑战，必须应用 TBT 协议，而不是 SPS 协议。他们认为，转基因产品强制性标签制的合理性之所以得到证实，主要是出于消费者的知情权以及道德和宗教的考虑，而不是由于食品安全因素。对消费者的调查，实际上也说明，欧盟消费者对转基因食品的关注，主要在于道德考虑而非健康危险的考虑。[①] 法律评估表明，TBT 协议在支持强制性标签制方面，比在 SPS 协议框架下更容易，因为若将科学作为一个仲裁者，其作用在 SPS 协议框架中要比在 TBT 协议中更强。[②] 换句话说，到底哪个协议更适用，其法律上的不确定性已然出现。这种不确定性可能已经影响到美国的决策，美国决定只对欧盟的审批制度，而不是其标签制和可追踪性规则发起第一波攻击。

如表 6-3 所示，强制性标签制的支持者，可借助一系列的论据来为欧盟现行规则辩护。同样，欧盟对其审批规则的辩护也会集中在几个基点上，它们是：

155

（1）对欧盟和非欧盟的生产商适用同样的规则，即说明这些规则是非歧视性的。

（2）欧盟没有正式冻结审批，而只是在审批程序上减速。这种减速是暂时的，而且鉴于目前存在的关于风险不确定性和诸如星联玉米与普罗迪基因公司案例等问题，减速是基于防御性原则的。

（3）目前仅存的少数国际标准，尤其是生物安全议定书中关于防御性原则的规定，充分涵盖了欧盟政策的法律内容。

（4）欧盟的食品安全规则在广阔地域范围内都是一致的（尤其关于生物技术和非生物技术食物），其一致性表现在它们都建立在预防性原则和科学的风险评估基础上。

---

① 参见 Gaskell 和 Bauer（2001）。

② 参见 Stillwell 和 Van Dyke（1999），Appleton（2000），Christoferou（2000），Cors（2001）。

表 6-3　在 TBT 和 SPS 协议框架下的法律挑战及辩护　　　　*154*

挑战者	辩护方
TBT 协议 强制性标签制度具有歧视性而且对贸易带来了超乎必要的限制；它以不同方式对待类似的产品（在成分、味道和质感等方面本质上等价）	本质上等价这一概念太窄，不能够区分转基因和非转基因产品；它不是一个国际标准（在食品法典委员会或其他地方）[a]；应用一般的 WTO 标准，如消费者的口味和习惯、物理上的属性、最终用途以及可能出现的副作用等表明转基因和非转基因产品是不同的；规则应用于所有国内和国外的生产商
强制性标签制度对贸易带来了超乎必要的限制，因为它在保护人类健康、动植物生命和健康或环境方面没有合法的目标	在 TBT 协议系统中对这些术语没有权威性解释，因而应该宽泛地理解；强制性标签制是达到增强消费者意识和知情权目标的有效手段；自愿性标签制无法达到这一目标；没有哪项食品法典委员会的标准一旦超出了就必须提出合理的解释；生物安全大会（BSC）支持预防性原则，部分地支持了强制性标签制[b]；WTO 规则对 BSC 规则没有优先权
SPS 协议 风险评估和强制性标签制之间没有任何理性联系；科学的风险评估表明转基因食品不构成安全问题	强制性标签制的主要理由是相关的非食品安全问题，"纯科学"因而不能成为仲裁者；其合理性解释依据预防性原则，因为转基因产品的长期影响不明
强制性标签制带来武断的非正当的歧视	同 TBT 协议系统中反对强制性标签制的辩护论点相同（见上）

注：a 关于在食品法典委员会测试转基因产品安全性的标准中用实质性等价概念的提议，争论很激烈。因为不管是食品法典委员会，还是生物安全议定书的标准，都没有被普遍接受，所以 WTO 把它们当做判断争议的核心标准是不可取的；b 如果担心新的食品法典委员会及生物安全议定书的标准可能会支持反对生物技术国家的立场，参见 Paarlberg（2000b，2001c），他对此有详细说明。

审查这些挑战和辩护的理由，似乎很难肯定美国能赢得这场官司。这一结论同三个 SPS 食品安全案例的考察结果一致，这三个案例一直试图通过 WTO 争端仲裁程序来解决争议，它们是：关于牛生长激素的跨洋争端、加拿大和澳大利亚就后者禁止新鲜及冷冻三文鱼进口的争端，以及美国和日本之间就后者提出的进口水果和坚果检验要求的争端。[①] 在

---

① 参见 Victor（2000）对于这三个案例的分析。

所有这三宗案例中，国家的规则至少部分地遭到 WTO 的否定（就是说，更严厉规则的挑战者占了上风）。但矛盾的是，三个案例的证据暗示，美国将不会赢得 WTO 的生物技术官司。

在对三个案例的分析中，维克多（Victor，2000）表示，SPS 在风险评估和规则之间建立"理性"（即以科学为基础）关系（rational relationship）的要求，被弹性化地理解了。他认为，这一要求和应用国际（主要是食品法典委员会）标准于争端的解决，没有显著影响到 SPS 保护的程度。① 牛生长激素案是 WTO 扩大使用国际标准的唯一案例，在其中，争端仲裁委员会把 SPS 协议的要求理解成国家和国际（这里指食品法典委员会）的标准应该一致。但是 WTO 受理上诉的机构否定了这种理解。针对农业生物技术，不存在既被欧盟又被美国接受的国际标准②，所以国家（或欧盟）的规则制定者在此领域的灵活度可能会更高。WTO 受理上诉的机构还弹性化地解释了"理性关系"和风险评估的要求，为反对农业生物技术的国家证明其限制性管制规则的正义性提供了更大余地。③

换言之，食品法典委员会的和其他的国际标准，或许对于程序和某国家（或欧盟）设立 SPS 标准的相关合理性有一定作用，但对保护程度没有影响。④ 甚至就程序和合理性的解释，其作用也是含糊不清的。目前还不清楚 WTO 能够在多大程度上容忍这样一些规则，即在形式上具有临时性，但事实上却是确定的，其合理性得到预防性原则的证明，但又

156

---

① Victor（2000：3）总结说："'理性关系'检测可能带来风险评估的更多使用，和对风险管理的更大关注，这可能会导致 SPS 措施和级别的更加多样化，但没有系统性的提升或降低。"

② 如上所述，食品法典委员会和生物安全议定书不可能在可预见的未来建立起转基因作物的最终标准。并且，即使能够实现，反农业生物技术的国家也会在很大程度保留其偏离这些标准的自由。以上对于食品法典及生物安全议定书的讨论也表明，就算建立了国际标准，它们也还是会强调预防性原则和风险评估的需要。例如 Falkner（2000）所说，卡塔赫纳协议实际上已加强了国家政府作为环境治理的基本单元。欧盟会发现很容易在这种方式下对自己的管制规则做出判断。

③ 有意思的是，在这种背景下，工业利益集团十分担心的决策权会向国际组织转移的现象，实际上并没有发生。

④ 参见 Victor（2000）。矛盾的是，压迫各国去玩 WTO 制定的"风险评估游戏"，其结果可能是在 STS 水平上出现管制规则的更加多样化，各国会利用其更宽泛的风险评估来限制 STS 的措施，结合当地的条件形成各种自己的政策。

面对着永无休止的科学风险评估。另外，也不清楚 WTO 能在多大程度上容忍基于道德、宗教和经济考虑的合理性证明。① 在很多情况下，我们都可能看到预防性原则的更多应用，因为各国都对其管制规则寻求合理性解释，或者借不充分的风险评估，或者出于社会的而非科学的动机。目前，欧盟对其农业生物技术政策的合理性解释基于如下一些考虑：这些管制规则的设立是为了提升消费者的安全，和社会对转基因食品的接受度，让消费者在知情的情况下做出选择，并能追踪了解其对环境和健康的影响。该解释还说明，这些管制对所有内部和外部的产品都是一视同仁的。

来自 SPS 案例的证据，更普遍地证明了废止某国的管制规则是不大可能的，只要具备如下条件之一：①如果规则没有明显歧视某一特定国家；②如果含有暂时的概念并遵循预防性原则；③如果相似或相同的规则在其他可比情况下使用过；④如果进行着科学的风险评估；⑤如果规则没有明显的贸易保护主义性质（例如，如果很难证明规则牺牲了国外生产商的利益并给国内生产商带来利益）；⑥如果很难证明其他限制性更低的措施，以同样或更低的成本达到过可接受的危险程度。就欧盟农业生物技术管制规则而言，这些条件都是很容易达到的。

简言之，WTO 已经建立了细致的规则和程序，用它们可以区分合法和不合法（贸易保护主义）的规则。但是可适用的 WTO 协议（TBT 协议和 SPS 协议以及在过去争端中对它们的解释），不能对欧盟的农业生物技术规则提供明确的规范。欧盟仍将能够找到一系列实质性的和法律上看上去可行的论据，为其管制规则辩护。下一节将展开讨论这一论点，并探讨为何即使美国打赢了反对欧盟规则的 WTO 官司，而问题仍得不到解决。

为什么美国打不赢 WTO 的农业生物技术官司

在本节中我认定，在农业生物技术领域中，不充分的法律规范必定要和事实结合起来考虑，那就是即使面临 WTO 的不利裁决，欧盟也不大

157

---

① 参见 OECD（1999），特别是第 29 页。

可能放弃其原有立场。由于这两个条件和此处讨论过的其他条件的存在，WTO 是不可能废止欧盟农业生物技术规则的。虽然这种事情极不可能，但若真的发生了，那么这种裁决带来的政治和经济后果，会远远超出美国所能体验到的任何收获。

针对各国内部、欧洲以及全球司法系统中有关环境和消费者健康案例的研究表明，法庭往往表现得很有战略性眼光，力求在法律稳定和政治支持之间达到某种平衡。如果法庭频繁对政治影响力很大的人或集团不计成本地进行制裁，他们就有丧失其长期生存能力的危险。最糟糕的情况是，有影响的失败者会取缔法庭。他们会不服从法庭裁决，或者发动削弱法庭影响的政治改革。但如果法庭太多地屈从政治压力，又会丧失其作为独立公正仲裁者的合法性。

凯勒门、加勒特、史密斯和其他人[1]，用上面的思路尝试解释了WTO 争端的结果。据此并稍加扩展，我提出如下主张，WTO 支持被告方管制规则的可能性会更高，如果：

(1) 法律条文没有明确指出被告方的规则是否合法；

(2) 被告方的经济实力雄厚，不大可能对其不利的判决就范；

(3) 被告方受到其他有影响成员国的或明或暗的支持；

(4) 重要的全球性贸易谈判正在进行中；

(5) 一宗具有可比性，最近刚结束，但带来巨大政治反冲力的案例。

这个解释性框架，有助于预见 WTO 农业生物技术案的结果。[2] 所有有关这五个条件的证据都表明，要废止欧盟农业生物技术管制规则是不可能的。如果这个框架能够提供任何指导的话，那就是若美国通过完整的争端仲裁程序把案子升级，则它就会输掉这场关于农业生物技术的WTO 官司。我们再来更细致地讨论一下这五个条件。

前一节提供了第一个条件的证据。就欧盟的管制规则（根据 WTO 的法律）是否合法，WTO 的法规只提供了非常有限的说明。在本节中我将证明，欧盟在不利于其的 WTO 判决之前，就放弃其原有主张的可能性极

---

① 参见 Kelemen（2001）以及 Garrett 和 Smith（1999）。

② 关于 WTO 在环境和消费者健康方面争端仲裁案件的分析，参见 Kelemen（2001），Victor（2000），Bernauer 和 Ruloff（1999），以及 Bernauer 等（2000）。

小。欧盟的这种立场，至少会得到其他几个国家心照不宣的支持。另外，正在进行中的全球农产品自由化努力，和最近关于牛生长激素的 WTO 案，都降低了美国得到有利于自己判决结果的可能性。

第一，第三章到第五章关于欧盟政策的分析说明，欧盟不管是在 WTO 判决之前（"在法律框架下"）还是之后，都不会对原告方做出让步。毫无疑问，欧盟对于 WTO 系统本身的生存是至关重要的，因为欧盟是世界第二大经济体和世界最大的贸易体，欧盟和美国是世界最大的双边贸易伙伴。

欧盟管制规则当局和其成员国政府，都面临来自环境和消费者集团的沉重压力。该压力集团认为，标签制不过是对农业生物技术采取更严厉限制的一个中间步骤而已。在它们看来，标签制只解决了信息不对称的问题，但无法完全满足消费者规避风险的要求。

与此类似，标签制解决不了的其他一些问题，如欧洲农民的农产品过剩问题、由食品安全危机带来的市场瓦解问题、从美国和其他国家进口的新一代转基因产品带来的更激烈竞争前景问题等。因此，欧盟农民更愿意从强制性标签制过渡到对转基因谷物更多的限制，而不是从强制性标签制过渡到自愿性标签制。由于消费者对转基因产品的极大关注，非政府组织的反农业生物技术运动，使得加工商和零售商不大可能支持宽松的农业生物技术管制政策。[①]

WTO 若对欧盟农业生物技术管制规则加以废止，必然会在全球化的批评者中间引发一场政治风暴（选民集团可能比农业生物技术的批评者集团还大）。这些批评者多年以来一直表达着这样的恐惧，"那些不露脸的国际官僚"会以自由贸易的名义，把重要的区域性消费者和环境规则消灭掉。

在作出裁决时，WTO 的仲裁委员会或受理上诉的机构，大概也会估

---

① 原则上，大型垂直一体化的食品加工商和零售商在大宗产品市场（如目前的转基因食品市场）上，可以通过增加产品差异和标签而获益，并以小生产者为代价——大型生产者能够以更低的成本有效地控制其供应链。实践中，欧洲大型加工商和零售商不大可能采取重建转基因食品市场的策略。除非政府组织、农民和消费者的反对意见，它们也会遭遇来自较小加工商和零售商的反对。在这种情况下，大型加工商和零售商会面临重大的集体行动问题。每个公司都会等待别人先去重建转基因食品市场并承担其成本，自己则做该市场开放后的搭便车者。

计美国一旦败诉，WTO 及其争端仲裁系统所遭受的损失。来自其他 GATT/WTO 争端的证据显示，在大多时候，原告方比被告方更容易败诉。我们因此可以推断，对 WTO 来说，美国败诉要比欧盟败诉的政治后果小一些。原告方败诉后不需要返回去改变国内规则以服从判决，只需简单说其为保护国内的厂商权利而输了官司，而且还可以谴责 WTO 和被告方。倘若是被告方败诉，就面临更高的代价，因为服从 WTO 的判决，意味着要废除或改变国内受到重要赞助者支持的规则。如果美国败诉，它会维持现状。相比之下，许多观察家认为如果欧盟败诉，在极端的情况下，它会对要求其废除强制标签制和放松审批标准规定的判决置之不理。

　　第二，如第三章所示，其他几个重要的经济体也采用了强制性标签制和比美国更严格的转基因审批标准。如果欧盟的农业生物技术管制规则被 WTO 废止，那么下一步也该轮到它们了。因此，像日本（世界第三大经济体）这样的国家，至少会暗中支持欧盟的立场。在日本，诸多因素造成其不可能返回到更宽松的农业生物技术管制规则。这些因素包括，消费者对严格农业生物技术管制的强烈支持，农民对更严格管制的支持正在增长，生物技术产业对现存规则放宽的支持甚微，生产商和零售商之间的分歧等。如果日本的农业生物技术政策会有变化，那也是趋向欧盟而不是趋向美国模式。欧盟也可能得到许多发展中国家的支持，这些国家对一些更广泛的问题都很关心，如和农业生物技术应用有关的生物多样性问题以及基因来源的产权问题。美国试图在 TBT 和 SPS 委员会，以及 WTO 和食品法典委员会中建立一个支持农业生物技术联盟的努力也是不了了之。支持农业生物技术的联盟基本上只局限于美国、加拿大和阿根廷。①

　　埃及的案例说明了由美国所领导的联盟的局限。美国曾公开威胁埃及，如果其不支持美国的生物技术政策，美国将减缓甚至取消正在进行中的双边自由贸易谈判。埃及起初表示它将加入美国在 WTO 质疑欧盟农业生物技术规则合法性的行动，但后来却退出了，或许是考虑到它对欧

---

① 参见 www.ictsd.org。

盟经济的依赖。从更一般意义上讲，埃及的行为说明一种趋势，欧盟的
规则模式似乎在许多发展中国家和工业化国家中获得支持，结果，欧盟
在这一领域中也赢得了更多的政治和商业影响。这一发展状况，也使得
美国想从 WTO 获得有利于自身的判决更加困难，而且即使得到这样的判
决，想从欧盟和其他有着类似规则的国家得到判决所要求的让步也更加
困难。

第三，由于历史上长时期的贸易保护主义，全球农产品市场自由化
的努力或许是 WTO 活动中最具争议的领域。1993 年的乌拉圭回合谈判，
只取得了有限的进展。于是，不少工业化国家和发展中国家，在新近发
起的多哈回合谈判中努力促进自由化的发展。[①] 但是到目前为止依然收
效甚微。跨洋农业生物技术争端的升级，肯定也不会有益于这一领域的
进展。

160

第四，牛生长激素的跨洋贸易争端带来的政治附加后果，有可能阻
止 WTO 决策者废止欧盟农业生物技术管制规则。这种情况有必要详细探
讨。[②]

欧盟分别在 1981 年、1988 年和 1996 年，决定禁止来自经过自然或
合成激素处理的牲畜肉类进口。欧盟以可能带来的健康风险作为这一禁
令合法化的基础，而美国却指控欧盟利用管制规则把美国牛肉拒之于欧
盟市场之外。美国以当初关贸总协定的 TBT 协议，对欧盟的禁令发起了
挑战。因为 TBT 协议当时是自发性的，争端解决程序也不是强制性的，
欧洲共同市场（当时的称谓）能够否决仲裁委员会的建立。这次争端就
成为一个象征，说明关贸总协定其实无力阻止不断增强的贸易非关税壁
垒。争端仲裁程序在乌拉圭回合谈判期间得到加强，这个案例在此期间
占据了重要的地位。

更严格的仲裁程序一旦就位，美国要求建立仲裁委员会就获得了成
功，并最后得到了有利于自己的裁决。这次美国主要以新的 SPS 协议条
款挑战了欧盟的禁令（见上）。WTO 争端仲裁委员会用三个理由否决了

---

① 跨大西洋的农业生物技术冲突，也可能妨碍 WTO 在知识产权方面的其他努力。如序
言中所述，专利规则是生物技术贸易另一个发生冲突的主要领域。

② 更多细节，参见 Caduff（2002），Vogel（1995）和 Victor（2000）。

欧盟（的禁令）。

宣布欧盟禁令是非法的理由，是欧盟所禁止的六种生长激素中的五种，都包括在许可性更高的国际标准里。1995年，食品法典委员会以微弱多数采纳了这样的标准。后来由WTO受理上诉的机构推翻了这次WTO的判决，建议国内的规则应以国际标准为基础，而不一定要同国际标准一致。

WTO仲裁委员会裁定，欧盟的措施没有充分把SPS协议规定的风险评估作为基础。然而，负责受理上诉的机构却放宽了对适用风险评估的解释（WTO仲裁委员会只强调健康风险的"硬性"科学证据）。不过两个机构都发现欧盟没有对风险进行过系统的评估，而此风险正是欧盟用以禁止激素处理牛肉进口的理由。欧盟和其他机构在正常使用生长激素条件下对健康风险的评估，没有显示出任何危险。而欧盟提出的滥用生长激素风险，根本就没有评估过。欧盟禁止的第六种激素（MAG）也没有进行过评估。因此，欧盟的禁令经不起规则和风险评估的"理性关系"考验。

另外，仲裁委员会之所以废止欧盟的规则，原因还在于，欧盟在可比条件下提供了程度不同的保护。欧盟允许了两种用于生猪的激素（卡巴氧和喹乙醇）。负责上诉的机构推翻了这一裁定，理由是原告方没能提供足够的证据，证明所提到的（保护程度）差异是专断无理而且对贸易有害。但最终因为欧盟没有施行充分的风险评估，美国依然胜诉了。

但这一法律结果没有解决问题。由于对禁令的强烈政治支持，欧盟没有做出任何让步。于是美国也还以颜色，每年对欧盟国家强制实施近1.2亿美元的惩罚性关税。欧盟没有在WTO中对此案重新申诉，或单方面对美国实施对抗性的措施——大概是由于美国的措施对欧盟带来的损失不大。不少分析人士认为，此间牵扯的资金数额还是其次，而生长激素争端的恶化，对WTO争端仲裁系统功能的伤害更大。

作为类似的案件，生长激素案的结果，可能会阻止WTO的决策者们再一次废止敏感的欧盟管制规则。WTO对生长激素案的裁决说明，如果欧盟对农业生物技术进行更系统的风险评估，加上以预防性原则作为其合理性的理由，就会使欧盟规则更接近于现存的SPS和TBT标准。就像前面所说的那样，这样一来就能减轻 WTO 决策者的压力，即不会以牺牲政治支持为代价，而向法律的一致性倾斜。在不利于自己的裁定做出后，欧盟也不会放弃自己的原有立场，这种信号的释放，就可能促使 WTO 的决策者们趋向考虑政治支持的裁决。①

是否会走向全面贸易战

上面的分析说明，如果美国自始至终通过 WTO 争端仲裁系统，将跨洋农业生物技术贸易冲突推向升级，它也不会得到有利的判决。分析还说明，即使争端仲裁程序得出了有利于美国的裁决（可能要到 2004 年晚些时候或 2005 年年初），欧盟也不会做出任何让步。②最好的情况就是，欧盟简单地"承受"了美国施加的惩罚，可能每年高达 3 亿美元或更多。最糟糕的情况是，欧盟寻求报复，在其他领域里给美国增加各种各样的经济代价，如采取升级其他贸易争端的手段。不管在哪种情况下，WTO 本身和生物技术的长期前景都会受到负面的影响。

在第一种情况（继续维持欧盟的管制规则）下，因为知道会得到 WTO 的保护，其他国家将受到鼓励，从而实施限制性更强的农业生物技术规则。而在对欧盟有农产品出口的国家中，农业生物技术的使用会减缓。鉴于目前正在进行的贸易谈判，特别是预计在 2005 年结束的多哈回合谈判，美国重要的政治支持者对 WTO 的拥护就会受挫。

在第二种情况（欧盟管制规则遭到废止）下，主要的欧盟成员国对 WTO 的政治支持会剧烈下降。在对农产品贸易进一步自由化已有强烈抵触的背景下，这个领域任何进一步的贸易谈判肯定都会失败。而且，WTO 的争端仲裁系统会受到另一宗食品安全案的严重拖累，该案例只产生了法律上的而不是能解决实际问题的办法。由此，对 WTO 争端仲裁系统的信任，将面临四面楚歌的境地。

---

① 参见 Millstone（2000）。一些分析家将生长激素案视作一个例外，该案对乌拉圭回合谈判（为生长激素案而心烦不已）中所设计的冲突裁决系统的有限性进行了充分的检验。按照他们的看法，这个案例充分地证明了该仲裁系统的有限性，各国也不可能在类似的案例中再试一次。

② 作为对 WTO 否决性裁决的反应，为什么欧洲联盟仍会发现要改变其自身的管制规则难而又难，针对此问题的一种更普遍分析，参见 Alasdair Young：*The Incidental Fortree*：*The Single European Market and World Trade*（手稿）。

出于这些考虑，大家预计，美国的政策制定者会从国家的整体利益出发，而不会把争端升级。人们也不愿意看到，美国农业生物技术公司、农民以及加工商会把政府推向贸易升级的边缘。但是，美国政府和私营部门到底会怎么考虑这一论点，以及其他的许多具体因素，目前还难以确定。

统计 GATT/WTO 系统中贸易冲突的总量，显示各国政府会频频发起正式的贸易争端，但胜诉的不多。[①] 这说明当一个国家决定是否在WTO 中将争端升级时，通过全球贸易系统实施强制行动（本章开始所列的三个条件的第一个）的预期有效性，常常会被其他的考虑所淹没。

某国家在某个贸易领域的冲突升级，可以充当一种策略，来阻止另一个国家在另一个贸易领域的争端升级，也可以使另一个国家在另一个贸易冲突中做出让步，或者阻止其他国家在有争议的领域里建立更严格的限制。例如，美国决定在农业生物技术中将争端升级，有可能是用来阻止欧盟把有关美国出口补贴和钢铁部门反倾销措施的争端升级。美国也可能是为了获得欧盟在牛生长激素规则方面的让步而这样做，还可能是为了阻止欧盟和其他国家建立农业生物技术更多管制限制而这样做的。相反，在某个贸易领域做出让步，可能是为了使另一个国家在另一个贸易领域中不把争端升级。[②] 例如，美国可以在农业生物技术方面让步，希望欧盟作为交换，能够在出口补贴和钢铁领域的反倾销措施方面让步。欧盟可以在出口补贴和钢铁领域的反倾销措施方面让步（这方面欧盟的理由得到了 WTO 的赞同），以换取美国对欧盟农业生物技术管制高抬贵手。在有些（虽然很罕见）情况下，为打击贸易保护主义的利益，某些国家的政府甚至会在本国内部发动一次没有赢家的争端升级。

如果潜在的诉讼方得出结论，通过将贸易争端升级赢得重要选民集团的政治支持，比赢得官司本身更重要，则升级也会发生。但此类行为只能带来短期的利益——政治科学文献证明政治家的政治寿命一般都不长。但从另一面看，WTO 的程序经常旷日持久，一拖就几年，因此，将

---

① 参见 Hudec 等（1993）以及 Bush 和 Reinhardt（2000）。

② 参见 Pollack 和 Shaffer（2000）以及 Levidow（2001）。

来若有不利的结果，就可以推给 WTO 或被告方。

对于诉讼国来说，升级的代价常常是分散的，而从政治拥护者那里获得的好处却是集中而高效的。上述分析表明，欧盟管制规则的成本落在美国一个很小但很强大的经济活动者集团身上。原则上说，如果在 WTO 的争端升级中能够胜诉，则这个小集团将会得益于欧盟的让步。所以它有很强的动机去组织并敦促美国政府进行贸易升级。而升级的成本（如惩罚性措施和应对措施，进一步贸易谈判的中断，农业生物技术在别国的采用），则会明显地更加分散化。因为存在负面结果，该小集团呼吁并阻止政府进行升级的动机却非常小。

分析人士认为，这些潜在的驱动力，很明显地反映在促使布什政府 2003 年 5 月决定进行贸易升级的主要原因里。

第一，仅在美国公布（2003 年 5 月 13 日）其决定的前几天，欧盟就曾威胁过，因美国出口补贴引起的争端，将依照 WTO 通过的相关贸易条款，对其强制实施 40 亿美元的制裁。因此，升级农业生物技术的贸易争端，可能帮助阻止欧盟的威胁付诸实施。

第二，若干非洲国家在 2002 年（因认为食物中含有转基因谷物）对其粮食援助的拒绝，让美国看到了这样一种可能性，即越来越多的发展中国家会追随欧盟的农业生物技术管制模式。最近几年，欧美双方正在进行着同发展中国家签署自由贸易协议的竞争。这些协议，有的也涉及了贸易的非关税壁垒，如环境和消费者风险规则等，可能会导致下列结果，绝大部分发展中国家，要么锁定欧盟的农业生物技术管制规则，要么追随美国的规则。在 WTO 中升级争端，就能阻止一些发展中国家（如中国、印度和巴西）仿效欧盟的农业生物技术管制规则。有的观察家认为，美国在 WTO 牛生长激素案中的获胜，似乎就达到了这样的效果，虽然作为最主要被告方的欧盟最后并没有服从判决。换句话说，当前流行的一种政治说辞，说欧盟的农业生物技术政策，无非就是要给非洲送去饥荒之类，正在掩饰着一个自私的动机，即为美国的农业生物技术产品打开发展中国家的市场。

第三，农业生物技术案的升级，有助于阻止欧盟在其他领域中设置更严格的环境和消费者风险管制规则，最明显的是化学品和电子回收品的检测和准入。美国企业和规则制定者，最近几年变得非常敏感，唯恐欧盟在这两个领域和其他领域里的规则变严。虽然这一规则并不公开歧视美国企业，但对欧盟本地的企业更有利，因为欧盟企业被认为能够更有效地应付这一规则环境。[①]

第四，几个来自美国农场带（farm belt）的国会议员，特别是参议院财政委员会主席查克·格拉斯利（Chuck Grassley，来自爱荷华州的共和党人），极力呼吁白宫将争端升级。政府减税的计划在国会中得以通过，格拉斯利起到了很关键的作用。2004 年的选举即将来临，升级农业生物技术争端，就保证了来自农场带的选票。

第五，孟山都和其他与布什政府有着紧密联系的美国生物技术公司，计划在今后几年里对其转基因小麦和大米进行市场营销。在它们看来，升级争端，既可以帮助直接打开这些产品在欧盟的市场，又可以迫使欧盟与美国展开国际规则的谈判，这样的规则将帮助转基因产品获得市场。

第六，有迹象表明，美国已经放弃了全球农产品市场实质性自由化的希望，这是目前正在进行并即将于 2005 年结束的多哈回合谈判的主要内容。美国政府因此会得到这样的结论，争端升级的机会成本——在谈判破裂的情况下——应该很小。

第七，2003 年 1 月，美国政府似乎已经准备好了对农业生物技术争端的升级，但随后因为劝说欧洲人加入对伊拉克的战争而放弃了。随着在伊拉克大规模军事行动的结束，以及德法反对对伊战争给美国带来的余怒，又揭开了升级持久贸易争端机会的新序幕。

结论

本章的分析展现了欧美在农业生物技术领域的冲突。首先，我主张在下列条件下美国更有可能使冲突升级：①欧盟农业生物技术限制带来的经济损失巨大，而且集中在政治影响力强大的经济活动者身上；②解决问题的非强制性措施无效；③通过 WTO 胜诉的前景看好。

---

① 参见 www.nftc.org；http://agriculture.house.gov/hearings/1081.pdf。

对农产品贸易数据的回顾和对全球贸易模式的评价，表明欧盟管制规则对美国带来的损失虽不算大，但在逐渐增大。对此的分析还表明，这些损失都集中落在美国有政治影响力的集团身上，主要是生物技术公司和大型出口导向农场。这些经济行动者有很强的（短期）推动美国政府进行贸易升级的动机。分析还表明，非强制性措施（相互承认、补偿、协调、单边调整和市场调节）不大可能解决问题。对于第三个因素的证据模棱两可。一方面，分析暗示美国难以打赢 WTO 的农业生物技术法律官司。即使胜诉，欧盟也不会让步。这会阻碍美国对争端的升级。另一方面，其他贸易争端的证据表明，WTO 机制（从原告方的角度看）未来可能的无效性，不会阻止美国进行贸易升级。原因在于升级常会给原告方带来短期而集中的收益，而其成本却是长期而分散的。本章还指出了几种可能促成升级的具体情况。

通过 2003 年 5 月中启动 WTO 争端仲裁程序，美国向贸易升级迈出了重要的一步。当本书出版时，出现了三种可能的情形。

第一，欧盟取消审批暂缓令，大概会在 2003 年年末或 2004 年执行。美国政府声称其贸易行动促进了欧盟审批程序重新开始的进程，借此机会在 2004 这个选举年份里捞足国内的政治分——然而，现实中，欧盟本来就打算重新开始其审批程序。案子最终从 WTO 中撤销。

第二，欧盟取消暂缓令，但美国把争端扩展到标签制和来源可追踪性问题上。美国会一直升级争端，直到获得一个正式的 WTO 裁决——如果裁决有利——并实施惩罚性经济措施。

第三，欧盟不会取消暂缓令，美国继续升级争端。

就 2003 年 5 月的情况，出现第二种和第三种情形的概率高于第一种情形。虽然美国法律诉讼的细节没有充分展示，美国的指控主要集中在欧盟的审批暂缓令上。但是，美国还面临着一个"移动目标杆"（moving goal posts）的问题。欧盟的审批规则，只是欧盟管制系统中阻止转基因谷物进入市场的一个因素，甚至算不上是最重要的因素。诸如标签制度、可追踪性要求、责任问题，以及如何管理转基因谷物及有机成分与常规谷物并存的规则等，作为阻碍转基因产品进入市场的因素，至少同样重要。这些规则给转基因谷物的生产商和生物技术企业带来成本，

166

也减少了消费者对转基因产品的需求。例如，美国农业部最近一项研究表明，虽然美国的消费者不像欧盟的消费者那样担心转基因食品，但对贴有标签的转基因产品的购买，平均还是下降了14％。[①] 如果美国真的想迫使欧盟打开其对转基因谷物的市场，就得挑战欧盟的标签制和可追踪性规则。即使美国打赢了WTO的审批规则官司，而且欧盟重新开始其审批程序，也不会对美国的转基因谷物出口商和生物技术企业有帮助：欧盟的消费者不会匆忙购买来自美国标签的转基因产品，欧盟农民也不会匆忙地种植转基因谷物。赢得标签制和可追踪性规则的官司，要比赢得审批规则的官司更难更耗费时日。

另外，欧盟各国在其内部，就几个农业生物技术管制规则的关键因素还没有达成共识，这些因素被认为是重新开始审批程序的先决条件。即使在欧盟层面上通过的几项立法，其执行在成员国内也被拖延搁置。例如，在2003年5月，15个成员国中只有三个通过实施新审批规则和环境排放指导原则的立法，而这些法律早在2002年就已生效。WTO的争端，会使欧盟内部争议的解决推迟得更久甚至会到WTO的争端解决之后，很容易就拖延1—2年。如此的拖延，反过来会鼓励美国继续其升级活动。

最后，许多美国政策制定者最近的声明表明，美国就欧盟农业生物技术的管制规则案，其目标可能不止是规则本身。真正的目标，是欧洲所有基于预防性原则，而不是基于美国规则制定者所谓"完全科学"的环境和消费者风险规则。[②] 如果这一评估至少部分正确，那么我相信，农业生物技术的争端只是冰山一角而已。所以，存在着一个很大的危险，农业生物技术贸易冲突，会转变为一场大规模的、更根本的关于环境和消费者风险的适用规则模式的争端。本书末章，将探索避免可能导致一场长期而昂贵的跨大西洋贸易战争的因素。

---

① 参见 www.ers.usda.gov/publications/tb1903/tb1903.pdf。

② 参见 www.nftc.org；http://agriculture.house.gov/hearings/1081.pdf。

第七章

多样化处理

本书的前几部分在第一章中进行了总结，这些部分展示了各国在公众意见、利益集团政治学和体制结构上，是如何以及为何导致它们在食品生物技术的规则限制上日益增大的差异。欧盟国家对农业生物技术施以严格的限制，而美国却把市场向大多数食品生物技术的应用开放。面对世界最大的两个经济体，其他国家要么向一方看齐，要么向另一方看齐，或者在奋力寻找着中庸之道。

这种规则上的两极分化，导致了全球贸易系统冲突的不断激化，特别是欧盟和美国之间的紧张状态。正如第六章所示，解决这类贸易冲突的合作及单边政策手段在生物技术领域并不奏效。我也解释了这些政策手段无效的原因，而且在未来几年里的情景也一样。分析的结论是，贸易争端升级到大规模贸易冲突的危险性很高。

规则上的两极分化和贸易冲突给农业生物技术的前景蒙上了阴影，其主要形式是加剧了国内生物技术的意见分歧，使市场支离破碎，该领域的技术应用和投资降低。每年1000—5000亿美元的全球潜在市场，发展中国家食品安全都会处在危险之中。

在最后一章中我勾勒出的政策改革建议，可以帮助避免看上去不可避免的从规则两极化到贸易冲突，再到贸易停滞，乃至最终食品生物技术衰败的运行轨迹。开宗明义，我认为目前盛行于公共和私有部门的政策，不是足以开拓全球生物技术市场的有效战略。[①] 没有实质性的政策改革，持续的规则两极分化和贸易冲突，对生物技术目前和潜在的市场都有巨大的破坏作用。

下列建议的焦点是建立强有力的规则权威，建立基于强制性转基因产品标签制、市场驱动的产品区分体系，以及对发展中国家的支持体系。*169* 这些措施可以帮助在公共安全理念和私有经济自由之间达到某种平衡。这些措施给食品生物技术提供了一个从长远来看，能在环境、健康、人道主义和经济等方面体现自身价值的公平机会。

不受欢迎的选择

下面提出的政策改革措施，会对生产商和消费者带来附加的成本。因此，它们也许不会很受欢迎，尤其是农业生物技术企业、种植转基因作物的农民、赞成生物技术的加工商和零售商，以及所有支持规则决策应完全基于现有对健康和环境威胁的科学证据之上的人。有些提议也与这一技术的反对者喜欢的政策背道而驰。但在猛烈抨击这些提议之前，希望农业生物技术的支持者和批评者们都先考虑一下这些可供选择的办法。

在公共和私有部门对生物技术的支持者中最流行的策略是：①对公众进行有关农业生物技术益处的教育，并强调其将来的收益；②运用国际司法程序以及政治经济压力，撬开反感农业生物技术国家的市场；③通过包括隔离和自愿性标签制的市场驱动产品区分机制，满足消费者对非转基因产品的需求。

该技术的批评者主要致力于引进更严厉更复杂的农业生物技术应用方面的管制规则。

除了市场驱动的产品区分机制，上述大多数策略都不会有助于克服当前的生物技术危机。

是不是越了解农业生物技术的人，就会越支持该技术？没有令人信服的经验支持这一推断。有关消费者调查的数据显示，农业生物技术的

---

① 从一种对比的视角，参见 Krueger（2001）。

支持者会认为该技术很有用，道义上可以接受，而对其危险性考虑不多，他们相信其食品供应的安全性。反对者则持相反的意见。有的分析也表明，参与更多、知道更多、教育程度较高的男士，多少会更支持农业生物技术。但是支撑这样一个（统计上很弱）相关性很低的因果关系，是极难深入探究的。知识和对农业生物技术的支持，只呈微弱的相关关系的原因，可能是对生物技术的支持与否，取决于多种动机和价值观而非知识水平。下边这种情况值得注意，根据许多调查，欧盟的消费者好像比美国消费者掌握更多关于农业生物技术的知识，但并不比美国消费者更"怕技术"（technophobic），而是对农业生物技术的应用更不支持。[①]

170

因此，即使由政府或私有部门的农业生物技术支持者发起大规模的公共关系（或教育）运动，也很难建立和保持对转基因农产品长期消费的信心。农业生物技术未来更诱人的获益前景也是虚无缥缈的。那些基于"纯科学"（pure science）的观点和证据，很难吸引生物技术的反对者，他们的注意力受道德或经济因素（害怕企业垄断，贸易保护主义目的）的驱动，或对新技术和食品供应安全性的弥散性恐惧的驱动。事实上，已有的证据否定了这个推断，即到目前为止，支持生物技术的运动增强了消费者对生物技术的支持。这些运动和广泛意义上的教育活动，如果能同带来实质性和明确的消费者利益［如更低的价格和（或）更高的质量］的产品市场营销相结合，可能会效果更好。但从目前的研究与开发情况来看，这样的产品在今后几年里不大可能进入市场。

如第一章所提，在这方面，农业生物技术的支持者可能会走向一个"合法性陷阱"。不断使生物技术合法化的努力包括，生物技术能帮助穷人解决温饱、能为消费者带来有益的产品等，这些美好前景的许诺，都在提高着人们的期望值。但由于创造了这样的期望值，当农业生物技术无法在中长期兑现其承诺（由于规则限制和其他原因）时，就显得很脆弱。

生物技术争论中的某些重要参与者预言，基因组领域的快速创新，会很快减少或消除关于转基因食品的争议。例如，罗伯特·古德曼（Robert Goodman）就声称："从科学的角度看，公众关于基因处理有机

---

① 参见，如 Gaskell 和 Bauer（2001）。

体的争论……很快就会成为过去…… 科学一直在前进，我们正处在基因
组时代。"[1] 大米和拟南芥（arabidopsis）基因组，也就是这些有机体的
整套基因序列都已为我们所知，其他植物的基因组图谱也在以更快的速度
绘制出来。科学家将能够运用这些关于基因组位置和功能的新知识，特别
是决定植物生长和发育的基因，来指导植物培育者在传统的培育中使用更
先进的技术，包括不依赖于 DNA 合成技术的方法。例如，新作物品种和食
171 物产品，可以通过在有机体内部阻断和打开个别基因功能的方式予以培育，
而不是把基因从一种有机体转移到另一种有机体（如 Bt 玉米）。

那些相信基因组将很快消除关于食品生物技术争议的人认为，此领
域在"新时代的应用"，将使得转基因食品在非政府组织和消费者眼里看
来更自然，从而最后为大众所接受。他们声称，证明分子基因组在常规
和非常规作物培育中的功效，会驱散当前完全集中于跨物种转基因作物
的争议。他们还认为，这种性质的新品种很难获得专利，特别是通过基
因组和传统植物培育方法相结合而培育出的品种。这或许会抑制商业性
农业生物技术公司在本领域中的投资欲望。生物技术的批评者也不再有
理由说该技术主要是为西方大公司牟利的。这也会使该技术在世界较贫
穷地区的扩散更容易。[2]

在现阶段，这些主张还大多是一种猜测，特别是在对消费者看法和
大型企业（用专利）主导食物链的影响方面。正如最近的农业生物技术
信息网（ag-biotech info net）所说："基于跨基因（transgene）的技术
应用，相对于'新时代'（new era）技术应用的相对作用、能力和手段，
将是未来一段时间内讨论的焦点，因为大多数对农业生物技术的怀疑，
要么在总体上、要么是完全指向诸如标记嵌入式培育这样的'新时代'
应用。"[3] 在植物培育中不断增多的基因组技术应用，是否最终以牺牲跨
基因作物为代价促进传统的培育形式，或者反之，都是难以确定的事。
消费者对这种性质的新食物产品的反应也同样不能肯定。换言之，认为
基因组技术会打开全球农业生物技术市场的想法，不过是个推测而已，

---

① 美国科学促进会（AAAS）年会宣言，2001 年 2 月 18 日。

② 参见 www. biotech-info. net，感谢 Philipp Aerni 引导了我对于这点的注意。

③ 参见 www. biotech-info. net。

甚至可能只是一个幻觉。

如第六章所述，强迫反对农业生物技术的国家打开其对该技术的市场，这种努力注定要失败。国际性法律机制，特别是WTO途径，也不大可能产生有利于农业生物技术的裁决。如果WTO在正式的贸易争端中支持了较严格的管制规则，这就会鼓励欧盟采取更严厉的管制，也会鼓励其他国家效仿欧盟的规则模式。即使欧盟和其他地方的农业生物技术管制规则被WTO废止，虽然是不大可能的，但即便如此，也不会解决问题。被告方可能不会执行这样的裁决，它们会锁定当前的规则差异，关闭全球规则改革的现有窗口。美国政府和其跨国公司极力把转基因食品"强行喂给"（force feed）欧盟和其他国家的公民，这些国家的公众对此必然会表示强烈抗议。面对这种情景，欧盟和其他国家的政策制定者根本无法放弃原有主张。WTO的裁决因此不会给种植转基因作物的农民带来利益。这些裁决会给WTO带来一项不可能完成的任务，会扩大国际转基因农产品市场现有的混乱局面，从而对这项技术进一步的公共和私有投资有害无益。[①]

市场驱动的产品差异，可以帮助分散贸易摩擦，减轻规则两极分化带来的其他不良后果。但要使之奏效，必须得到公共和私有部门积极而系统的支持。我将在下面对这一点展开详细讨论。

最后，与健康和环境风险的科学证据越来越分道扬镳的更严厉更复杂与更昂贵的管制规则，也许会满足该技术的极端反对者，但不会照顾到农业生物技术温和批评者和支持者的想法，这些人寻求的是从人类健康和环境保护角度出发，促进安全而有益的技术应用。复杂而昂贵的管制规则，还有引发一种恶性循环的危险。实际上，它会破坏消费者信心、规则的权威性、公众对该技术的接纳，最后很可能在实施中挫败。然后，作为结局，更复杂的规则出现了，导致公众对食品安全和规则制定者的

172

---

① 作为相似的结论，参见 Victor 和 Runge（2002）。他们建议，如果欧盟和美国在此问题上避免一场贸易"热"战，如果对有益于发展中国家的农业生物技术研发增加公共资助，如果为了贫困农民的利益而改革知识产权制度，则当前的农业生物技术危机就可以解决，对该技术的投资也能持续进行。我完全赞同这些建议，但我在本章中论证了其第一项建议只能是一项短期措施。要维持公共和私人对于该技术的长期投资，就必须实现更全面的规则改革。还可参见 Paarlberg（2001b）和欧盟—美国生物技术咨询论坛（2000）。

信任度进一步下降，各企业为应付新的不确定因素和新规则的附加成本所进行的垂直整合，使得市场集中化程度迅速增长。如此等等。

这种性质的问题，在欧盟较富有的国家中最为严重。事实上，欧盟面临着图 7-1 中描述的"三重困境"局面。在这种三面为难的局面中，欧盟的政策制定者只能从三个方面中的两个方面获得有利的结果。他们可以维持欧盟分散的网络式管制规则系统，在此系统中，欧盟各成员国保留着相当大的建立和增加标准的自主权，而欧洲食品安全署（Europe-an Food Safety Authority）的权限不强。与此同时，公众在食品供应方面也可以达到更高水平的对食品安全的信任。但是达到这两个目标的代价，是迅速强化的市场集中度。原因在于，网络化规则制定系统所建立的严格的生物技术管制规则，往往有利于大型和垂直集约化企业。这些企业在严格而复杂的管制规则中，能够得益于其规模经济。而且，它们也能填补这样的规则系统中几乎不可避免的控制缺口，从而还可以覆盖责任和保险的缺失问题。从长远来看，这样的系统强化了大型跨国食品公司在规则实施过程和工业自我规范中的主导地位。

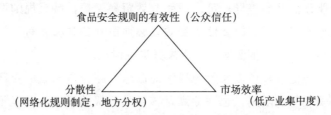

食品安全规则的有效性（公众信任）

分散性　　　　　　　　　　　　市场效率
（网络化规则制定，地方分权）　　（低产业集中度）

图 7-1　欧盟食品安全的三重困境

许多生物技术分析家，倾向于在小众市场（niche-market）而不是大众商品市场中展望转基因产品第二代、第三代的未来。诚然，正如我将在下面所论证的那样，市场驱动的产品差异化，应该被作为对付规则两极分化及其消极影响全球战略的关键因素。但是要建立和保持高效的市场驱动产品差异化，就需要对欧盟的管制规则系统进行实质性的改革。当前，欧盟的农业生物技术政策受短期需求和食品安全丑闻驱动的成分，远比长期战略驱动的成分多。欧盟的规则制定者，因此远不能够有效应付前述的三面为难困境。

目前实行的分散化网络式规则制定模式，在未来几年里可能还将在欧盟盛行。公众对食品供应和食品生物技术的信任度依然非常低。市场集中化正在发展（食品产业的自我规范也随之发展）。[①] 但这一趋势不足以补偿欧盟管制系统中的异质性和管制失败带来的损失。农业生物技术的责任制及其应用还处在婴儿期，而对生物技术的保险覆盖面也在降低。这一趋势看来注定要持续下去。果真如此，更加复杂的生物技术管制规则将给食品部门（包括采用和不采用生物技术的企业，以及消费者）施加更沉重的负担。企业和消费者将失去应用未来生物技术的机会，而这些未来生物技术可能比第一代更有益处。我们可能会经历更多规则实施的失败，公众对规则制定者和食品供应也会丧失信任。

这种情形迫使我们做出不太受欢迎的选择。我认为下面提出的改革措施是保持对该技术长期消费者信心和投资的代价。持续的规则两极分化、贸易摩擦状态和农业生物技术产品市场动荡的代价会高得多——如果不实施这里提出的规则改革措施，这种情形是极有可能出现的。

政策改革

174

要实施政策改革，出发点就是搞清楚生物技术需求方的最大障碍是什么。本书的分析表明，这些障碍是：①在重要的市场，特别是欧盟市场上消费者对食品供应安全性的低信任度；②公众对农业生物技术在长期的健康和环境方面影响的关注；③道德上的可接受性问题和对大型企业主导食品供应的担心；④消费者从当前市场的转基因产品中获益甚微。

这三条路径的政策改革，可以帮助减轻这些问题，即加强管制规则的权威性、市场驱动的产品差异、对发展中国家的支持。

加强国家和超国家规则的权威

所有生产和（或）进口转基因农产品的管辖区域，包括凌驾于欧盟之上的管辖区域，都应建立政治上独立、以科学为导向的规则权威机构。这些机构具有实质性权力，大概和美国食品与药物管理局类似。国家

---

① 另一个例子是由零售商发起的"全球食品安全行动"，参见 www.globalfoodsafety.com。

（在欧盟则是超国家）的权威机构是公众信任食品供应的基石。美国食品与药物管理局受到生物技术批评者广泛的批评，因为它和生物技术产业联系太紧密，非工业利益集团的参与度太低，还有其基于实质性等价原则的农业生物技术管制太宽松。但是就其机构特征（强大而集中的权威性）以及它在食品安全方面的良好记录而言，美国食品与药物管理局仍不失为其他国家改革的追随模式。

我们把欧盟当成这方面不足的一个例子。因为农产品在整个欧盟可以自由流通，所以，在理想状态下，规则控制的范围应该同市场的范围相匹配。但在现实中，我们观察到在食品安全领域，规则的权威性处于持续的分隔状态。在有些政策领域里，如税收，各管辖区之间适度的竞争，从积极角度看可能是合理的。但食品安全则非如此。随着欧盟食品市场一体化的增强，公众对食品安全的信任也变得不可分割：一个欧盟国家实施规则的失败，越来越深地影响到其他国家的食品安全和公众对食品安全的信任。

上述对欧盟食品政策三重困境的分析说明，规则控制的集中化是恢复食品安全和公众对食品安全信任的最有效办法。同时，要在复杂和严厉的规则以及市场驱动的产品差异条件下，限制市场的集中化。有趣的是，最近的欧洲民意调查显示，就生物技术而言，欧盟公众对欧盟委员会的信任感，比对其各自国家的权威机构更强。[①]

建立于 2002 年的欧洲食品安全署（EFSA），规模虽小，但属于朝正确方向迈出的一步，当然这还远远不够。提议赋予欧盟委员会和欧洲食品安全署在风险评估和转基因产品审批方面更大的决策权力，是另一个类似步骤。目前，欧洲食品安全署的资源匮乏——相比之下，美国食品与药物管理局（FDA）现有职员 9000 名，年预算额达 17 亿美元，但它还在抱怨资源不足。而欧洲食品安全署无论在人员还是预算上，都远不及美国食品与药物管理局，而且主要只是咨询功能。未来必须赋予更大的规则权力。[②] 理想的话，规则改革也应该把加强责任法规当做焦点。

---

① 参见 Gaskell 等（2003）。

② 参见 Buonanno 等（2001）。

如果取得成功，这些改革将会极大地帮助减轻公众对食品安全的担心，同时也会提高公众对于农业生物技术的接受程度。如果设计得当，它们对建立和运行有效的审批、身份鉴存以及标签系统也大有帮助，这里的审批、身份鉴存和标签系统，不管是对生物技术公司，还是反对生物技术的环境保护或消费者集团，双方的狭隘利益均无偏袒。

在加强欧洲食品安全署，使欧盟规则制定、监督和执行集中化的这一主要变革之外，另一个选择就是在欧盟层面上加强网络状机构。这意味着增强欧盟已有的食品安全权威机构之间横向联系的有效性（在食品安全方面）和合法性（在公众参与和责任方面）。然而，关于此议题的社会科学研究表明，网络化途径在透明度、公众信任和有效性方面，可能不如规则集中化的办法。[①]

市场驱动的产品差异化

市场驱动的产品差异机制需要政府积极地支持，特别是在美国和欧盟，这样才会慢慢地减轻国际贸易冲突，解决规则两极分歧带来的消极影响。身份鉴存和标签制是这个机制中的关键性因素。实际上，尼尔森等（2002）的分析表明，如果标签和市场隔离的成本不太大，则世界市场可以自我调节，不会给基因和非基因作物的价格带来极端差异，并给贸易及生产模式带来极端变化。

农业生物技术的支持者会认为，就现有的转基因作物（特别是转基因大豆和玉米）而言，在短期内，身份鉴存系统和标签制是不必要的负担。但是对身份鉴存系统和标签制进行抵制，以及依赖于宽松管制、消费者的无知和大宗商品而采取的相关商业策略，都是非常危险的，孟山都公司自 2000 年以来的不佳经济表现就是一个例子。美国消费者行为的实验证据表明，他们可能会愿意为非转基因食品多付出 10%—15% 的价格，而设计、检测和监控标签真伪的成本，可能会达到农场出门价格的 5%—15%。[②]

176

---

① 我感谢 Ellen Voss 引导了我对于这一论题的注意。

② 参见，如 Huffman 等（2001）。有关影响消费者对不同信息源进行选择的因素，以及根据自身利益选择转基因食品的影响因素问题，所知甚少。

对身份鉴存系统和标签制的抵制，也忽略了农产品市场不断增强的朝向隔离和专门化产品发展的趋势。现在建立一个有效的身份鉴存和标签系统，可能会对转基因作物有很大益处，也会对食品生产者有益，使其能在将来为消费者提供令人放心的产品。美国和其他地方的身份鉴存市场，包括针对豆类和玉米的，一直增长很快，未来几年里可能达到25%的市场份额。[①]

涉及食品链全过程的转基因产品可追踪的有效身份鉴存系统，对于发出可靠的信号及控制产品质量是必不可少的。它们还可以用低调的技术层面方式，来应付那些因各国转基因产品审批制度差异所造成的问题。特别值得一提的是，有效的身份鉴存系统，可以帮助市场迅速以低廉的成本消除非法和有争议的（从健康和环境影响意义上讲）转基因产品，因而也可避免这类事件对相关食品市场和消费者总体信心更广泛的消极影响。

有关美国星联玉米的争议表明，如果没有身份鉴存系统，实际上或被怀疑含有危险转基因成分的产品很难从市场中召回。该事件还说明，召回上的困难对同类非转基因产品的国际贸易有着更广泛的影响。如果经过基因处理的动物（如转基因鱼类）进入市场，问题会戏剧性地变大，因为鱼类比转基因谷物更具机动性。同样的问题也会出现在通过转基因谷物生产出来的药物和化学品上。[②] 如果未经批准的转基因品种进入食物链或饲料链，或者已经批准的转基因产品结果是有害的，有效的身份鉴存系统也可以帮助解决责任问题。最后，身份鉴存系统有利于长期监控农业生物技术对健康和环境的影响。

在某种程度上，市场已经在适应消费者偏好和管制规则的漂移。但是，有关美国、阿根廷和加拿大（最大的几个转基因谷物生产者）的现有证据说明，许多农民、食品加工商和零售商，因为考虑到短期成本的影响，不能或不愿意实行具有长期收益的身份鉴存系统和标签制度。[③]

这种障碍可以通过政府提供启动资金来进行化解。只需要目前农业

---

① 参见，如 USDA（2001）。

② 参见 Taylor 和 Tick（2003）。

③ 关于市场在调整国内外产品差异的需求方面为什么会失灵，其分析参见 USDA（2001）。

补贴（美国 2001 年 490 亿美元，欧盟 930 亿美元，日本 470 亿美元[①]）的一小部分，就足以资助建立转基因农产品的身份鉴存系统和标签制度。转基因谷物较大的生产所得，以及借规模效应和技术革新降低身份鉴存的成本，再加上政府的支持，都会提高种植转基因谷物的美国农民在隔离化国际市场上的竞争地位，从而使美国生产者对隔离和身份鉴存系统更易于接受，并减少贸易摩擦。

　　政府可以通过各种方式支持产品的差异化。例如，可以出资增强储存能力，因为储存能力的不足常常成为身份鉴存系统的"瓶颈"。不愿采用强制性标签制的国家（如美国），可以通过对转基因和非转基因产品设置宽容度、引进资格证书和确认程序，使自愿性标签制更容易推行。政府可以提供有关转基因产品的种植、产量、价格，以及其常规对应产品的详细信息，这样就能让农民做出更多知情的选择。还可以参考转基因和非转基因谷物的生产成本与价格差异，来调整支持农业项目的结构。[②]

　　那么，各国应当采用哪种形式的标签制呢？有的经济学家倡议说，自愿性阴性标签比强制性阳性标记效率更高（参见第二章）。[③] 自愿性阴性标签是指生产者由于受某种限制和质量控制，自愿地标出其产品不含转基因有机体。在欧盟、日本和其他几个国家风行的强制性阳性标签制，其意思是产品含有转基因有机体，必须如实标明。

　　我认为单凭自愿性阴性标签制不能解决规则分歧、贸易摩擦，以及对农业生物技术负面的市场反应等问题。它能使消费者在转基因和非转基因食品之间进行选择，也能使农民种植转基因或者非转基因谷物。但是它会把标签制的成本完全施加到非转基因谷物的生产者和消费者身上，因而在那些国民对该技术普遍持批评态度的国家里，不会被接受。而且它也不利于增强对该技术的公众信心。用"胡萝卜加大棒"的方式，让欧盟和其他国家将其本来的强制性阳性标签制转变为自愿性阴性标签制，从政治可行性的立场看，没有任何成功的希望。反对生物技术的利益集团，立刻会把这种尝试理解为大型外国公司（即"基因巨子"）和支持它

178

———————————

① 这些数字是由 OECD（www.oecd.org）计算出来的生产补贴值。

② 关于这一问题的精彩分析，参见 USDA（2001）。

③ 参见，如 Runge 和 Jackson（1999）。

们的政府试图创造一个既成事实（转基因有机体对食物链的"污染"），并试图把获得"洁净的"（非转基因）产品成本强加到消费者身上。

从更实际的角度出发，自愿性阴性标签制等同于同意这样的假设，即只要没有展现出任何健康或环境危险，标签的成本就应加到非转基因产品的生产者和消费者身上，而不是转基因产品的生产者身上。只要产品在危险性方面没有差异，那些能为它们产品出高价的人就应该为身份鉴存系统和标签制买单。而这样的高价目前在一些市场中是为非转基因产品而付的。许多生物技术的支持者希望非转基因产品因此只局限在小众市场内。这一假设忽略了一个事实，即反对农业生物技术的利益集团拒绝把科学当成分担身份鉴存系统和标签制成本的唯一尺度。事实上，这些集团认为把标签成本主要施加在那些它们认为造成了消费者不确定性，以及其产品没有为消费者带来利益的人身上更加合适。

原则上讲，这个成本分担的问题，可以通过生物技术公司和政府出资来资助自愿性阴性标签制加以解决。[①] 但即使这种资助是由政府和工业部门提供，对解决前面提到所需关注的问题作用也不大。

相反，旨在消减由于不同的身份鉴存系统和标签制度引起的贸易摩擦的国际性协调，可以建立在两个观察结果之上：第一，关于转基因产品或非转基因同类产品，是否会在中到长期对健康和环境带来更大威胁（或利益），存在着相当大的不确定性；第二，也是相关联的一点，关于为某种非转基因产品或转基因的同类产品付出的价钱，在中到长期是否会更高，也存在着相当大的不确定性。

假如政策制定者接受这两个观察结果，那么平均分担标签制成本，并促进对生物技术的消费者信心，身份鉴存系统和标签制度可能是最明智的选择。一个依赖于三类标签的系统可以满足这些标准："不含转基因有机体"（允许量水准接近 0）"可能含有少量转基因有机体"（允许量水准低于 1%）和"为某目的含有转基因产品"。这个系统可能带来三个生产链：第一，转基因食品和饲料；第二，含少量转基因成分的常规食物和饲料（如含量为 0%—1%）；第三，有机/非转基因食品和饲料。如果

---

① 参见 Runge 和 Jackson（1999）。

消费者选择有明确消费者利益的转基因或非转基因产品，而不是没有明显消费者利益的含有一些转基因成分的产品，那么，第二类标签最终不过是过渡性的。

按此路径的身份鉴存系统和标签政策，要求实质性的改革，尤其是在美国、加拿大和其他农业生物技术管制宽松的国家中。这些改革将会耗时数年来完成。原则上，那些没有身份鉴存系统和强制性标签要求的国家，可以先不改变其国内的规则，而同其实施较严格规则的贸易伙伴寻求一个权宜之计。政府对以出口为导向的生产商产品差异化的支持，对减少贸易摩擦会有帮助。①

但从长远角度看，这种选择至少有三个劣势。第一，进口国要求与其国内规则完全相符，因此这个领域的国际标准将由农业生物技术规则较严的国家主导。第二，特殊双边贸易标准的建立会蜂拥而起，并割裂和扭曲全球农业贸易。第三，转基因产品出口国的消费者会更频繁地追问，为什么外国消费者比本国消费者受到更多抵御潜在危险的保护。例如，一份 2001 年美国农业部的报告，就注意到消费者调查数据（显示美国公众对转基因食品的支持）不一定能有效地预测市场走向。② 调查反馈者可能没有仔细考虑过这个问题，或是没有真实表达过其想法。消费者偏好强度数据显示，极端反对生物技术比强烈支持生物技术的人多。另外，公司对声誉问题或在国外市场发展的反应也起了一定作用。换句话说，美国的消费者偏好，可能不像调查暗示的那样稳定。③ 他们的偏好很可能会从转基因产品移向别处，美国的生产商最好为此早做筹划。考虑到这些不定因素，一个集中于身份鉴存系统和标签制国际化协调的更主动方法可能会有帮助。

---

① Jackson（2002）认为，从经济效率的角度来看，国际妥协的标签标准，执行起来可能比各种混杂性的标准表现更差。基于一种经济模拟模型，其中考虑了更加现实的关于隔离成本和消费者对于非转基因产品偏好的假设。她认为，混杂性标签标准所增加的消费信息收益，弥补了其所带来的贸易低效率。

② 参见 USDA（2001）。

③ 这个结果质疑了许多分析家的观点，因为出口市场对于美国生产者而言，相对小于其国内市场，导致美国市场产品差异的驱动力，更多是来自国内的消费者偏好，而不是来自外国的市场压力。

标签制和身份鉴存系统应该由独立公正的国家和国际权威机构控制，这一点很关键。这些权威机构，既不应向生物技术公司，也不应向反对生物技术的环境保护或消费者集团的私利偏袒。对这些权威机构的公众信任是个关键。如上所述，欧盟和其他市场规则改革的目标，是在更严格、更复杂、更昂贵的规则，例如追踪和对来自由转基因产品饲养的动物产品进行标记的规则被引进之前，要增强公众对规则权威机构的信任。① 就消费者接受转基因产品的效果而言，颁布规则而后在执行中失败，还不如从开始就没有规则。欧盟成功地执行标签制和身份鉴存系统，也会说服其他国家如法炮制。规则协调的失败，不管人们是否欢迎标签制和身份鉴存措施，都不符合农业生物技术支持者的利益，因为这些失败会摧毁现实和潜在的生物技术市场。

在对欧盟食品安全三重困境的分析中提到，增强由身份鉴存系统和标签制支持的市场产品差异化体系，会引发关于市场集中化和不正当竞争行为的问题。例如，在美国食品加工领域，集中程度已经很高，仅仅美国嘉吉和 ADM 两大公司就占据了市场一大部分。② 欧盟的零售行业也是如此。在农用化学和种子领域中也可以见到类似的市场集中。有的分析人士预期，更严格的规则由于身份鉴存系统和标签制的规模经济效益与其他因素，可能导致更高程度的集中。③ 例如，大型食品生产者更容易把生产转移到国外，以满足这些外国市场的非转基因产品需求。服务于本国和国际市场较小的美国本土生产商和农民，则会遭受到更严重的打击。这种市场集中在价格上给农民带来高投入低产出、市场风险越来越多地转向农民等一系列严重问题。政府支持的市场驱动产品差异化，也必须把这类问题考虑在内。正如上面所作分析，规则权威机构的集中在某种程度上帮助减轻了更严格的规则对市场集中的影响。另外一种可能是支持建设农场储存设施以及支持谷物从农场直接到加工商的流动。

最后，市场驱动的产品差异，其成功的必要条件是，产品投放市场前的相关研究与开发以及生产过程都是安全的，而且能够为消费者提供

---

① 参见 Huffman 和 Tegene（2000）。
② 参见 Corporate Watch（2000）。
③ 参见，如 Buonanno 等（2001），Foster（2002），以及 Bijman 和 Joly（2001）。

明显的益处。

关于食品安全，种植转基因谷物和（或）进口类似产品的国家，应当实施严格的风险评估、风险管理和审批程序。为使国际贸易顺利进行，欧盟和美国应该尽最大努力，协调措施，联手共建标准。这些标准可以是多边化的，如通过食品法典委员会、国际卫生组织、联合国粮农组织、经合组织以及联合国生物多样性公约等共同建立标准。

加强规则权威机构的措施，应设计为区分风险评估（必须满足严格的科学和学术标准）和风险管理（在确定可接受风险的水平方面涉及社会文化、经济和环境因素）。入市前产品的评估应该是严格和强制性的。加入食物或饲料的新种类蛋白质或其他成分，从风险评估和风险管理的角度看，应该当做加入食品（如食物添加剂）的其他种类新物质加以对待。风险评估的重点，在于代谢物和转基因产品中其他成分的非蓄意和可能的有害变化评估，"实质性等价"原则不能取代彻底的风险评估。[①]对环境的风险，如异型杂交、基因泄漏，对害虫的抵抗力的影响等，都必须在市场准入许可授予之前彻底评估。风险评估中涉及的科学家动机结构必须合理设计，以使其最大限度地免受私营工业和非政府组织方面的影响。审批决定必须透明，风险管理必须同主要持股人挂钩。

风险评估、风险管理和审批程序至少在某种程度上可以在国际范围内达到协调。但是，只要科学上的不确定性，特别是关于转基因有机体对环境的威胁持续存在，各国间对预防性原则侧重的差异，几乎不可避免地会导致转基因产品作为食品或饲料的审批、田间测试和种植方面的差异。由于各地环境、经济和其他条件的差异，转基因产品审批的全球统一和相互承认的全球系统也会困难重重。

一套更严格和更统一应用的风险评估程序，是我们可以期望的结果。如同这些程序会带来各国在有关特定转基因产品的风险更趋同的科学结论一样，预防性原则在风险管理中应用的方式，在某种程度上也会出现全球性的融合。至少，更透明的国际性协调，更佳的风险评估、风险管理和审批程序，会减小预防性原则出于贸易保护主义而被错用的范围。

---

① 参见 Millstone 等（1999）。

181

因此，它们也会降低由于规则两极分歧而引起贸易摩擦的可能性。更强大、科学导向性更强的规则权威机构，更严格和更统一的风险评估和风险管理，也会增强公众对生物技术的信任。

就转基因产品的特点，生物技术公司、种植者和加工商以及零售商应将精力集中在能带来显著消费者利益的转基因食品产品（不像第一代转基因食品），如价格更低，健康价值更高的产品方面。风险的社会科学研究表明，如果消费者在消费各自食品时看到实质性的益处，他们会更愿意接受风险。手机、烟草和咖啡都是例证。在富有的国家里，带有农业经济学特征的转基因谷物（不含显著消费者利益）的研究开发和市场营销，应该致力于能带来很大环境收益的品种（如更少使用杀虫剂和化肥），以及不进行交叉授粉或异型杂交的品种上。在这方面，没有野外亲缘的谷物，以及以无性繁殖方式扩散的谷物比较理想。能迅速渗透到整个食物链（如转基因大豆、玉米、小麦和大米等）的转基因食品和成分应该加以避免，至少要等到健全的身份鉴存系统和强大的规则权威机构以及责任法规到位以后，因为这些产品的隔离和追踪都很困难也很昂贵，所以从更普遍的意义上可能会破坏公众对身份鉴存系统和农业生物技术规则的信心。

不以食品为目的的转基因谷物种植，例如，为了化学和造纸工业用途，为生产可再生资源，或为生产药物、疫苗或其他药物性产品，只要它对环境和公众的健康明显高过其风险，就可以受到鼓励。许多分析人士事实上相信，在今后几年内，非食品转基因产品市场将会大大超越转基因食品产品市场，估计市场规模到 2020 年将达到 1000 亿—5000 亿美元。①

然而，如果认为能带来明显消费者收益的非食品转基因产品本身会消除阻力并打开生物技术的市场，那将会是一个错误。除非公众对食品供应的信任通过有效的规则控制机制，包括更强的规则权威机构和身份鉴存系统得以恢复，否则，非食品转基因产品行销对相关的公司，甚至对整个农业部门都是一个经济灾难。

① 参见焦点问题科学家联盟，"制药和工业"，2002，www.ucs.org.

生物技术在非食品和食品的应用之间有着明显的联系：目前开发的大部分生物药物、疫苗和工业性及研究性化学品，都是通过转基因作物得来的，如玉米、烟草、油菜子、马铃薯和番茄等。不难想象，对目前营销的转基因谷物的抵制，会很快蔓延到这些新的技术应用上。星联玉米问题、普罗迪基因公司等案例，以及无数次在欧洲食品供应中对未经审批的转基因产品上的检测案例，都说明非食品转基因产品的支持者将面临艰巨的任务。它们得使生物技术的批评者相信，非食品转基因产品，包括一些通过转基因玉米或油菜子生产的高危物质，不会进入食品供应链。想象一下通过转基因玉米生产出来的强效药物，如乙肝疫苗、霍乱疫苗、艾滋病疫苗或避孕药在美国人的早餐谷类食品中被发现，美国的玉米工业将会发生什么？

对发展中国家的支持

农业生物技术的支持者，把在发展中国家淡化食品安全的问题作为他们主要的卖点，但是每次的许诺到目前为止，都比空头支票强不了多少。[1] 如前文所述，这种情景可能成为一个合法性陷阱。给发展中国家提供收益显著的转基因产品更多的投资和市场，可以帮助避免这样的陷阱。这将大大地提升生物技术在贫困国家，甚至在富有国家中的合法性以及公众的接受度。

在许多发展中国家，高产优产对加强食品安全至关重要，而在工业化国家则不是。[2] 由于发展中国家的购买力较低，这些国家的食物安全问题，不可能成为先进工业化国家私有龙头企业研究与开发活动的首要任务。[3]

要填补这个空缺，政府、生物技术公司和国际性科学组织，应该建立并资助独立的国际性组织来支持发展中国家的农业生物技术研究与开

---

① 对未来新转基因产品的总体展望，参见 Philipps（2001）。

② 在发达工业化国家，更高的产出就会导致更低的消费者价格，但这也会加剧现存的有关支农项目的问题。不像许多发展中国家，发达工业化国家遭受的是过度供应而不是供应不足问题。

③ 参见，如 Persley 和 Lantin（2000）以及 Paarlberg（2001a）。

发。[①] 这一组织还应该开展与发展中国家农业生物技术有关的健康与环境方面的研究。[②] 国际农业研究咨询团是一个由16个研究中心组成的网络，可以作为这样一个组织的核心。另外，现有的知识产权规则应予以重新考虑，以便使大多数身处先进国家的生物技术公司的产权和贫困国家的要求达成平衡。[③] 这些措施有助于减轻人们的一些担忧，特别是在发展中国家关于"对转基因相关问题的管理"和"基因巨头"对食物供应的主导。

大多数发展中国家在建立有效的农业生物技术管理系统时，都要求较富有的国家提供实质性的资金和技术援助。没有这些援助，想要生产转基因和非转基因谷物的国家，其设想都可能面临令人尴尬的夭折局面。由于低效的规则系统（如在身份鉴存系统方面），[④]转基因产品和（或）非转基因产品的混合生产，会导致其在管制规则严格市场中出口的崩溃，为保障出口机会，许多发展中国家被迫放弃或暂停转基因谷物的生产，而这在国内可能是有好处的。

避免管制规则在发展中国家的失败，也很符合先进工业化国家生物技术拥趸者圈内的兴趣。管制规则在较为贫穷国家失败，会对生物技术有全球性影响。要么是通过降低全球公众对生物技术的信心而产生间接影响，要么以通过全球买卖的转基因产品影响全球公众健康和环境的方式加以直接影响。核工业和有害物质回收品的国际贸易经验表明，世界任何地方的一个或几个规则失败，都会对整个该产业产生全球性的危害。

假设政策改革进展顺利

如果国际社会，特别是世界上最大的几个经济体在今后几年里找到了一个符合我们这里讨论的规则上的妥协方案，我预计政策制定者们会

---

① 参见 Paarlberg（2000a，b）和 Leisinger（2000）。

② 类似建议，参见 Paarlberg（2001a）。

③ 参见 Victor 和 Runge（2002）。

④ 因为发展中国家的大部分食品供应通常来自非正规贸易市场，或者说是根本不存在转基因和非转基因产品的混合贸易（最低限度农业）。身份鉴存系统一般情况下从技术性或经济性上看是不可行的。因此，外国支持者应该将身份鉴存项目聚焦在其农业的出口部分。

有 5—10 年的争议和各种歧义的特别反应。风暴平息后，我们就会在市场发现有各种各样的转基因食品、饲料和非食物/饲料产品同常规和有机产品的竞争。

这些转基因产品将会有引人注目的消费者和（或）环境益处，并有清晰的标签注明产品信息。所有进口和（或）出口转基因产品的国家，都可能建立了强大而且政治上独立的规则制定机构和责任法规。许可的获得将完全基于风险评估和风险管理。全球农业市场将在包括强健的身份鉴存系统和标签系统的市场驱动产品差异机制下运作。有效的国际协作将用以应对仍将存在的各国转基因产品审批制度差异。资金和技术支持将会提供给发展中国家，特别用于研究和开发、生物安全和建立有效的身份鉴存系统。

不论是农业生物技术的支持者还是反对者，都不可能对这样的结果热情拥抱。许多支持者会抱怨因为想象中的风险带来的沉闷过严的管制规则，许多反对者将会声明这里勾勒的管理系统太过复杂，不能有效保护人们免受健康和环境方面的危险，而且这一管理系统应该完全由生物技术的禁令来取代。

我认为，签于本书所考察的政治、经济和社会上的局限，上边的情形是生物技术温和的支持者和批评者可以期待的最理想的结果。如果生物技术的促进者想通过强迫对农业生物技术持批评态度的国家接受更宽松的规则，投入大笔资金促进支持农业生物技术公共关系运动，承诺更大的利益和未来转基因产品的低风险就能解决现在的危机，那就太幼稚了，甚至很危险。试图建立更严格、更复杂、更昂贵、执行起来困难重重，离健康和环境风险的科学证据越来越远的管制规则的努力，也是同出一辙。

参 考 文 献

Aerni, Philipp. 2002. *Public Attitudes Towards Agricultural Biotechnology in South Africa.* Cambridge, MA: Harvard University, Center for International Development, manuscript.

Alexander, Corinne, and Rachael E. Goodhue. 1999. *Production System Competition and the Pricing of Innovations: An Application to Biotechnology and Seed Corn.* Paper prepared for the 1999 AAEA annual meeting, Nashville, TN.

Altieri, Miguel A., and Peter Rossett. 1999. Ten Reasons Why Biotechnology Will not Ensure Food Security, Protect the Environment and Reduce Poverty in the Developing World. *AgBioForum* 2/3: 155—62.

Anderson, Kym, and Chantal Pohl Nielsen. 2000. *GMOs, Food Safety and the Environment: What Role for Trade Policy and the WTO?* Adelaide: University of Adelaide, Center for International Economic Studies, Policy Discussion Paper 0034.

Appleton, Arthur. 2000. The Labeling of GMO Products Pursuant to International Trade Rules. *NYU Environmental Law Journal* 8/3: 566—78.

Assouline, Gérald. 1996. European Industry Strategies in Biotechnology. *Biotechnology and Development Monitor* 26: 10—12.

Bail, Christoph, Robert Falkner and Helen Marquard, eds. 2002. *The Cartagena Protocol on Biosafety: Reconciling Trade in Biotechnology With Environment and Development.* London: Royal Institute of International Affairs.

Bailey, Ronald. 2002. *The Looming Trade War Over Plant Biotechnology.* Washington, DC: Cato Institute, Trade Policy Analysis Paper 18.

Baker, Ken. 1999. Encouraging Innovation in European Agricultural Biotechnology. *Agro-Food-Industry Hi-Tech* September/October: 29—32.

Barling, David. 1995. The European Community and the Legislating of the Application and Products of Genetic Modification Technology. *Environmental Politics* 4/3: 467—74.

Baron, David. 1995. The Economics and Politics of Regulation: Perspectives, Agenda and Approaches. In Banks, J. S., and E. A. Hanushek, eds. *Modern Political Economy.* Cambridge: Cambridge University Press: 10—62.

———. 2000. *Business and its Environment.* Upper Saddle River, NJ: Prentice Hall.

Baskin, Yvonne. 1999. Into the Wild. *Natural History* October: 34—7.

Bauer, Martin W., and George Gaskell, eds. 2002. *Biotechnology: The Making of a Global Controversy.* Cambridge: Cambridge University Press.

Behrens, Maria. 1997. *Genfood: Einführung und Verbreitung, Konflikte und Gestaltungsmöglichkeiten.* Berlin: Sigma.

Berger, Suzanne, and Ronald Dore, eds. 1996. *National Diversity and Global Capitalism.* Ithaca, NY: Cornell University Press.

Bernauer, Thomas. 2000. *Staaten im Weltmarkt: Zur Handlungsfähigkeit von Staaten trotz wirtschaftlicher Globalisierung.* Opladen: Leske & Budrich.

Bernauer, Thomas, and Erika Meins. 2002. Technological Revolution Meets Policy and the Market: Explaining Cross-National Differences in Agricultural Biotechnology Regulation. *European Journal of Political Research* in press.

Bernauer, Thomas, and Dieter Ruloff, eds. 1999. *Handel und Umwelt: Zur Frage der Kompatibilität internationaler Regime.* Wiesbaden: Westdeutscher Verlag.

Bernauer, Thomas, Kenneth A. Oye, and David G. Victor. 2000. Regulatory Diversity: Can the World Trading System Cope. *Swiss Political Science Review* 6/3: 96—108.

Bijman, Jos, and Pierre-Benoît Joly. 2001. Innovation Challenges for the European Agbiotech Industry. *AgBioForum* 4/1: 4—13.

Biliouri, Daphne. 1999. Environmental NGOs in Brussels: How Powerful are Their Lobbying Activities? *Environmental Politics* 8/2: 173—82.

Boholm, Asa. 1998. Comparative Studies of Risk Perception: A Review of Twenty Years of Research. *Journal of Risk Research* 1/2: 135—64.

Borlaug, Norman E. 2001. *Feeding the World in the 21st Century: The Role of Agricultural Science and Technology.* Speech given at Tuskegee University, April.

Bouis, Howarth E. 2002. The Role of Biotechnology for Food Consumers in Developing Countries. In Qaim, M., A. Krattiger, and J. von Braun, eds., *Agricultural Biotechnology in Developing Countries: Towards Optimizing the Benefits for the Poor.* Dordrecht: Kluwer, in press.

Braun, R. August. 1999. The Public Perception of Biotechnology in Europe: Between Acceptance and Hysteria. *Biolink* (Communication on Biotechnology, Worb, Switzerland).

Bredahl, Lone, Klaus G. Grunert and Lynn Frewer. 1998. Consumer Attitudes and Decision-Making with Regard to Genetically Engineered Food Products. *Journal of Consumer Policy* 21/3: 251—77.

Buckingham, Donald E., and Peter W. B. Phillips. 2001. Issues and Options for the Multilateral Regulation of GM Foods. *Estey Journal of International Law and Trade Policy* 2/1: 178—89.

Buonanno, Laurie, Sharon Zablotney, and Richard Keefer. 2001. *Politics versus Science in the Making of a New Regulatory Regime for Food in Europe.* European Integration Online Papers 5/12, www.eiop.or.at/eiop/.

Busch, Marc L., and Eric Reinhardt. 2000. *Testing International Trade Law: Empirical Studies of GATT/WTO Dispute Settlement.* Atlanta, GA: Emory University, Department of Political Science, manuscript.

Cadot, Olivier, Landis Gabel and Daniel Traça. 2001a. *Monsanto and Genetically Modified Organisms.* Fontainebleau: INSEAD.

Cadot, Olivier, Akiko Suwa-Eisenmann and Daniel Traça. 2001b. *Trade-Related Issues in the Regulation of Genetically Modified Organisms.* Paper prepared for the INSEAD workshop on European and American Perspectives on Regulating Genetically Engineered Food, Fontainebleau, June 7—8.

Caduff, Ladina. 2002. *Regulating the Use of Growth Hormones in Meat Production in the European Union and the United States.* Zurich: ETH Zurich, Center for International Studies, manuscript.

Cantley, Mark. 1995. The Regulation of Modern Biotechnology: A Historical and European Perspective. A Case Study in How Societies Cope with New Knowledge in the Last Quarter of the Twentieth Century. In Rehm, H. J., et al., eds. *Biotechnology: Legal, Economic and Ethical Dimensions*. Volume 12. Weinheim: VCH Verlagsgesellschaft: 505—681.

Carpenter, Janet E., and Leonard P. Gianessi. 2001. *Agricultural Biotechnology: Updated Benefit Estimates*. Washington, DC: National Center for Food and Agricultural Policy, www.ncfap.org.

Caswell, Julie A. 2000. Labeling Policy for GMO's: To Each his Own? *AgBioForum* 3/1: 305—09, http://www.agbioforum.org.

Chege, Nyaguthii. 1998. Compulsory Labeling of Food Produced from Genetically Modified Soya Beans and Maize. *Columbia Journal of European Law* 4/ Winter–Spring: 179—81.

Christoforou, Theofanis. 2000. Settlement of Science-Based Trade Disputes in the WTO. *NYU Environmental Law Journal* 8/3: 622—48.

Committee of Independent Experts. 1999. *First Report on Allegations Regarding Fraud, Mismanagement and Nepotism in the European Commission*. Brussels: European Union, March 15.

Corporate Watch. 2000. *Control Freaks – the GMO Exporters*. Oxford: CorporateWatch, GE briefing series, www.corporatewatch.org.

Cors, Thomas. 2001. Biosafety and International Trade: Conflict or Convergence? *International Journal of Global Environmental Issues* 1/1:87—103.

Covello, Vincent T., Peter M. Sandman and Paul Slovic. 1991. Guidelines for Communicating Information about Chemical Risks Effectively and Responsibly. In Mayo, Deborah G., and Rachelle D. Hollander, eds. *Acceptable Evidence: Science and Values in Risk Management*. New York: Oxford University Press: 95—118.

DaSilva, Edgar J. 2001. GMOs and Development. *Electronic Journal of Biotechnology* 4/2.

De Greef, Willy. 2000. Regulatory Conflicts and Trade. *NYU Environmental Law Journal* 8/3: 579—84.

Desquilbert, Marion, and David S. Bullock. 2001. *Market Impacts of Segregation and Non GMO Identity Preservation*. Paper prepared for the INSEAD workshop on European and American Perspectives on Regulating Genetically Engineered Food, Fontainebleau, June 7—8.

Dittus, K. L., and Hillers, Virginia N. 1993. Consumer Trust and Behaviour Related to Pesticides. *Food Technology* 477: 87—9.

Dobson, Paul and Michael Waterson. 2000. Retailer Power: Recent Developments and Policy Implications. *Economic Policy* 28/April: 135—64.

Durant, John, Martin W. Bauer, and George Gaskell, eds. 1998. *Biotechnology in the Public Sphere: A European Sourcebook*. London: Science Museum.

DZ Bank. 2001. *In Focus: Green Biotechnology*. Frankfurt: DZ Bank.

Echols, Marsha A. 1998. Food Safety Regulation in the European Union and the United States: Different Cultures, Different Laws. *Columbia Journal of European Law* 4: 525—43.

_____. 2001. *Food Safety and the WTO: The Interplay of Culture, Science, and*

Technology. Dordrecht: Kluwer.

Egdell, Janet M., and Kenneth J. Thomson. 1999. The Influence of UK NGOs on the Common Agricultural Policy. *Journal of Common Market Studies* 37/1: 121—31.

Einsiedel, Edna F. 1997. *Biotechnology and the Canadian Public: Report on a 1997 National Survey and some International Comparisons.* Edmonton: University of Calgary.

Enriquez, Juan, and Ray Goldberg. 2000. Transforming Life, Transforming Business: The Life Science Revolution. *Harvard Business Review* March–April: 102—12.

Esty, Daniel C., and Damien Geradin, eds. 2001. *Regulatory Competition and Economic Integration: Comparative Perspectives.* Oxford: Oxford University Press.

EU (European Union). 2000a. *Economic Impacts of Genetically Modified Crops on the Agri-Food Sector. A First Review.* Brussels: European Union, EU Working Document Rev.2, Directorate-General for Agriculture.

————. 2000b. *Questions and Answers on the Regulation of GMOs in the EU.* Brussels: EU, Memo/00/277.

Eurobarometer. 1996, 1999, 2001. Brussels: European Union, http://europa.eu.int/comm/public_opinion.

EU-US Biotechnology Consultative Forum. 2000. *Final Report.* December.

Falck-Zepada, José Benjamin, Greg Traxler, and Robert G. Nelson. 2000. Rent Creation and Distribution From Biotechnology Innovations: The Case of BT Cotton and Herbicide Tolerant Soybeans in 1997. *Agribusiness* February.

Falkner, Robert. 2000. Regulating Biotech Trade: The Cartagena Protocol on Biosafety. *International Affairs* 76/2: 299—314.

————. 2002. International Trade Conflicts over Agricultural Biotechnology. In Russell, Alan, and John Vogler, eds. *The International Politics of Biotechnology: Investigating Global Futures.* Manchester: Manchester University Press: 142—56.

Fernandez-Cornejo, Jorge, Cassandra Klotz-Ingram, and Sharon Jans. 1999. *Farm-level Effects of Adopting Genetically Engineered Crops in the US.* Paper presented at the international conference Transitions in Agritech: Economics of Strategy and Policy. Washington, DC, June 24—25.

FDA (Food and Drug Administration). 2000. *Report on Consumer Focus Groups on Biotechnology.* Washington, DC: FDA.

Foster, James L. 2002. *Globalization, New Technology and the Competitive Use of Regulation: Environmental Regulation and the Global Food Market.* Cambridge, MA: MIT, Center for International Studies, manuscript.

Frey, Bruno S., and Gebhard Kirchgässner. 1994. *Demokratische Wirtschaftspolitik: Theorie und Anwendung.* München: Vahlen.

Friedman, Monroe. 1991. Consumer Boycotts: A Conceptual Framework and Research Agenda. *Journal of Social Issues* 47/1:149—68.

Friese, Susanne. 2000. Consumer Boycotts: Effecting Change Through the Marketplace and the Media. *Journal of Consumer Policy* 23/4: 493—7.

GAO (General Accounting Office). 2001. *International Trade: Concerns over*

Biotechnology Challenge US Agricultural Exports. Washington, DC: GAO, June, GAO-01-727.

Garrett, Geoffrey, and Smith McCall. 1999. *The Politics of WTO Dispute Settlement.* Paper presented at the annual meeting of the American Political Science Association, Atlanta, GA.

Gaskell, George, and Martin W. Bauer, eds. 2001. *Biotechnology 1996–2000: The Years of Controversy.* London: Science Museum.

Gaskell, George, Nick Allum, Martin Bauer et al. 2000. Biotechnology and the European Public. *Nature Biotechnology* 18/9: 935—8.

Gaskell, George, Nick Allum, Sally Stares et al. 2003. Europeans and Biotechnology in 2002. Eurobarometer 58.0. (2nd Edition: March 21st 2003) A report to the EC Directorate General for Research from the project 'Life Sciences in European Society' QLG7-CT-1999-00286.

Genschel, Philipp. 2000. Die Grenzen der Problemlösungsfähigkeit der EU. In Grande, Edgar and Markus Jachtenfuchs, eds. *Wie problemlösungsfähig ist die EU? Regieren in europäischen Mehrebenensystemen.* Baden-Baden: Nomos: 191—207.

Gormley, William T. 1986. Regulatory Issue Networks in a Federal System. *Polity* 18: 595—620.

Greenwood, Justin, and Karsten Ronit. 1995. European Bioindustry. In Greenwood, Justin, ed. *European Casebook on Business Alliances.* Hemel: Prentice Hall: 128—42.

Groth, Edward. 1994. *Consumer Perceptions of and Responses to Potentially Hazardous Technologies.* In ICGFI. Document No. 18. Vienna: ICGFI: 4123—24.

Hall, Peter A., and Rosemary C. Taylor. 1996. Political Science and the Three New Institutionalisms. *Political Studies* XLIV: 936—57.

Harlander, Susan. 1991. Social, Moral, and Ethical Issues in Food Biotechnology. *Food Technology* 45/5: 152—61.

Hauser, Heinz. 2000. Die WTO Streitschlichtung aus einer Law and Economics Perspektive. In Berg, Hartmut, ed. *Theorie der Wirtschaftspolitik.* Berlin: Duncker und Humblod: 79—111.

Héritier, Adrienne. 1996. *Ringing the Changes in Europe.* Berlin: Walter de Gruyter.

Héritier, Adrienne, and Mark Thatcher, eds. 2002. Regulation and the State. Special issue of *Journal of European Public Policy* in press.

Hertel, Thomas W., ed. 1997. *Global Trade Analysis: Modeling and Applications.* Cambridge: Cambridge University Press.

Hix, Simon. 1999. *The Political System of the European Union.* Basingstoke: Macmillan Press.

Hoban, Thomas J. 1997a. Consumer Acceptance of Biotechnology: An International Perspective. *Nature Biotechnology* 15/March: 232—4.

———. 1997b. Trends in Consumer Attitudes about Biotechnology. *Journal of Food Distribution Research* 27/1: 1—10.

———. 1998. Trends in Consumer Attitudes about Agricultural Biotechnology. *AgBioForum* 1/1: 3—7.

_____. 2002. *American Consumers' Awareness and Acceptance of Biotechnology*. National Agricultural Biotechnology Council (www.cals.cornell.edu/extension/nabc/).

Holla, Roger. 1995. Safety Issues in Genetic Engineering: Regulation in the United States and the European Communities. In Fransman, Martin, et al. *The Biotechnology Revolution?* Oxford: Blackwell: 414—5.

Hudec, Robert E., Daniel L. M. Kennedy, and Mark Sgarbossa. 1993. A Statistical Profile of GATT Dispute Settlement Cases, 1948–1989. *Minnesota Journal of Global Trade* 2: 1—100.

Huffman, Wallace E., and Ababayehu Tegene. 2000. *Public Acceptance of and Benefits from Agricultural Biotechnology: A Key Role for Verifiable Information*. Paper presented at the 4th conference of the ICABR, Ravello, Italy, August 24—28.

Huffman, Wallace E., Jason F. Shogren, Matthew Rousu et al. 2001. *The Value to Consumers of GM Food Labels in a Market With Asymmetric Information: Evidence from Experimental Auctions*. Paper presented at the 5th Conference of the ICABR, Ravello, Italy, June 15—18.

ICSU. 2003. *New Genetics, Food and Agriculture: Scientific Discoveries–Societal Dilemmas*. Paris: International Council for Science (www.icsu.org).

Jackson, Lee Ann. 2002. *Is Regulatory Harmonization Efficient? The Case of Agricultural Biotechnology Labeling*. Adelaide: Adelaide University, Australia, Center for International Economic Studies, Discussion Paper No. 206.

Jasanoff, Sheila. 1995. Product, Process, or Programme: Three Cultures and the Regulation of Biotechnology. In Bauer, Martin, ed. *Resistance to New Technology*. Cambridge: Cambridge University Press: 311—31.

Joly, Pierre-Benoit. 1998. Firmes: La Naissance d'un cartel? *Courrier de la Planete* 46/July–August: 30—32.

Joly, Pierre-Benoit, and Claire Marris. 2001. *Agenda Setting and Controversies: Comparative Approach to the Case of GMOs in France and the US*. Paper prepared for the INSEAD workshop on European and American Perspectives on Regulating Genetically Engineered Food, Fontainebleau, June 7—8.

Joly, Pierre-Benoit, and Stéphane Lemarié. 1998. Industry Consolidation, Public Attitude and the Future of Plant Biotechnology in Europe. *AgBioForum* 1/2: 85—90.

Kahler, Miles. 1996. Trade and Domestic Differences. In Berger, Suzanne, and Ronald Dore, eds. *National Diversity and Global Capitalism*. Ithaca, NY: Cornell University Press: 298—332.

Kalaitzandonakes, Nicholas, and Leonie A. Marks. 1999. *Public Opinion of AgBiotech in the US and UK: A Content Analysis Approach*. AAEA National Meetings.

Kamaldeen, Sophia, and Douglas A. Powell. 2000. *Public Perceptions of Biotechnology. Food Safety Network Technical Report*. Guelph: University of Guelph, Department of Plant Agriculture.

Kelemen, R. Daniel. 2000. Regulatory Federalism: EU Environmental Regulation in Comparative Perspective. *Journal of Public Policy* 20/2: 133—67.

_____. 2001. The Limits of Judicial Power: Trade-Environmental Disputes in the GATT/WTO and the EU. *Comparative Political Studies* 34/6: 622—50.

Keller and Heckman LLP. 2000. *Comments on Non-Tariff Trade Barriers for Processed Foods and Beverages: Mandatory Bioengineered Food Labeling Requirements*. Investigation No. 332-421, submitted to the US International Trade Commission.

Kitschelt, Herbert P. 1986. Political Opportunity Structures and Political Protest: Anti-Nuclear Movements in Four Democracies. *British Journal of Political Science* 16/1: 57—85.

Kohler-Koch, Beate. 1996. Die Gestaltungsmacht organisierter Interessen. In Jachtenfuchs, Markus, and Beate Kohler-Koch, eds. *Europäische Integration*. Opladen. Leske&Budrich: 193—222.

Krimsky, Sheldon, and Roger P. Wrubel. 1996. *Agricultural Biotechnology and the Environment: Science, Policy, and Social Issues*. Urbana, IL: University of Illinois Press.

Krueger, Roger W. 2001. The Public Debate on Agrobiotechnology: A Biotech Company's Perspective. *AgBioForum* 4/3: 209–20.

Leisinger, Klaus M. 2000. *The Political Economy of Agricultural Biotechnology for the Developing World*. Basel: Novartis Foundation, manuscript.

Levidow, Les. 2001. *Regulating Science in Transatlantic Trade Conflicts Over GM Crops*. Paper prepared for the INSEAD workshop on European and American Perspectives on Regulating Genetically Engineered Food, Fontainebleau, June 7–8.

Lok, Corie, and Douglas Powell. 2000. *The Belgian Dioxin Crisis of the Summer 1999: A Case Study in Crisis Communications and Management*. Guelph: University of Guelph, Department of Plant Agriculture, Technical Report, www.plant.uoguelph.ca/safefood.

Lotz, Helmut. 2000. *Free Trade and Frankenfood: National Identity and International Conflict*. Paper prepared for the annual meeting of the International Studies Association, Los Angeles, March.

Lynch, Diahanna, and Jérôme Da Ros. 2001. *Science and Public Participation in Regulating Genetically Engineered Food*. Paper prepared for the INSEAD workshop on European and American Perspectives on Regulating Genetically Engineered Food, Fontainebleau, June 7—8.

Lynch, Diahanna, and David Vogel. 2000. *Apples and Oranges: Comparing the Regulation of Genetically Modified Food in Europe and the United States*. Paper prepared for the Annual Meeting of the American Political Science Association, August 31–September 3.

MacKenzie, Ruth, and Silvia Francescon. 2000. The Regulation of Genetically Modified Food in the European Union: An Overview. *NYU Environmental Law Journal* 8/3: 530—55.

Majone, Giandomenico. 1996. *Regulating Europe*. London: Routledge.

Martineau, Belinda. 2001. Food Fight: The short, unhappy life of the Flavr Savr Tomato. *The Sciences* Spring: 24—9.

McCormick, John. 2001. *Environmental Policy in the European Union*. Houndsmills: Palgrave.

McDougal, Robert A., Aziz Elbehri and Truong P. Truong, eds. 1998. *Global*

Trade, Assistance, and Protection: The GTAP 4 Data Base. West Lafayette: Purdue University, Center for Global Trade Analysis.

McNeill, John. 2000. *Something New Under the Sun: An Environmental History of the Twentieth Century*. London: Penguin Books.

McNichol, J., and J. Bensedrine. 2001. *National Institutional Contexts and the Construction of Multilateral Governance Systems: US-EU Struggles Over Labeling Rules for GM-Food*. Paper prepared for the INSEAD workshop on European and American Perspectives on Regulating Genetically Engineered Food, Fontainebleau, June 7—8.

Meier, Kenneth J. 1988. The Political Economy of Regulation: The Case of Insurance Regulation. Albany, NY: University of New York Press.

Meins, Erika. 2000. Up or Down? Explaining the Stringency of Consumer Protection. *Swiss Political Science Review* 6/2: 94—9.

_____. 2002. *Politics and Public Outrage: Explaining Transatlantic and Intra-European Diversity of Regulation of Food Irradiation and Genetically Modified Foods*. Zurich: ETH Zurich, Center for International Studies, dissertation.

Micklitz, Hans. W. 2000. International Regulation on Health, Safety, and the Environment. *Journal of Consumer Policy* 23/1: 3—24.

Millstone, Erik. 2000. Analysing Biotechnology's Traumas. *New Genetics and Society* 19/2: 117—32.

Millstone, Erik, Eric Brunner, and Sue Mayer. 1999. Beyond 'Substantial Equivalence'. *Nature* 401: 525—26.

Milner, Helen V. 2002. International Trade. In Carlsnaes, Walter, Thomas Risse and Beth Simmons. *Handbook of International Relations*. London: Sage: 448—61.

Miranowski, John A., Giancarlo Moschini, Bruce Babcock et al. 1999. *Economic Perspectives on GMO Market Segregation*. Ames, IA: Iowa State University, manuscript.

Mitchell, Ronald, and Thomas Bernauer. 1998. Empirical Research on International Environmental Policy: Designing Qualitative Case-Studies. *Journal of Environment and Development* 7/1: 4—31.

Moeller, David R. 2001. *State GMO Restrictions and the Dormant Commerce Clause*. Farmers' Legal Action Group, Inc.

Moore, Elizabeth. 2000a. *Food Safety, Labeling and the Role of Science*. Paper presented at the ECPR workshop on The Politics of Food, Copenhagen, April 14—19.

_____. 2000b. *Science, Internationalization, and Policy Networks: Regulating Genetically-Engineered Food Crops in Canada and the United States, 1973—1998*. Toronto: University of Toronto, Department of Political Science, dissertation.

Moss, David. 2002. *When All Else Fails: Government as the Ultimate Risk Manager*. Cambridge, MA: Harvard University Press.

Murphy, Dale D. 1995. *Open Economics and Regulations: Convergence and Competition among Jurisdictions*. Cambridge, MA: MIT, Department of Political Science, dissertation.

Muttitt, Greg, and Dirk Franke. 2000. *Control Freaks — the GMO Exporters*.

Oxford: Corporate Watch.

National Academy of Sciences. 2002. *Environmental Effects of Transgenic Plants*. Washington, DC: National Academy Press.

National Research Council. 1989. *Field Testing Genetically Modified Organisms*. Washington, DC: National Academy Press.

Nelson, Gerald C., ed. 2001. *Genetically Modified Organisms in Agriculture*. London: Academic Press.

Nelson, Gerald C., Timothy Josling, David Bullock et al. 1999. *The Economics and Politics of Genetically Modified Organisms in Agriculture: Implications for the WTO 2000*. Urbana-Champaign, IL: University of Illinois, College of Agricultural, Consumer and Environmental Sciences.

Nettleton, Joyce A. 1999. *Food Industry Retreats from Science*. Chicago, IL: Institute of Food Technologists, September 9.

Nielsen, Chantal Pohl, and Kym Anderson. 2000a. *Global Market Effects of Alternative European Responses to GMOs*. Adelaide: University of Adelaide, Center for International Economic Studies, Policy Discussion Paper 0032 (published in 2001 in *Weltwirtschaftliches Archiv/Review of World Economics* (137) 2: 320—46).

Nielsen, Chantal Pohl, and Kym Anderson. 2000b. *Global Market Effects of Adopting Transgenic Rice and Cotton*. Adelaide: University of Adelaide, Center for International Economic Studies, manuscript.

Nielsen, Chantal Pohl, Sherman Robinson and Karen Tierfelder. 2002. *Trade in Genetically Modified Food: A Survey of Empirical Studies*. Available at www.ifpri.org.

Nivola, Pietro S., ed. 1997. *Comparative Disadvantages? Social Regulations and the Global Economy*. Washington, DC: Brookings Institution Press.

Oates, Wallace E. 1997. *Environmental Federalism in the United States*. College Park, MD: University of Maryland, manuscript.

OECD. 1994. *Regulatory Cooperation for an Interdependent World*. Paris: OECD, Public Management Studies.

_____. 1999. *Food Safety and Quality: Trade Considerations*. Paris: OECD.

Olson, Mancur. 1965. *The Logic of Collective Action*. Cambridge, MA: Harvard University Press.

Oye, Kenneth, and James Maxwell. 1995. Self-Interest and Environmental Management. In Keohane, Robert, and Elinor Ostrom, eds. *Local Commons and Global Interdependence*. London: Sage: 191—222.

Paarlberg, Robert L. 2000a. Genetically Modified Crops in Developing Countries: Promise or Peril? *Environment* 42/1: 19—27.

_____. 2000b. The Global Food Fight. *Foreign Affairs* 79/3: 24—38.

_____. 2001a. The Politics of Precaution: Genetically Modified Crops in Developing Countries. *Food Policy Statement* 35/October.

_____. 2001b. *Shrinking International Markets for GM Crops?* Paper presented at the USDA Agricultural Outlook Forum 2001, Arlington, VA, Feburary 22–23.

_____. 2001c. *The Politics of Precaution: Genetically Modified Crops in Developing Countries*. Baltimore, MD: Johns Hopkins University Press.

_____. 2003. *Reinvigorating Genetically Modified Crops*. Issues in Science and Technology, US National Academy of Sciences, Spring.

Park, Young Duk, and George C. Umbricht. 2001. WTO Dispute Settlement 1995–2000: A Statistical Analysis. *Journal of International Economic Law* 4/1: 213—30.

Patterson, Lee Ann. 2000. Biotechnology Policy: Regulating Risks and Risking Regulation. In Wallace, Helen, and William Wallace, eds. *Policy-Making in the European Union*. Oxford: Oxford University Press: 317—43.

Peltzman, Sam. 1976. Towards a More General Theory of Regulation. *Journal of Law and Economics* August: 211—40.

Persley, Gabrielle J., and Manuel Lantin, eds. 2000. *Agricultural Biotechnology and the Poor*. Washington, DC: Consultative Group on International Agricultural Research, Proceedings of an International Conference, October 21—22.

Philipps, Michael J. 2001. *The Future of Agricultural Biotechnology*. Lecture at the College of Agriculture and Environmental Science, University of Georgia, October 1, www.bio.org.

Pinstrup-Andersen, Per, and Ebbe Schiøler. 2000. *Seeds of Contention*. Baltimore, MD: Johns Hopkins University Press.

Pollack, Mark A., and Gregory C. Shaffer. 2000. Biotechnology: The Next Transatlantic Trade War? *The Washington Quarterly* 23/4: 41—54.

_____. 2001. The Challenge of Reconciling Regulatory Differences: Food Safety and Genetically Modified Organisms in the Transatlantic Relationship. In Pollack, Mark A., and Gregory C. Shaffer, eds. *Transatlantic Governance in the Global Economy*. Lanham, MD: Rowman and Littlefield: 153—78.

Pray, Carl E., Danmeng Ma, Jikun Huang et al. 2001. Impact of Bt Cotton in China. *World Development* 29/5: in press.

Priest, Susanna. 2001. *A Grain of Truth: The Media, the Public, and Biotechnology*. Lanham, MD: Rowman & Littlefield.

Putnam, Todd. 1993. Boycotts are Busting Out all Over. *Business and Society Review* 85: 47–51.

Quist, D. and Chapela, I.H. 2001. Transgenic DNA Introgressed into Traditional Maize Landraces in Oaxaca, Mexico. *Nature* 414: 541—3.

Rehbinder, Eckard, and Richard Stewart. 1985. *Environmental Protection Policy*. Berlin: de Gruyter.

Revesz, Richard L. 1992. Rehabilitating Interstate Competition: Rethinking the Race-to-the-Bottom Rationale for Federal Environmental Regulation. *New York University Law Review* 67: 1210—54.

Richards, John E. 1999. Toward a Positive Theory of International Institutions: Regulating International Aviation Markets. *International Organization* 53/1: 1–37.

Robinson, Jonathan. 1999. Ethics and Transgenic Crops: A Review. *Electronic Journal of Biotechnology* 2/2.

Rogers, Everett M. 1996. *Diffusion of Innovation*. 4th edition, New York: Free Press.

Rose-Ackerman, Susan. 1994. Environmental Policy and Federal Structure: A Comparison of the United States and Germany. *Vanderbilt Law Review*

47: 1587—622.

Royal Society. 2002. *Genetically Modified Plants for Food Use and Human Health – An Update*. London: Royal Society.

Runge, C. Ford, and Lee Ann Jackson. 1999. *Labeling, Trade and Genetically Modified Organisms (GMOs): A Proposed Solution*. University of Minnesota, Center for International Food and Agricultural Policy, Working Paper WP99-4.

Scharpf, Fritz W. 1985. Die 'Politikverflechtungsfalle': Europäische Integration und deutscher Föderalismus im Vergleich. *Politische Vierteljahresschrift* 26/4: 323—52.

_____. 1996. Politische Optionen im vollendeten Binnenmarkt. In Jachtenfuchs, Markus, and Beate Kohler-Koch, eds. *Europäische Integration*. Opladen: Leske & Budrich: 109—40.

_____. 1997. Introduction: The Problem-Solving Capacity of Multi-Level Governance. *Journal of European Public Policy* 4/4: 520–38.

_____. 1998. Globalization: The Limitations of State Capacity. *Swiss Political Science Review* 4/1: 92—8.

Segarra, Alejandro, and Jean M. Rawson. 2001. *StarLink TM Corn Controversy: Background*. Washington, DC: CRS Report for Congress.

Slovic, Paul. 1987. Perception of Risk. *Science* 236/17: 280—5.

_____, ed. 2001. *The Perception of Risk*. London: Earthscan.

Stigler, George. 1971. The Theory of Economic Regulation. *The Bell Journal of Economics and Management Science*, Spring: 114—41.

Stillwell, Matthew, and Brennan Van Dyke. 1999. *An Activist's Handbook on Genetically Modified Organisms and the WTO*. Washington, DC: Center for International Environmental Law.

Sykes, Alan O. 1995. *Product Standards for Internationally Integrated Markets*. Washington, DC: Brookings Institution.

Taylor, Michael, and Jody Tick. 2003. Post-Market Oversight of Biotech Foods: Is the System Prepared. Washington DC: Resources for the Future (www.pewagbiotech.org).

Thomson, Jennifer A. 2002. *Genes for Africa: Genetically Modified Crops in the Developing World*. Cape Town: University of Cape Town Press.

USDA. 1999a. *Value-Enhanced Crops: Technology's Next Stage*. Washington, DC: USDA, Economic Research Service, Agricultural Outlook, March.

_____. 1999b. *Impacts of Adopting Genetically Engineered Crops in the US: Preliminary Results*. Washington, DC: USDA, Economic Research Service.

_____. 2001. *Biotech Corn and Soybeans: Changing Markets and the Government's Role*. Washington, DC: USDA, Economic Research Service.

Van Ravenswaay, Eileen O. 1995. *Public Perceptions of Agrichemicals*. Ames, IA: Council for Agricultural Science and Technology Task Force.

Victor, David G. 1998. *Effective Multilateral Regulation of Industrial Activity: Institutions for Policing and Adjusting Binding and Nonbinding Legal Commitments*. Cambridge, MA: MIT, Department of Political Science, dissertation.

_____. 2000. *WTO's Efforts to Manage Differences in National Sanitary and Phytosanitary Politics*. Berkeley, CA: University of California, Center for

German and European Studies, Working Paper, May.

Victor, David G., and C. Ford Runge. 2002. Farming the Genetic Frontier. *Foreign Affairs* 81/May–June: 107—18.

Vogel, David. 1995. *Trading Up: Consumer and Environmental Regulation in a Global Economy*. Cambridge, MA: Harvard University Press.

_____. 2001. *The Regulation of GMOs in Europe and the United States: A Case-Study of Contemporary European Regulatory Politics*. Berkeley, CA: University of California, manuscript.

Von Wartburg, Walter P., and Julian Liew. 1999. *Gene Technology and Social Acceptance*. Lanham, MD: University Press of America.

Vos, Ellen. 2000. EU Food Safety Regulation in the Aftermath of the BSE Crisis. *Journal of Consumer Policy* 23: 227—55.

Webster, Ruth. 1998. Environmental Collective Action. In Greenwood, Justin, and Mark Aspinwall, eds. *Collective Action in the European Union*. London: Routledge: 176—95.

Wiener, Jonathan B., and Michael D. Rogers. 2002. Comparing Precaution in the US and Europe. *Journal of Risk Research* in press.

Wohl, Jennifer B. 1998. Consumers' Decision-Making and Risk Perceptions Regarding Foods Produced with Biotechnology. *Journal of Consumer Policy* 21: 387—404.

Wright, Susan. 2001. *Legitimating Genetic Engineering*. Sandpoint, IO: AgBio-Tech InfoNet.

Young, Alasdair R. 1998. European Consumer Groups. In Greenwood, Justin, and Mark Aspinwall, eds., *Collective Action in the European Union*. London, Routledge: 149—75.

_____. 2001. *Trading Up or Trading Blows? US Politics and Transatlantic Trade in Genetically Modified Food*. European University Institute, Robert Schuman Center, Working Paper.

Young, Alasdair R., and H. Wallace. 2000. *Regulatory Politics in the Enlarging European Union: Weighing Civic and Producer Interests*. Manchester: Manchester University Press.

Zechendorf, Bernhard. 1998. Agricultural Biotechnology: Why Do Europeans Have Difficulty Accepting it? *AgBioForum* 1/1: 8—13.

主题索引

说明:

1. 本索引既有原著作索引译出的条目, 也有译者新加的条目。各条目按汉语拼音字母顺序重新排列。

2. 各条目所列页码, 均指本书页码。

译　后　记

转基因问题是近来国际、国内比较热门的问题，本书从不同国家对于转基因作物的不同管制政策入手，分析了该问题在国际贸易领域中的影响。作者的立场，按其自己的意思，是充当一个不偏不倚的"巡边员"的角色，但从书中还是可以明显感觉到其对于限制转基因作物政策的偏好。但无论如何，这部著作对于我们了解转基因问题的国际现状，还是很有帮助的。

本书的序言和前四章由王大明翻译，后三章由刘彬翻译。全书由王大明统稿，并由王大明与刘彬共同校对。

在本书的翻译过程中，还得到了顾淑林研究员、段异兵研究员和穆荣平研究员的多方支持和鼓励，译者从与郭继贤编审和刘钢研究员的讨论中也获益良多，还有胡升华社长的宽容，付艳编辑的热情耐心，都使译者铭感于心。

另外，高文杰、杨晶、楚惠萍、邹聪、孙烨、董俊林、魏健、陈印政、张颖等参加了部分注释、主题索引和参考文献的翻译与编制以及清样的整理工作，在此一并致谢。